万卷楼

刘火说 诗·画·经·史

刘火 著

风月原本两无功

北方联合出版传媒（集团）股份有限公司

万卷出版公司

目录

春·读诗

夏·赏画

秋·研经

冬·习史

春·读诗

误会李白

李白的《静夜思》据说在日本的语文资料中，"明月光"成了"看月光"，"望明月"成了"望山月"。因此，有人认为"床前看月光，疑是地上霜。举头望山月，低头思故乡"才是《静夜思》的"原版"，并建议中国当下的版本也应照此还原。但我认为不可：一、《静夜思》的某种版本并非日本还原的；二、通行本没有必要按日本人学习的文本来改动。

《静夜思》的版本

李白，字太白，号青莲居士，公元 701 年至公元 762 年在世，其集已面世。首部太白集名为《草堂集》。其序为李白本家叔祖李阳冰所做。在《草堂集》里，《静夜思》作："床前看月光，疑是地上霜。举头望山月，低头思故乡。"唐后，最为知名的李白文集有宋刻《李太白文集》及元刻《分类补注李太白集》等。宋、元刻的《静夜思》亦如是："床前看月光，疑是地上霜。举头望山月，低头思故乡。"到了中国人因文字狱把才情、精力、智慧大部分或全部用于训、诂、集、堪等技能上的清朝（尤为乾嘉时期）时，差不多同时期的三部有关唐诗的整理、编纂、选本正式刊印。一本是《全唐诗》，成书康熙四十六年（1707）；一本是《唐诗别裁》，大约成书康熙五十六年（1717）；一本是《唐诗三百首》，大约成书乾隆二十九年（1764）。

《全唐诗》录《静夜思》作：床前看月光，疑是地上霜。举头望山月，低头思故乡。

《唐诗别裁》录此诗，题目不叫《静夜思》而叫《夜思》：床前明月光，疑是地上霜。举头望山月，低头思故乡。

成书最晚的《唐诗三百首》录此诗，题目也叫《夜思》：床前明月光，疑是地上霜。举头望明月，低头思故乡。

于兹，我们大致可以看到这首贯绝千古的诗在版本上的演变（或讹变）。为什么最早的"看月光"成了"明月光"？为什么"望山月"成了"望明月"？这当然要归功于《唐诗三百首》。作为唐诗的最佳选本，"风行海内几至家置一编"（光绪年间日本四藤吟社主人序）。其一，"专就唐诗中脍炙人口之作，择其尤要者"（乾隆衡塘退士序）；其二，大浪淘沙，终于演化为中国文化里的"熟读唐诗三百首，不会作诗也会吟"。作为一本大众启蒙读物，《唐诗三百首》在中国文学选本的历史长河中，恐怕是最为成功的一本。一千多年前南朝梁昭明太子的《文选》（唐代李善的注本）当然是最早一批中国文学选本的杰出代表，但那是一部供士子们诵读学习的"专业"选本，不像《唐诗三百首》，除了士子们诵读学习之外，显然还是一本妇孺皆知的"大众"读本。因此，"床前明月光，疑是地上霜。举头望明月，低头思故乡"便成了中文唐诗阅读视域里的"共识"。由此的传唱、解读便以此作为根基，作为平台。至于说到专业层面，李白的这首诗依旧有着不同的版本。上海古籍出版社1996年初版的《李太白全集》里的《静夜思》就是：床前看月光，疑是地上霜。举头望山月，低头思故乡。

由此可见，日本的所谓"正本"，在中国早已有之！——虽然中华古籍的许多正本善本甚至是孤本，特别是宋刻均藏于日本（其中一些是侵华战争掠去的）。

真正的含义

就笔者自己的阅读习惯和艺术趣味，我习惯了《唐诗三百首》（也就是现在通行的）里的《静夜思》，而不赞成李白的《静夜思》回到李阳冰时代的那个版本。一个冠绝千古的大诗人，怎么可能在一首仅二十字的诗里会同时用上两个"明月"？诗与散文，从语法修辞角度来讲，除了精炼，诗还有一个最为重要的"结"，就是要打破散文的线性书写。诗的书写，一言以蔽之即"非线性书写"。许多原来在散文里看似必要的，如助词之类的词就很少进入诗的领地，甚至动词也会抛弃（英人庞德的《地铁》，就是一首高仿唐诗宋词和日本俳句无动词的结构）。复沓作为《诗经》的传统，从来就是中国古诗中耀眼的光环。众所周知的《采莲曲》，极限放大了《诗经》的复沓："江南可采莲，莲叶何田田。鱼戏莲叶间，鱼戏莲叶东，鱼戏莲叶西，鱼戏莲叶南，鱼戏莲叶北。"为此，《古诗源》编纂者沈德潜就说过，此诗的复沓，是诗的"奇格"。这样看来，"明月"一词两用并不是什么"过"。除了传统，对于天纵诗人来说，没有李白不能想的，也没有李白不能用的。仅从修辞角度看"明月"的一词两用，不仅错识了李白，也错识了《静夜思》。

　　我们知道，"看"可能是向上看、向下看、向近看，也可能是向远看。"望"除了向远看、向上看，且有凝视专注的意思。如果诗都去坐实一桩事件，还会是诗吗？"山月"，"月"前加一"山"，就想坐实李太白某次远游羁旅于山乡僻地时的感受。显然是不符合一个携酒仗剑鄙睨权贵的诗人气质与气概的。《唐诗别裁》里，"迂夫子"的沈德潜，对此诗评价道，"旅中情思，虽说，却不说尽"。一个"不说尽"，便是此诗的上上品。二十字诗里，"明月"一词两用。才让我们对此诗千古传唱和永久膜拜。独自一人，羁旅异乡，除了酒，还有什么做伴呢？在无灯的长夜，唯有"床前明月光"（"床"释"古之水井栏杆"或释"今日之床"，权作另议）——一片寂寂无动，诗人久久伫立，举头仰望，一片温馨的光亮。对孤寂的诗人来说，不只是天光，还是诗人的心灵之光。月光不仅是故乡的指代，还是触手可摸、触手可得的温存居所。李太白定格的"月光"，穿越时空，让唐朝的月光成为中国人恒久不变、恒久不移的时间与空间，它让穿透古今的感受与喟叹成为中国人永远的感受与喟叹。没有哪一个民族，会如李白的月光般恒久有力。这就是我们每每吟诵都新鲜无比的"明月"，一词两用的"明月光"！让我们再一次吟诵李白的《静夜思》吧：

　　　　床前明月光，
　　　　疑是地上霜。
　　　　举头望明月，
　　　　低头思故乡。

钱锺书不喜黄庭坚

在袁行霈的《中国古代文学史》里，对黄庭坚的诗艺尽管有所保留，但还是给予了很高的肯定。主要有：一、文人气和书卷气特别浓厚，诗中的人文意象格外密集；二、章法回旋曲折，绝不平铺直叙；三、运用修辞手段，善于出奇制胜；四、声律奇峭，打破常规。除第一点外，后三者便是中国诗史里通称的"山谷体"。这种称作"山谷体"（"黄庭坚体""黄鲁直体""西昆体"，或者进一步所称作的"江西体"）的诗，并不是每篇都用典生硬，而是当他受到真情实景的激发，一定程度上摆脱了刻意好奇的习气同时，依然能够写出一些清新流畅的诗篇，并说黄是"一个开创流派的艺术大匠"。袁行霈认为：黄诗"特别重视篇章布局和句法结构的出奇变化，讲究字眼的锤炼，喜欢通过奇特的意象、新颖的比喻和使事用典，押险韵，作拗律，出硬语，形成一种峭拔生新的艺术效果，骨气森然而又有令人回想的韵味"。南京大学教授莫砺锋对黄诗给予了比他人更高的评价。莫说，一是对仗有意摆脱妃青俪白而追求意远；二是语气简古生新，色泽淡雅；三是诗意单行直下，一气流转。并引清人方东树赞黄诗为"山谷之妙，起无端，接无端，大笔如椽，转折如龙虎，扫弃一切，独提精要之语。每每承接处中亘万里，不相联属，非寻常意计所及"。

不过，钱锺书（1910—1998）对黄诗不太看好。一是在选诗态度，一是在诗艺评价上。先说钱的选诗态度。黄诗传世一千九百多首，但钱的《宋诗选注》（人民文学出版社，1982年版）只选了黄诗三首：

翰墨场中老伏波，菩提坊里病维摩。
近人积水无鸥鹭，时有归牛浮鼻过。
闭门觅句陈无己，对客挥毫秦少游。
正字不知温饱未，西风吹泪古藤州。
——《病起荆江亭即事》

投荒万死鬓毛斑，生入瞿塘滟滪关。
未到江南先一笑，岳阳楼上对君山。
满川风雨独凭栏，绾结湘娥十二鬟。
可惜不当湖水面，银山堆里看青山。
——《雨中登岳阳楼望君山》

中年畏病不举酒，孤负东来数百觞。
唤客煎茶山店远，看人获稻午风凉。
但知家里俱无恙，不用书来细作行。
一百八盘携手上，至今犹梦绕羊肠。
——《新喻道中寄元明》

而且，也很难说这三首黄诗就是黄庭坚的代表作。一般识黄诗，大都是从《登快阁》开始的。清人的宋诗选本《宋诗别裁集》（原名《宋诗百一钞》）共选黄诗十四首（五言古三首、七言古四首、五律一首、七律四首、七言排律二首）。《宋诗别裁集》便选了《登快阁》：

> 痴儿了却公家事，快阁东西倚晚晴。
> 落木千山天远大，澄江一道月分明。
> 朱弦已为佳人绝，青眼聊因美酒横。
> 万里归船弄长笛，此心吾与白鸥盟

而钱先生所选三首均不见《宋诗别裁集》。为什么会是这样呢？这就是钱对宋诗的态度，特别是对黄诗的态度，钱锺书一反清人趣味。在《宋诗选注》的长"序"里，钱先生认为，宋诗尽管"成就在元诗、明诗之上"，"也超过了清诗"，但是宋诗在硬学唐诗时"只知道拘守成规、跟古人相'同'"。在钱先生看来，由于宋诗是唐诗的"哈巴狗"，差不多可以说是"一无是处"的了。为此，钱先生还用南朝钟嵘的一句话，尖刻地说宋诗是"殆同抄书"。这是钱先生对宋诗的整体看法。具体到了黄诗，钱先生更引申了这层评价。钱先生说黄诗如"隔帘听琵琶"，由于固执于"无一字无来处"，其语言及诗义"弄得咫尺千里，闻声不见面"。因此钱先生选黄诗，是因为所选三首是黄诗用典最少的。在这三首中，钱先生推崇《新喻道中寄元明》。在钱先生看来，因为这是一首"比较朴质轻快的诗"。

这就让我想到黄诗与蜀中交集中的一首七古，这便是黄庭坚在蜀写的《老杜浣花溪图引》：

拾遗流落锦官城，故人作尹眼为青。

碧鸡坊西结茅屋，百花潭水濯冠缨。

故衣未补新衣绽，空蟠胸中书万卷。

探道欲度羲皇前，论诗未觉国风远。

干戈峥嵘暗宇县，杜陵韦曲无鸡犬。

老妻稚子且眼前，弟妹飘零不相见。

此公乐易真可人，园翁溪友肯卜邻。

邻家有酒邀皆去，得意鱼鸟来相亲。

浣花酒船散车骑，野墙无主看桃李。

宗文守家宗武扶，落日寒驴驮醉起。

愿闻解鞍脱兜鍪，老儒不用千户侯。

中原未得平安报，醉里眉攒万国愁。

生绡铺墙粉墨落，平生忠义今寂寞。

儿呼不苏驴失脚，犹恐醒来有新作。

常使诗人拜画图，煎胶续弦千古无。

有无"老杜浣花溪图"？"老杜浣花溪图"何人所作？似乎也无关重要（如是黄庭坚亲执，也许比不久前卖了一亿多元人民币的《砥柱铭》更值钱），重要的是《老杜浣花溪图引》这首七古被流传了下来。而这一流传，不仅让后人看到了黄对杜甫的崇拜，也看见了黄诗的另一番景致。由于抒情作为诗的重要元素，且抒情诗在中国诗史里的重要地位，叙事诗便不占主流。其实，叙事诗作为诗的一类，其历史即使在唐诗里也有着显赫地位。如杜甫的"三吏"与"三别"，如白居易的《琵琶行》与《长恨歌》。当然，黄的这首七古要跟他的前辈老杜和老白相比，差得不是一截半截。不过，说黄诗"殆同抄书"，恐怕也是过了。这首由老杜在成都的际遇到老杜的遗产浣花溪的景色，再由浣花溪的景色，遥想到老杜当年虽然"流落"，但老杜在蜀则是安静的——也许与自己谪涪州（今涪陵）、再谪戎州（今宜宾）的身世比起来，黄庭坚是很羡慕的。叙事、写景、感叹，都较直白。这与平日不用典就不为诗的黄诗来说，不能不说是一件稀奇事。尽管诗末也忘不了用典——杜诗《病后过王倚饮赠歌》有云："麟角凤觜世莫辨，煎胶续弦奇自见"——但纪念杜甫的诗，引用杜甫典，谁会去责怪呢？而且此典也用得十分的自然。于是再回过头来看钱锺书《宋诗选注》长序里称，其选诗标准，就今天看，可谓仁智各见。但钱先生不选宋诗的标准则是斩钉截铁的："押韵的文件不选，学问的展览和典故成语的把戏也不选。"

因此，像《老杜浣花溪图引》即使对于黄诗来说也不易了，但很难进入钱先生的法眼。

叶韵用典都有误

黄庭坚诗文于黄在世便名重一时，声振宇内。连才华横溢的苏东坡也向人称道：黄诗文"超然绝尘，独立万物之表"。自宋始印黄诗文起，经明、清两代，对黄诗文，几乎一派赞美之辞。现举证如下：

> 誉者或过其实，毁者或损其真，皆非真知鲁直者。（〔宋〕张嵲《豫章集序》）
>
> 铿轰一时，炳耀千古。（〔明〕查仲达《嘉靖刻本黄先生全书书后》）
>
> （山谷作诗）一字一句，用以省躬改过。（〔明〕王天发《万历重刻黄文节山谷先生别集序》）
>
> 山谷自黔州以后，句法尤高，笔势放纵，实天下之奇作，宋兴以来一人而已。（〔清〕沈德潜《乾隆重刻黄文节公全集序》）

自宋始，对黄诗文的评价，一路走高。或者说，高开高走，"宋兴以来一人而已"之评价达到"顶峰"。清季一代（甚至可说民国作诗沿袭于此），黄诗几成圭臬，其诗体范和诗人地位，无人撼动。不过，钱锺书先生却反其道而行之，对黄诗并不看好。新中国成立后，钱先生的第一书即50年代的"遵命"选本《宋诗选注》（1958年），不仅只选了黄诗三首，而且评价也很低（见拙文《钱锺书不喜黄庭坚》）。事实上，钱先生历来对黄诗都不太看好。在新中国成立前的1948年由开明书店印行的《谈艺录》里，钱先生就对黄诗进行了尖锐的批评。在《谈艺录》（中华书局1984年版）的第二节里有近1.5万字集中谈黄诗的文字。此万言文字共五十九款及附说一款的分量，在40万字的《谈艺录》里面，可以说是分量最重者。在"谈艺"里，钱锺书不是拣黄诗的"软柿子"挑，即不挑黄诗的思想方面的问题，而是拣黄诗自以为是而又为当时和后世宠黄诗、尊黄诗的人们认为的诗艺方面的问题。

即黄诗自以为是的"用典"和"叶韵"。

先说"用典"。在十一款里，钱引黄诗《怀半山老人次韵》"乐羊终愧巴西"句，认为黄诗中的典"巴西"用错了。钱先生引《韩非子·说林》《淮南子·人间训》《说苑·良规》及诸篇有关"巴西"之典，认定黄诗误将"巴西"为"秦西巴"之简称。随后，钱先生说，"山谷以'秦西巴'为'巴西'，谈艺者引为笑枋"。在三十款里，钱先生引黄诗《次韵杨明叔见饯》"皮毛剥落尽，唯有真实在"后说，此句出自《涅槃经》之结句，而且是一字不改，钱先生说"山谷盖全用其语"。然后钱先生进一步指出，"山谷好掇寒山、梵志及语录，未必求其溯尔"。在二十五款里，钱先生引黄诗《自巴陵入通城呈道纯》"野水自添田水满，晴鸠欲唤雨鸠归"后指出，黄诗所用句法并不新颖，也不别致。在钱先生看来，这样的句法不要说是否能扛得起清人赞叹的"高古"，差几也完全落入窠臼。钱先生在举出类似的诸如"桃花细逐杨花落，黄鸟时兼白鸟飞"等唐宋诗句十八条后指出，黄诗此句句法其实"早成匡格"。也就是说黄诗此句既非新意，也非高古；前人时人早也用滥，简直就是"拾人牙慧"而已。

再说"叶韵"。在第二十七款里，钱先生引黄诗《寺斋睡起·之二》"人言九事八为律，倘有江船吾欲东"后，钱先生指出，"为"之当为去声，而"鲁直认为平声，误矣"。在三十七款里，钱先生引黄诗《次韵德孺惠贶秋字》之句"顾我今成丧家狗，期君早作济川舟"后，钱先生指出，"丧"本作平声，"山谷作去声用"。不仅山谷用错，而且宋人多读去声，由此"沿袭其讹"。一位诗人用典用韵，偶尔错漏，并无大碍。或者说，不出错的诗人，中国诗史上恐怕是没有的。但是对于黄庭坚来说，就是大事了。因为，无论黄当时的诗名朝野，还是后世对其的尊崇，都因黄诗的用典考究且句法"高古"。因为这是黄诗安身立命和得以扬名的独门利器。但谁想到在黄诗风行两宋及清之后不到五十年里，一位天才加奇才的当代人钱锺书先生，却直指黄诗命门，一点面子都不给！

清一代读黄诗、学黄诗的人可谓数不胜数。今作律、绝的诗人，始学少陵、终学鲁直，也是惯例。但像对黄诗了如指掌的，莫过于钱锺书了。《谈艺录》以近1.5万字专谈黄诗，涵盖之广，堪称独步。且专指黄诗诗艺上的瑕疵，更为骇俗。除此之外，《谈艺录》中还多次谈及黄诗，而且也是指黄诗在艺术上的问题的。如在七十五节，钱先生引《临汉溪隐居诗话》

对黄山谷"好用南朝人语，缀葺成诗"的评价后，进一步指出黄诗"摘冷钩新为病"，而且开后世类似诗"末流泛滥"。就在七十五节里，钱先生还指出"黄山谷之以'青牛'代老子，用意既偏晦可哂，字面变欠名隽"。当然钱先生也对个别黄诗持好感的。就在第七十五节里，钱先生引《山谷内集·六月十七日昼寝》时称其为"极口称妙，山谷此诗，作意相类"，因为在钱先生看来，此黄诗妙在诗中"想见""梦成"四字"伏笔"用得好。《六月十七日昼寝》的黄诗："红尘席帽乌靴里，想见沧洲白鸟双。马龁枯萁喧午枕，梦成风雨浪翻江。"此诗历来评价甚高。钱先生也认为此诗用佛典恰到好处，加之诗艺之"想见"二字遥射"梦成""沧浪"二字兴"江浪"映带，此诗"真能抉作者之心矣"。这种对黄诗持肯定和赞美的评价，在钱先生字字珠玑的文字里实为罕见。甚至可以说，在笔者读过的钱著里，恐是仅此一例。

现在再回头来看1958年初版的《宋诗选注》里钱先生对黄诗的总体评价：

> 黄诗用古典去装饰他的平凡意思和迂腐理论，"给人的印象是生硬晦涩，语言不够透明"。
>
> 黄诗太用典，因此黄诗变得来"草木皆兵，你张我望"，有时不知所云。而且要命的是，黄诗用典和用韵还常常出错呢！

钱锺书先生为什么一而再、再而三地对黄诗不恭呢？何止不恭，简直有些大加鞭挞的意味。我认为，钱先生对黄诗的这种态度，其实是想还黄诗的本来面目，也可以说是为黄诗"拨乱反正"。拨什么"乱"？"乱"就是清一代对黄诗的崇敬崇敬再崇敬、拔高拔高再拔高。以沈德潜为代表对黄诗的评价体系，成为清一代对黄诗评价的金科玉律。钱先生对黄诗的批评，便是要拨这一"乱"。那又反什么"正"呢？"正"即宋人对黄诗的基本看法和评价。那么宋人对黄诗的基本看法和评价又是什么呢？

　　大抵鲁直文不如诗，诗、律不如古，古不如乐府。其古、律酷学少陵，雄健太过，遂流而于险怪。要其病要著意，欲道古今人所未道语尔。（〔宋〕张嵲《豫章集序》）

入药入诗的栀子

知道栀子的时候，应该是我当知青的第二年——1973 年。本来，我下乡的生产队是完全用不着去种栀子的，但为了赶潮流，把下半个生产队的一些荒地栽上了栀子。那个时候，它不叫栀子，而叫的是"黄栀子"。

下乡的生产队，是由楠竹、杉木和别的一些杂树共生共荣的山区队。不过，离坝区生产队近坡的杉木、杂树，左一根右一根地让人偷砍了。原来不觉得，可是耐不住时间的流逝和偷砍的大胆，原来还有零零星星的小树子，不经意就成了残次林了。无奈，有头脑的生产队队长，发布指令种黄栀子。原因是那时大兴合作医疗、大办赤脚医生，还说，公社、供销社和区供销社都在收黄栀子。于是，就把近坝区的一溜残次林挖了出来，种上了黄栀子。那个时候，我知道了黄栀子，也知道了黄栀子是一味中药，是一味管清热镇痛的中药。不过，我却没有见过那遍地的黄栀子开的花。可能那时没有注意黄栀子的花，只注意了黄栀子的果实。栀子花是洁白的，倒是栀子的果实的颜色是褐黄色，印象很深。还有就是花是不能卖钱的，只有它的果实才能卖钱。

闻到黄栀子花香时，已经是三年后读师范学校时的事了。

　　其实，满园栀子的不是我就读的学校，我就读的学校就只有图书馆门前的一条很短的小道上有，而且长得稀稀疏疏。满园栀子的是离师范不远的一所部队医院。医院里的栀子才叫一个壮观。凡是医院的露天过道两旁都栽的是栀子，凡是医院的四四方方的一块一块的绿地，其界线都是栽的栀子。在我的记忆里，三八医院里，除了许多挺拔壮硕的香樟树外，满眼都是栀子了。一进五月，栀子便次递打开。到了五月末，清香且浓烈的栀子花，不仅笼罩了整个三八医院，而且弥散到与之相邻单位。于是，晚自习前的不多的时间，同学们就会三三两两来到三八医院，欣赏满院洁白素雅的栀子花，嗅闻清香动人的栀子花。那时这所部队医院是开放的，并不是说只有军人才能进到医院来，我们这些学生、医院里的医护人员和住院的病人，不分彼此地享受着栀子花的素静和清香。但有一点也让我好奇，在乡下看不到的黄栀子，却在三八陆军医院里看到。大约是结实的时候，像我们这些不是医院的人已经不关心了。或者，后来听说，栀子也分为许多种类，有些栀子只开花不结实，有些栀子则是专门结实，实便是要入药的。据《本草图经》称：栀子遍种于南方，尤其是在四川，当然也包括从四川分治出去的重庆。也就是说，栀子的原产地就在既有平原但更多丘陵山地的四川。而介绍栀子花的功效时，都异口同声地写道：泻火除烦；清热利湿；凉血解毒。泻火也好，清热也罢，那都是对身体而言，中医有一个最为神秘的指向，还认为中药对心理也有其积极作用的。除烦？除什么"烦"呢？这是一桩让人费解的事。

在共有315首的《己亥杂诗》里，其中第250首即是咏栀子的。"去时栀子压犀簪，次第寒花掐到今。谁分江湖摇落后，小屏红烛话冬心。"众所周知，对于一个已经对清王朝完全失去信心且力图改变的龚自珍来说，《己亥杂诗》大都充斥着不满和愤激的情绪。而这首咏栀子的诗，则是这般的清朗和舒畅，真是栀子清热散火解毒后对人心理上的奇效。其实栀子在唐宋文人的图景里，并不全是这般意象，往往是两厢交好、两厢爱意的意象。唐人施肩吾这样写栀子，"怜时鱼得水，怨罢商与参。不如山栀子，却解结同心"（《杂古词》）。与施大进士同时代但比其闻名得多的刘禹锡，写的栀子是这般的，"蜀国花已尽，越桃今已开。色疑琼树倚，香似玉京来。且赏同心处，那忧别叶催。佳人如拟咏，何必待寒梅"（《和令狐相公咏栀子花》）。到了北宋的"梅直讲"（梅尧臣官至"国子监直讲"）在专门栽种栀子时赋诗一首，"举世多植梨，而我学种栀。颜色固不别，良苦诚异宜。团团绿阶侧，岂畏秋风吹。同心谁可赠，为咏昔人诗"（《植栀子树二窠十一本於松侧》）。一种非功利的栀子，对于多愁善感的诗人来说，"同心"指代的栀子就走进了诗人的胸襟，而可食可卖的（功利的）梨子，让世（俗）的人去种吧。此时，植栀子的人当是精神贵族了。大书法家，同时也是大百科家的欧阳询在其皇皇巨著《艺文类聚》里辟有"栀子"专章，除介绍栀子的源流和药用知识外，还引南朝著名山水诗人谢朓和梁简文帝萧纲咏栀子的诗。所引之诗都在"素"之上做文章，栀子花，洁白，素雅。正如在南朝诗风还没有脱尽的大唐，唐诗的集大成者杜甫在其《江头四咏》里专门为栀子造像：

栀子比众木，人间诚未多。

于身色有用，与道气相和。

红取风霜实，青看雨露柯。

无情移得汝，贵在映江波。

五言近体在杜诗里，也许比不上杜甫的七言近体，尤其像"咏怀"五首、"秋兴"八首那样的律体。即使这首五言律诗可能在杜诗中也算不上上品，但是能入"诗圣"法眼，栀子算得上是非常幸运的了。如此，后人就把"诗圣"的这首咏栀子的诗看成是栀子诗中的翘楚。明代内阁大学士李东阳甚至认为，杜工部咏过后的栀子就不开花了。"抽白媲黄总称才，谁遣山栀入画来？似为诗家少知己，杜陵吟罢不曾开。"在李东阳看来，栀子经过大唐两宋后，传到李东阳时，才遇到了懂栀子的人。栀子是专为"诗圣"而生而长而开花的，同时等了若干年后才找到了明中期文坛领袖李东阳这般的知音，栀子才又重新绽放。

洁白，素雅。以诚识人，以诚相知。

我喜栀子。不完全为了追忆三十多年前的知青岁月，也不完全只记得栀子诗的诗意，倘若纯粹一点地说，那就是栀子的清香，可以充溢整个屋子，让似水流年、平淡无奇的日子稍稍有些变化。况且，栀子的花期很长，远比桃花、李花、樱花、梨花长。何况，桃花、李花、梨花在花飞花瘦的日子，总给人些许伤感，而栀子却没有这般的情绪。每年农历四月中旬，栀子便从青绿厚实的叶片中伸出头来，打开它洁白的身姿。一直要开到五月的端午，即便过了端午，栀子花依然精神地开着，好让初夏接着暮春，好让花儿们从春一直开到夏。在栀子花开的时节，我总会隔三差五地把它们从花农的篮子里，或者花农的背篓里买上几束插在水晶花瓶里。这时的栀子，肯定不是入药的意味，也不完全是入诗的图景，更多的是，栀子洁白且清香四溢。

花间仅有一"菊香"

　　"花"在《花间集》中不只是寓意之物，也不只是起兴之物，"花"在《花间集》中首先是自然形态下的花。

　　杏花在《花间集》中出现的频率不仅最高，而且是最美丽的花。更由于韦庄《思帝乡》中的"春日游，杏花吹满头"让杏花于《花间集》中成为最让人难忘，且最富诗情画意的花。杏花有白色的，如"杏花含露团香雪"（温庭筠《菩萨蛮》之五），如"杏花飘尽龙山雪"（牛峤《应天长》）；杏花有红色的，如"萱草绿、杏花红、隔帘栊"（温庭筠《定西番》之二），如"香掩阁，杏花红，月明杨柳风"（牛峤《更漏子》）。由于《花间集》中杏花，是"花间"词人们的最爱，因而有必要对这种花有一个植物学上的认识。在一本介绍植物的小册子里载：杏花，"属蔷薇科，落叶乔木"；杏花，"叶阔卵形或圆卵形，边缘有钝齿。近叶柄顶端有二腺体。花单生或2—3个同生，原产我国，西北、华北和东北各地分布最广"。1977年版的《新华汉语词典》释杏，"落叶乔木，叶子宽卵形，花单性，白色或粉红色"。其实，杏远不只产于西北、华北和东北，尽管"借问酒家何处有，牧童遥指杏花村"中的杏花村指的是华北一带，但是杏花在南方也一样开得明亮和艳丽。唐昭宗天复三年（903）入蜀于王建门下做掌书记的前朝宰相韦见素的孙子韦庄，在蜀度过了他生命中最后的时光，而且可以说是最美好的时光，韦宅里的杏花，一定有锦江两岸的杏花吧。在差不多500首的"花间"词作中，杏花入词是最多的，几近20首。不仅杏花一种，其实在《花间集》中，有差不多近30种各色花儿入了《花间集》。

牡丹，如"相见牡丹时，暂来还别离"（温庭筠《菩萨蛮》之三），"牡丹花谢莺声歇，绿杨满院中庭花"（温庭筠《菩萨蛮》之八）。海棠，如"池上海棠梨，雨晴红满枝"（温庭筠《菩萨蛮》之四），"海棠花谢也，雨霏霏"（温庭筠《遐方怨》之一），"海棠未坼，万点深红"（毛文锡《赞成功》），"海棠零落，莺语残红"（欧阳炯《凤楼春》）。梨花，如"细雨霏霏梨花白"（韦庄《清平乐》），"此夜有情谁不及，隔壁梨雪又玲珑"（韦庄《浣溪沙》之二）。荷花，如"芙蓉凋嫩脸，杨柳随新眉"（温庭筠《玉蝴蝶》），"时逞笑靥无限态，还如菡萏争芳"（尹鹗《临江仙》之一）。梅花，如"一枝春雪冻梅花，满身香雾簇朝霞"（韦庄《浣花溪》之三），"云锁嫩黄烟柳细，风吹红蒂雪梅残"（阎选《八拍蛮》之一）。

柳花，如"柳花飞，愿得郎心"（牛峤《感受恩多》），"倚栏喁望，暗牵愁绪，柳花飞起东风"（欧阳炯《凤楼春》）。杨花，如"渡口杨花，狂雪任风吹"（牛峤《江城子》之二），"教人魂梦逐杨花，绕天涯"（顾夐《虞美人》之五）。桃花，如"桃花春水绿，水上鸳鸯浴"（韦庄《菩萨蛮》之五），"正是桃夭柳媚，那堪暮雨朝云"（毛文锡《赞浦子》）。藕花，如"藕花菱蔓满重湖"（薛昭蕴《浣溪沙》之七），"越王宫殿，蘋叶藕花中"（牛峤《江城子》之一）。芦花，如"芦花扑，数只鱼船何处宿"（欧阳炯《南乡子》之八），"荻花秋，潇湘夜，橘州佳景如屏画"（李询《渔歌子》之二）。菱花，如"钿匣菱花锦带垂"（薛昭蕴《浣溪沙》之二），"掩却菱花，收拾翠钿休上面"（顾夐《酒泉子》之五）。红蓼，如"红蓼渡头秋正雨，印沙鸥迹自成行"（薛昭蕴《浣溪沙》之一），"路入南中，桄榔叶暗蓼花红"（欧阳炯《南乡子》之六）。豆蔻，如"蛮歌豆蔻北人愁，蒲雨杉风野艇秋"（皇甫松《浪淘沙》之二），"鸳鸯排宝帐，豆蔻乡连枝"（牛峤《女冠子》之四）。丁香，如"自从南浦别，愁见丁香结"（牛峤《感恩多》之二），"孔雀尾拖金线长，怕你飞起入丁香"（孙光宪《八拍蛮》）。芍药，如"绣带芙蓉帐，金钗芍药花"（牛峤《女冠子》之二）。红蕉（即美人蕉），如"兰烬落，屏上暗红蕉"（皇甫松《梦江南》之一）。桂花，如"水晶宫里桂花开，神仙探几回"（毛文锡《月宫春》）。榆花，如"金盘珠露滴，两岸榆花白"（毛文锡《醉花阴》）。紫檀，如"春水轻波浸绿苔，枇杷洲上紫檀开"（毛文锡《浣溪沙》之一）。粉檀，如"落花深处……粉檀珠泪和"（李珣《河传》之二）。《花间集》中还写有木棉花、石榴花、木槿花等，连为人们认为的烂贱的刺桐花也在"花间"诗人们笔下多次写道。如"相见时，晚晴天，刺桐花下越台前"（李珣《南乡子》之十），"回塘风起波纹细，刺桐花里门斜闭"（李珣《菩萨蛮》之二）。

在《花间集》中，有草本的花，如芍药、芦花、藕花、菱花、红蓼。有木本的花，如梅花、杏花、海棠。木本的又有乔本，如杏花、梅花等，有灌木的，如蔷薇、海棠等。而牡丹是既有草本也有木本的花。芍药有时像牡丹，但芍药只有草本而无木本之分了。不知诗人们咏的牡丹是草本之牡丹，还是木本之牡丹了。反正在诗人眼前，牡丹在院落、在庭中不是国色天香，就是艳丽至极的尤物。由于"花间"诗人大都生活在四川（当时蜀），即使出生地不在蜀，如韦庄（陕西）、温飞卿（山西）、牛峤（陇西）、毛文锡（河南）、和凝（山东）等人，但是他们在创作"花间"词时，大都供职于蜀，也就是说，在他们生命的中后期，他们与蜀有千丝万缕的关系。在蜀，可以说他们偏安一地，也可以说他们忘情"花间"以及"花间"里的醉生梦死。毕竟，"花间"词人都有过无论是情感还是肉体的快乐。不然，他们不可能有我们今天所看到的绮丽与艳俗的"花间"词文。"花间"诗人中所涉及的"花"就有了与唐之长安、洛阳不同的花。如"碧桃"。碧桃，虽说南北都有，不过南方的碧桃更高大，更有精神。蔷薇科的碧桃在南方可高达八米。"碧桃花谢忆刘郎"（薛昭蕴《浣溪沙》之八），而此诗的地理背景正是南方："越妇淘金春水上，步摇云鬓佩鸣珰，渚风江草又清香。不为远处凝翠黛，只应含恨向斜阳，碧桃花谢忆刘郎。"我们知道，薛昭蕴是北方人，也在长安任职多年。但因事曾贬官在湖南一带，后又以侍郎官位仕王建之后蜀。因此，薛之碧桃，显然不是长安的碧桃，而是南方的碧桃了。至于刺桐更是南方之木了。刺桐，落叶乔木，原产亚洲热带地区，树身高大挺拔，枝叶茂盛，花期为每年三月。花色鲜红，花序硕长。花开时，刺桐叶还在萌芽阶段，因此，刺桐花开时，只见花开，不见绿叶。几年前，游历到侨乡泉州，见泉州一条街的绿化带外侧是香樟，内侧便是刺桐，而且差不多有一人合抱那么大，真是很少见到的，极为壮观，因此才有"刺桐花里门斜闭"的情景。李珣正是蜀人，生于梓州（即今绵阳三台），因小词很得后主赏识。木槿、木棉更是南方特有的乔木了，分布于西南的木棉不要说在北方难见，即使是在南方，也是高大无朋的大树哩！所开之花，火一样热，火一样红。这才有了孙光宪的"木棉花映丛祠小"（《菩萨蛮》之五）之句。记住，"花映下"，不是一座祠院，而是鳞次栉比的祠院，即使如此，也在高大的木棉花下，再大的祠院或再多紧挨的祠院也变得很小很小了。而只有像孙宪光这样的蜀人（仁寿），才能写出这样的诗句。我在 2000 年冬天到过以产木棉树而盛名的攀枝花（木棉树即攀枝花树）市，也真算是领略了什么叫硕大无朋。虽说花还没有开，但见木棉高大伟岸的树干，伸进云里，可以想象，真是到了开花时节，那将是一番什么画图。

花入诗是中国诗的传统。"桃之夭夭，灼灼其华"（《诗经·桃夭》），以其天真烂漫、色彩浓烈成为中国花入诗的开山之作。《诗经》的编纂者及重订者孔子，在其《论语》里就说诗要"多识于鸟兽草木之名"（《论语·阳货》）。所谓"草木"，想来也包括草木之花。有人为此专门考证了《诗经》里的植物，说《诗经》里记载了 130 多种植物，其中如《诗经》里的桃、桐等久远的树木以及花便在《花集间》中发扬光大。《花间集》的花不仅仅只是一个名或一个没有所指的符号。《花间集》的花，还有不同的姿态和由此产生的不同心境的所指。

花开天下

在《花间集》里，花的姿态之多，让古人今人大开眼界。大凡花开时，大都与诗人舒畅愉悦的心情相关。百花如"握手河桥柳似金，蜂须轻惹百花心"（薛昭蕴《浣溪沙》之四）。繁花如"繁红一夜经风雨，是空枝"（皇甫松《摘得新》之一）。花丛如"翠屏金屈曲，醉入花丛宿"（韦庄《菩萨蛮》之三）。山花如"山月照山花，梦回灯影斜"（牛峤《菩萨蛮》之四）。花烂漫如"春晓晚，戏蝶游艺机蜂花烂漫"（韦庄《归国遥》之三）。"花间"诗人们面对百花群芳的姿态，花在人前，人在花中，欢欣舒畅，及时行乐。自然在"百花"的姿态下，诗人们也由此有着其他的感受。"为君憔悴尽，百花时"（温庭筠《南歌子》之三），"恨对百花时节，王孙绿草萋萋"（毛文锡《河满子》），"花正芳，楼似绮，寂寞上阳宫里"（张泌《满宫花》）"月临窗，花满树，信沉沉"（顾夐《酒泉子》之二）等就是"花间"词人们面对百花盛开时的离愁和惆怅。其实"花间"词人并不是都去写户外大自然的花，而是写了许多"庭中"之花的。如"露浓香泛小庭花"（张泌《浣溪沙》之三）。但是对于词人们来说，凡花开，都是花的天下。

花发花谢

花发花谢既是花的生命铁律，也是"花间"词人们自己感受到的自个儿的生命铁律。在《花间集》中，对花发花谢的描写几乎是无处不在的。"暮天愁听思归乐，早梅香满山郭"（温庭筠《河渎神》之二）。对于温飞卿来说，梅花一开，江南的春天也许就要到了，那么词人的归期就在了眼前。"花欲谢，深夜，月胧明。何处按歌声，轻轻。舞衣尘暗生，负春情"（韦庄《诉衷情》之一）。花儿还没有谢去时，词人已经深感到，花谢要给人带来的惆怅与惋惜。遥想韦庄的后辈们的"花谢花飞飞满天，红消香断有谁怜"（《红楼梦·葬花吟》）的自怜，韦庄的自责，不仅仅显示了两性关系中男性的主导一面，同时显示了男性负情的愧疚。在"花间"词人里，花发花谢有着更多不同的姿态。现在就让我写来看看这些不同的姿态。"春入黄塘摇浅浪，花落小园空惆怅"（牛峤《玉楼春》），"春欲暮，满地落花红带雨。惆怅玉笼鹦鹉，单栖无伴侣"（韦庄《归国遥》之一），"满地落花无消息，月明肠断空忆"（张泌《思越人》），"曲院水流花谢，欢罢，归也，犹在九衢深夜"（孙光宪《风流子》之三），"海棠零落，莺语残红"（欧阳炯《风楼春》），"蕙风飘荡入芳丛，惹残红"（毛文锡《酒泉子》）……落花也罢，花落也罢，零落也罢，残红也罢。花正谢，春已去。花落无意，人却有意。花落无情，人呢？有情，还是无情，都有在"花间"词人的诗句里，让当时词人之间、词人与女友之间（恐怕主要是词人与女友之间吧）会意，也让后人们传唱会意。"对酒当歌，人生几何"不只是曹孟德才会生发。而且到了大蜀词人怀里，对容会饮，感花发花谢，人生几何自然就是及时行乐了。

花浅花深

花的颜色的变化，一样引发"花间"词人的兴趣。"人不在，燕空归，负佳期，香烬落，枕函欹，月分明，花淡薄，惹相思"（欧阳炯《三字令》），"花深柳暗，时节正是清明，雨初晴"（韦庄《河传》之三），"岸柳拖烟绿，庭花照日红"（张泌《南歌子》之二），"幽闺小槛春光晚，柳浓花淡莺稀"（顾夐《临江仙》之二）……诗人是敏感的，诗人也是多情的。仅仅是花的颜色，有了——哪怕是小小——的变化，也会让词人们为之付出自己的才情。"海棠未坼，万点深红。香包缄结一重重。似含羞态，邀勒春风。蜂来蝶去，凭绕芳丛……美人惊起，坐听晨钟。快教折取，戴玉珑璁"（毛文锡《赞成功》）。由于花的颜色突然间变得深红，于是由此起兴，通篇艳字丽词，不仅写出了海棠欲开未开之态，更写出了美人羞态，写出了美人向往不得的无奈。只是稍稍不解的是，既然海棠还欲开未开，怎么会突然间就来了"万点深红"呢？其实是，词要读到结尾处，才发现，那欲开未开的海棠原来是要留给梦中惊起的美人折取的。而梦中的美人为何惊起，那就让我们大家猜猜吧。

花明花暗

花之明暗既是颜色区别，更是心境不同。"终是疏狂留不住，花暗柳浓何处"（孙光宪《清平乐》之二），"小槛日斜风悄悄，隔帘零落杏花阴"（张泌《浣溪沙》之八）。按理说，杏花无论是白色还是粉红，凡开都是亮丽。不过，在"花间"词人中，杏花也会因阴晴——主要是人心境之阴晴，因为词人的多愁善感是词人的天性所在——变幻着色彩。而且，我已经说过，杏花在《花间集》里是写得最多的一种花。也就是说，只要是一提起"花间"的杏花，没有不知韦庄的《思帝乡》中的杏花的。因为此词中韦庄的杏花，是爱情忠贞不二的象征。《思帝乡》是这样的：

> 春日游，杏花吹满头。陌上谁家少年，足风流。妾拟将身嫁与，一生休。纵被无情弃，不能羞。

正是有了吹满头的明丽杏花，才让一个多情女子对此的"一生"付出。而另一首状写"杏花明"的词，不仅写景，而且写情。这首词是和凝的《春光好》：

> 蘋叶软，杏花明，画船轻。双浴鸳鸯出绿汀，棹歌声。 春水无风无浪，春天半雨半晴。红粉相随南浦晚，几含情。

因杏花明丽，情在景中，景在情里，情景交融，情即是景，景便是情。难怪离"花间"词人们差不多一千年后的某个日子，一位学贯中西的大学者王国维要用可以算得上是溢美之词来给予评论。王国维是这样说的："不知一切景语，皆情语也"（《人间词话·人间词话删稿》）。

《花间集》于蜀（史称"后蜀"）广政三年（940），由益州（今成都）人欧阳炯编纂成集。在其《花间集叙》里，官至武德军节度判官的欧阳炯开门见山地写道："镂玉雕琼，拟化工而迥巧；裁花剪叶，夺春艳以色鲜。"也就是说，"花间"词人是写艳状浓的，"花间"词句是要写花状叶的。因而，我们便看到了"花间"词人对花的无比青睐，也至达于痴迷。不过，我们已经十分清楚地看到，《花间集》中的花，不只是自然分类或植物状态的花，《花间集》中的花还担负起了"花间"词人们的寄寓。欧阳炯在其《贺新朝》两首中，无论其一还是其二，都直接写道，其一"忆昔花间初识面，红袖半遮，妆脸轻转"；其二"忆昔花间相见后，只凭纤手，暗抛红豆"。词中两处"花间"，也许就是《花间集》的由来，即使如此，这也许并不是重要的。重要的是，"花间"中发生的一切才是"花间"词人们所观察到的景致；而要描摹要状写要寄寓"花间"中发生的一切离愁别恨，才是"花间"词人们的落脚地，也就是《花间集》给我们后人要诉说的心情与心境。于是，花在"花间"词人中成了信物，而花在《花间集》中则成了无处不在的精灵。只是有一点不太让人理解的是，在《花间集》中，可以说是"花儿朵朵"，也可以说是"繁花似锦"，熟悉的或不太熟悉的都走进了"花间"词人的胸襟，也走进了《花间集》的500首"花间"词中，但是历来被文人仕宦称道的菊花在《花间集》则少得可怜。除了"庭菊飘黄玉露浓"外，只有"风送菊香沾绣袂"了。而且都出自一人之手，前出自顾夐的《浣溪沙》之五，后出自顾夐的《玉楼春》之三。顾夐籍贯无考，但顾夐在前蜀王建、后蜀孟知祥时期都曾入仕，前蜀官至茂州（今汶川以北松潘以南）刺史，后蜀官至太尉。无论出任地方官还是朝中大员，可见顾夐在蜀也可算得上是土著了。而除了顾夐的"花间"写到过菊花外，在《花间集》里便不见菊之影子了。为何如此呢？在我看来，菊花是秋天之物，更是归隐之物。而"花间"词人们，在川西肥沃的田园和山野游冶，在川西繁华的酒坊、倡门和庭落徜徉。于是，以"清绝之词"助"娇绕之态"便成了"花间"词人的时髦与风尚。于是，家家"香径春风"，处处"红楼夜月"（欧阳炯《花间集叙》）也成就了"花间"词人们美艳绝妙的世俗生活的向往与追求。这样，谁还会有陶令"采菊东篱下"的高古与隐逸，谁还会有黄巢"我花开后百花杀"的天下独尊。唯有一"菊香"便够了。而且，这一"菊香"同样与世俗的离愁别恨息息相关。顾夐这样写"菊香"的：

> 月皎露华窗影细，风送菊香沾绣袂。博山炉冷水沉微，惆怅金闺终日闭。
> 懒展罗衾垂玉箸，羞对菱花簪宝髻。良宵好事枉教休，无计奈他狂耍婿。

因此，"花间"的词人们更多是要传唱春光中的杏花的。无论是"杏花稀"也好，"杏花阴"也罢，"杏花明"也好，还是"杏花无情"也罢。毕竟杏花就在眼前，杏花就在身边，杏花呈现出来的千媚百态就在"花间"词人的怀抱。而"花丛"和"花间"正好是"花间"词的温柔之乡呢！

秦观的七首《满庭芳》

作为婉约派的两位顶级词人，秦观（1049—1100）的词，说清丽也许比不上周邦彦（1056—1121）。但要说温婉，恐怕在宋词里无人可比。在少游留世的一百多首词里，词牌《满庭芳》的一共有七首。而正是这七首（同一词牌《满庭芳》写这么多首的，在宋词中也是不多的），我们便可以看到少游于温婉上面的作力，是何等的了得。

> 晓色云开，春随人意，骤雨才还晴。古台芳榭，飞燕蹴红英。舞困榆钱自落，秋千外、绿水桥平。东风里，朱门映柳，低按小秦筝。
>
> 多情，行乐处，珠钿翠盖，玉辔红缨。渐酒空金榼，花困蓬瀛。豆蔻梢头旧恨，十年梦、屈指堪惊。凭阑久，疏烟淡日，寂寞下芜城。

诗人把早春、晓色、骤雨、疏烟、淡日、绿水、桥平等一股脑众多且有些碎片式的图景，整合在一起。不仅如此，由这些拼接整合后的图景呈现出来的意象，更让今人（自然还有与少游一块儿的古人）伤感。不过这样的伤感却是在温情脉脉中，以及婉转悠然里展示出来的。

> 雅燕飞觞，清谈挥座，使君高会群贤。密云双凤，初破缕金团。窗外炉烟似动，开瓶试、一品香泉。轻淘起，香生玉尘，雪溅紫瓯圆。
>
> 娇鬟。宜美盼，双擎翠袖，稳步红莲。坐中客翻愁，酒醒歌阑。点上纱笼画烛，花骢弄、月影当轩。频相顾，馀欢未尽，欲去且流连。

如果说前一首从景始至景终里，表露出少游对"十年尘梦"的眷顾，那么后一首则从青楼始至青楼终，表露出少游及时行乐后的凄艳和感伤。一般地说，无论诗，特别在词里，写景似乎都要比写人与人交际的过程要容易一些。像《满庭芳·雅燕飞觞》里这样写过程的还真不多（韦庄《思帝乡·春日游》那样写过程的自然更少）。在这首《满庭芳·雅燕飞觞》里，词人所描绘的"花酒"，其"色"点到为止，其情同样也点到为止，而用近乎腻的意味和同样近乎腻的笔调，活生生地写出了诗人们在勾栏里喝"花酒"的众生相，以及盛大场面。不过，由于"色"与"情"都点到为止，脂粉与肉体的味道（也许正是基于此，许多宋词选本都不选这首）便在少游特有的温婉之中消解了。

> 北苑研膏，方圭圆璧，名动万里京关。碎身粉骨，功合上凌烟。尊俎风流战胜，降春睡、开拓愁边。纤纤

捧，香泉溅乳，金缕鹧鸪斑。

相如，方病酒，一觞一咏，宾有群贤。便扶起灯前，醉玉颓山。搜揽胸中万卷，还倾动，三峡词源。归来晚，文君未寝，相对晓妆残。

在少游词里，这首《满庭芳·北苑研膏》算得上少见的"豪气"！在读这首词时，我怀疑这是不是少游写的，弥散着脂粉气的《满庭芳》这样的词牌，会有如此写就？对此，我还真有些怀疑。但即使是豪气，也是少游式的豪气。连开拓边关这样的"边塞"意象，也让少游加上一"愁"字成了"愁边"。于是意境就为"边塞"诗画上了一道界线，哪怕少游此诗里还用上了"碎身粉骨"以及"搜揽胸中万卷"等这样豪情的意象。

庭院馀寒，帘栊清晓，东风初破丹苞。相逢未识，错认是夭桃。休道寒香较晚，芳丛里、便觉孤高。凭阑久，巡檐索笑，冷蕊向青袍。

扬州，春兴动，主人情重，招集吟豪。信冰姿潇洒，趣在风骚。脉脉此情谁会，和羹事、且付香醪。归来后，湖头月淡，伫立看烟涛。

写梅花的诗词很多，因毛主席的《卜算子·咏梅》，大众知道了宋人写梅有绝技。而少游《满庭芳·赏梅》却是如此的"独创新意"（见《宋词一万首》）。用一最具古典意象的"夭桃"起兴作喻，将梅花的冷清寒意一扫而去，而代之"趣在风骚"和由此的"脉脉此情"，让梅花成了词人欢快的春心和乐事。

在七首《满庭芳》里，这首呈现出来的达观情怀是少游词作里少见的。

　　碧水惊秋，黄云凝暮，败叶零乱空阶。洞房人静，斜月照徘徊。又是重阳近也，几处处，砧杵声催。西窗下，风摇翠竹，疑是故人来。

　　伤怀。增怅望，新欢易失，往事难猜。问篱边黄菊，知为谁开？谩道愁须殢酒，酒未醒、愁已先回。凭阑久，金波渐转，白露点苍苔。

　　红蓼花繁，黄芦叶乱，夜深玉露初零。霁天空阔，云淡楚江清。独棹孤篷小艇，悠悠过、烟渚沙汀。金钩细，丝纶慢卷，牵动一潭星。

　　时时横短笛，清风皓月，相与忘形。任人笑生涯，浮梗飘萍。饮罢不妨醉卧，尘劳事、有耳谁听？江风静，日高未起，枕上酒微醒。

　　《满庭芳·碧水惊秋》中一"惊"，便把所有写秋的诗文比了下去。如果"惊秋"之"惊"尚有出处的话，那么紧接着的"败叶零乱"和"洞房人静"，更是把孤独和寂寞写到了差不多的极致。《满庭芳·红蓼花繁》里的羁旅，以及秋意，本应是无边的惆怅和落寞，但是在少游的"悠悠过"与"江风静"里化成了温婉的另一具象了。写秋意、写羁旅的诗何其多，词何其多，但写得这般生机和这般温婉的恐怕要数秦观的这几首《满庭芳》了。尤其凡有宋词选本的都会选上下面的这首《满庭芳·山抹微云》：

山抹微云，天连衰草，画角声断谯门。暂停征棹，聊共引离尊。多少蓬莱旧事，空回首、烟霭纷纷。斜阳外，寒鸦万点，流水绕孤村。

　　消魂当此际，香囊暗解，罗带轻分。谩赢得青楼薄幸名存。此去何时见也？襟袖上、空惹啼痕。伤情处，高城望断，灯火已黄昏。

　　先人们对此词评价甚高，差不多认为这是一首无法超越的前无古人后无来者的词。尽管"寒鸦万点"化于隋炀帝的一首诗（《野望》："寒鸦飞数点，流水绕孤村。斜阳欲落处，一望黯销魂"）。但是，因为少游此词有"山抹微云"、"天连衰草"、"画角声断谯门"的景、音、情等，于是，"寒鸦万点，流水绕孤村"才成了少游残秋的标准意象，也成了中国残秋的标准意象。到了"香囊暗解，罗带轻分"这般极具"色情"文字出现时，我们已不能自己了。在将要写毕此文时，我想抄下现代宋词大家唐圭璋在《唐宋词简释》一书中对这首词的鉴赏：

　　此首写别情，缠绵凄婉。"山抹"两句，写别时所见景色，已是堪伤。"画角"一句，写别时所闻，愈加断肠。"高城"两句，以景结，回应"谯门"，伤情无限。

骨子里的宋词

大约在 1915 年夏天的美国，胡适与任叔永、梅光迪、杨杏佛等青年才俊，或聚会、或通信议论着后来影响中国文化变革、或者论说着影响中国文明进程的一件大事。即后来称之为"文学革命"的大事。即：废文言文，兴白话文（见胡适《四十自述》）。胡适从此不仅讨论、不仅用理论为白话文在中国开天辟地，而且亲自"动手"写起了白话文。更重要的是，对于一个浸淫了几千年诗的大国，撕开一个口子，胡适要从诗界入手写白话诗。白话诗对于古文弥漫的老中国，无疑是石破天惊之事。这就是胡适之的《尝试集》。

> "车子！车子！"车来如飞。
>
> 客看车夫，忽然中心酸悲。
>
> 客问车夫，"你今昔对比年几岁？拉车拉了多少时？"
>
> 车夫答非所问客，"今昔对比年十六，拉过三年车了，你老别多疑。"

除了"中心酸悲"有那么一点点《诗经》的句式外，这首白话诗就是一段实实在在的白话散文的对白，而且是毫无修饰的对白。在此之前，谁敢这样作诗？即使写了出来，谁认同此诗算诗？要么古体（唐之前样）、要么近体（唐之后样）、要么宋词。或四言、或五言、或七言、或长短句，要韵、要平仄、要限字限句，至于说排律（胡适认为排律没有一首好诗），也是要韵要规矩的。所以胡适就来写这种要韵无韵，要平仄无平仄，要规矩没规矩的"长长短短"的白话诗。不过有这一首《题凌叔华女士画的雨后西湖》诗，胡适是这样写的：

> 一霎时雨都完了，
> 云都散了。
> 谁料这雨后的湖山
> 已作了伊的画稿，
> 被伊留在人间了？
>
> 九百五十年的塔也坍了，
> 八万四千卷的经也烂了。
> 然而那苍凉的塔影，
> 引起来的话多诗意与画意，
> 却永在人间了。

这诗一共十句，句句白话，而且无典（符合胡适自家提倡的《文学改良刍议》里的"八事"之一"不用典"），亦无韵。当然如果把"了"看成韵也不是不可以有，真这样那也完全是民间的白话（如"百子歌""百了歌"之类）。不过，当我们今天重新把这十句连着来读时，我便分明觉得这首题画诗骨子里的味，其实就是宋词的味。一是温婉，二是雅致，三是柔媚，四呢？当然是十句连起来以后形成的韵味。只要稍作个别字的调整或改动，随便套一个词牌再读，不就是一首词吗？其实这些工作都用不着再做，把这十句连起来读就成了。

但是谁又说它是词而不是一首白话诗呢。即使到了今天，能写出这样纯粹的白话诗，恐怕也不多吧。再问，能写这样白话诗的人，恐怕更稀有吧。

朱自清俞平伯喜欢的一首诗

现代文学史里有一段佳话，那是朱自清与俞平伯的同题游记《桨声灯影里的秦淮河》。"1923 年 8 月的一晚，我和平伯同游秦淮河"（见朱文），"因我和佩弦君有约"（见俞文），所以写下中国白话史里最有名的两篇游记《桨声灯影里的秦淮河》。两文于秦淮河的风情、人文，以及两君的感受、情趣都成了中国白话散文的典范和标高。不过，我的这则小文要说的是，两文里都提到同时代的另一个文人以及他的诗。此人就是周作人。诗当然也是周作人的诗了。

在俞文里，"我只背诵岂君的几句诗给佩弦听，望他曲喻我的心胸"。俞文里没有岂君的原诗，周作人的诗的引文在朱文里："他（即俞，刘注）引周启明先生的诗，'因为我有妻子，所以我爱一切的女人，因为我有子女，我所以我爱一切孩子'。"周岂明、周启明就是周树人的二弟周作人。我们知道，"五四"先贤诸君子除了他们博古通今、融西合中（或融中合西）地写了大量的白话散文（这当然包括他们所写的大量政论、时评），而且还有一个最有趣的现象就是，他们大都在白话新诗里多有涉及，并且也大都卓然成家。就是朱、俞两位散文大师也写过不少的白话诗——这个话题是另一文章的话题——而后来以平淡、雅趣、精致见长的散文大家周作人，其实也是五四时期中国白话新诗的肇始者之一。朱俞所引周作人的这首诗叫作《小孩》。全诗如下：

一

我初次看见小孩了。

我看见人家的小孩，觉得他可爱，

因为他们有我的小孩的美，

有我的小孩的柔弱与狡狯。

我初次看见小孩了，

看见了他们的笑和哭，

看见了他们的服装与玩具。

二

我真是偏私的人呵。

我为了自己的儿女才爱小孩，

为了自己的妻才爱女人，

为了自己才爱人。

但是我觉得没有别的道路了。

"岂君"或"启明先生"的这首题名为《小孩》的诗写于1922年1月18日，收在作者的诗集《过去的生命》里。《过去的生命》一共有二十三首诗（这个集子里还有几篇类似于散文诗的文字，一共二十七篇），但题为《小孩》的有三首，题为《对于小孩的祈祷》一首。也就是说在《过去的生命》里，关于咏"小孩"的诗占了全集的近四分之一！因此后来的论家给予这个现象足够的关注和重视，而且也给予很高的评价。诸如人本主义的诗作，诸如小孩的童真、写小孩作者的真朴，诸如肯定小孩的价值就是肯定生命的价值，等等。不过，与这些论家相比，没有人能与作者的友人朱自清、俞平伯更能了解诗人周启明，也没人能比朱、俞更懂得周作人《小孩》之诗的意蕴和深意。所以，在朱、俞转吟周作人《小孩》一诗时，就不是原文的一字一句，而成了朱、俞两人特别是朱自清的《小孩》诗句了：

> 因为我有妻子，
> 所以我爱一切的女人；
> 因为我有子女，
> 我所以我爱一切孩子。

而"岂君"或"启明先生"的原诗却是：

> 我为了自己的儿女才爱小孩，
> 为了自己的妻才爱女人，
> 为了自己才爱人。

真不知道是朱引周诗好，还是周诗本身好？在我们今天没有"大家"（没有用"巨人"一词，大约"大家"与"巨人"之间还是有些区别的）、大概也是在出不了"大家"的时代，我们能平心静气地仰视大家，那也是了不得的事了。因此，在我仰视大家时，我会看到：当这些趣话成为历史时，"大家"各自的心思其实我们后人是不得而知的。最多，便是我们各自依据自己的学养和经验胡乱猜测而已。

郭沫若的飞来飞往

　　由于有"一切的一"和"一的一切"（《凤凰涅槃》），郭沫若在五四白话新诗潮中，享有"泛神论"诗人的美誉。其实在诗人写的题为《三个泛神论者》里，歌颂的并不是庄子、斯宾诺莎（荷兰人）和加皮尔（印度人）的自然主义，而是歌颂他们三人是作为热爱劳动的劳动者。郭沫若说庄子是靠打草鞋吃饭的人、说斯宾诺莎是靠磨镜片吃饭的人、说加皮尔是靠编渔网吃饭的人。但这并不妨碍郭的泛神主义，同时也并不妨碍论者对其的赞誉。朱自清在《中国新文学大系·诗集·导言》是这样评论郭诗的：

　　"他的诗有两样新东西，都是我们传统里没有的——不但诗里没有——泛神论与二十世纪初的反抗精神。中国缺乏冥想诗。诗人虽然多是人本主义者，却没有去摸索人生根本问题的。而对于自然，起初是不懂得理会；渐渐懂得了，又只是观山玩水，写入诗只当背景用。看自然作神，作朋友。"

　　事实上并非完全如此。在《女神》里，郭诗除了他大量的"五四"激情和"五四"反叛外，还有不少纯粹的咏风景的诗。像《晨兴》《日暮的婚筵》《西湖纪游》等。特别是像下面这一首：

池上几株新柳

柳下一座长亭

亭中坐着我和儿

池中映着日和云

鸡声、群鸟声、鹦鹉声

溶流着的水晶一样

粉蝶儿飞去飞来

泥燕儿飞来飞往

落叶蹁跹

飞下池中水

绿叶蹁跹

翻弄空中银辉

一只白鸟

来在池中飞舞

哦，一湾的碎玉

无限的青蒲

这首诗叫《晴朝》，原载于 1920 年 9 月 7 日上海的《时事新报·学灯》(郭诗大都刊布于这个报的副刊)，后收于《女神》。这诗与《女神》里大多数诗都不太一样。与《女神》里的其他诗作，至少有三件不一样：一、没有太强烈的主观感受；二、没有太露骨的个人主张；三、没有金戈铁马般的嚣叫。说此诗是诗人游冶时的闲情逸致，说此诗是诗人淡淡的伤感之怀，我想都是可以的。倘若没有"飞去飞来""飞来飞往"两句，还真不好说，诗人此诗有什么微言大义。其实，仅从这两句看，也没有必要要去作微言大义剖析。原因太简明，自然界里长有翅膀的鸟儿呀、昆虫呀，它们在自然界的自然状态，就是在空中飞去飞来，或者飞来飞往的。

　　这首题为《晴朝》的白话诗，倘若不是这样断的句，倘若以词的某些词牌来断的句，很难不说这诗不是一首词。所用的"新柳"也好，"长亭"也好，包括"粉蝶"与"泥燕"也好，都是词中的常客，都是词中的意象。不过，就是"飞去飞来"或"飞来飞往"两句，便把这首诗与词作了一个绝断。也就是说，《晴朝》不再是古典诗词里的成员，而是白话新诗里的佳作。我的朋友冉云飞说，郭诗在近现代诗史上是相当有地位的。我想这是对的。在一个要与旧文化、旧时代作了断的时期，总有那么一些人，并不太注意艺术——就拿白话新诗来说吧——而是把注意力或自己的才华置于价值的破和立上。因此也很难将这些作品与唐诗宋词相比。但是，五四白话诗所开拓的——就像郭沫若所写的《晴朝》这样的诗，也一定会有它的地位的。也许，五四白话诗的地位，直到目前，也还不是总结它的时候。就像唐诗、宋词那样，要等了许多年以后才有一个可以让大多数人接受的日子的来临。

　　附诗：

　　　五四"新诗"如日月
　　　　——兼对"新格律"的批判

　　　　　　　　　　　　　　　　　刘火

　　中国是诗的大国

大国的诗从"日出而作日入而息"中绽放

不论是来自民间的风

还是祭祀时的颂

还是荣耀宫廷达官显贵的歌

当然有韵有律

不过，自由自在自如

是诗三百的灵魂所有

到了四言

到了五言

古诗十九首那是清水芙蓉

唐朝帝国无所不有

疆界辽阔

文化滋长商贾繁荣

诗有四万首

诗人一千八百多

此时有了"律"的说法

此时有了仄仄平平的近体佳作

大约这是大唐礼仪的衍生物

大约这是大唐威加四海的标志物

有一人不信奉这些金科玉律

他要吼黄河之水天上来

他要唱噫吁嚱危乎高哉

蜀道之难难于上青天

他还要唱五花马千金裘

呼儿将出换美酒与尔同销万古愁

他不理睬格律

他不需要格律

他李白李太白就是格律

兼容并包的唐帝国

那样的胸怀那般气度

才有了天子呼来不上船的

诗仙酒仙

亦有了格律之圣的杜甫

杜甫让后人太悲观太绝望

有了五首咏怀

有了秋兴八首

中国的诗至此以后再不可能有

格律

有那也是东施效颦的黄鲁直

黄鲁直之后便是清一代

格律的迂腐和诗意的酸臭

感谢二十世纪初的先人们

虽然矫枉过正

可那是清风那是清流

那是稚子们从娘胎里第一次看到阳光时的

嘤嘤啼哭和琅琅笑声

无论闻一多还是朱湘

还有什么何公

哪一人能与胡适比肩

今日之新格律

是西洋的十四行

还是中国的五绝七绝

或是中国的七律五律

那位熟稔格律的润之兄

也放出话来说

格律不易学

不仅束缚思想

还束缚手脚

分行的文字

意思到了

念着来爽口

还有中国字

独有的韵律

那是胡适之那是周启明

那是朱自清那是郭沫若

秋兴八首尾联对偶之美

律诗到了杜甫的《秋兴八首》，无论意、情以及律，达到的高峰已无人所及。或者说，达到了前无古人（唐以前尚无近体诗），后无来者（即使是宋之严格也是东施效颦）的高度。就连杜甫本人，对此也是很自负的。"晚节渐于诗律细"（《遣闷戏呈路十九曹长》），所谓"细"就是雕章琢句的工巧已经达到出神入化的境界。不仅如此，其文（采）章（丽）已达随心所欲的境界。

当然，所谓"细"，是指《秋兴》里的音韵及对偶。如果用后人的观点来看，恐怕最主要的是指对偶。一说对偶，没人不说下面这一联的：

香稻啄余鹦鹉粒，碧梧栖老凤凰枝（之八）

许多人都认为"香稻""鹦鹉""碧梧""凤凰"之倒装是因为"律"所需，也就是与杜甫自家所说的"细"之要求。不过，也有人认为：为什么没有"凤凰枝"，为什么没有"鹦鹉粒"呢？我则这样认为：像"鹦鹉"一样的米粒，像"凤凰"一样的桐枝。这当然是建立在没有"啄"和"栖"这两个动词之上的。而且，杜甫在此联中还用了两个形容词，一是"余"，二是"老"。这样一来，说此联是倒装也就水到渠成了。在我看来，这不仅仅是水到渠成，还是天人之合。

其实，像这种"天人之合"的对偶，不仅在三四、五六两联里，让我们看到杜律的力量，而且还会从非三四、五六之外的对偶特别是尾联中，感受到杜诗的魅力。

请看石上藤萝月，已映洲前芦荻花（之二）
一卧沧江惊岁晚，几回青琐点朝班（之五）
关塞极天惟鸟道，江湖满地一渔翁（之七）

众所周知，至宋以后，由于江西派对杜诗的苦学所形成的一整套规范，让后人知道律体的对偶主要是由三四、五六两联来建构的。今人张中行就说过："律诗的常态是中间两联对偶"（《诗词读写丛话》）。当然也有例外，也就是说律体中，有三联对偶的，也有全诗四联对偶的。实际上也有一联对偶的。这一联对偶的律诗当数崔颢的《黄鹤楼》。因为要用"细"来讲，《黄鹤楼》中的三四句"黄鹤一去不复返，白云千载空悠悠"就很难是"工"。因为它的下联"晴川历历汉阳树，芳草萋萋鹦鹉洲"太工。而尾联对偶之"工"之"细"恐怕只有《秋兴八首》了。像"请看石上藤萝月，已映洲前芦荻花"这样的流水对，而且是这样的自然，差不多就是李白倡导的"清水出芙蓉，天然去雕饰"的自然崇拜美学了。如果拿今人的写作风尚来看，"请看石上藤萝月，已映洲前芦荻花"就是一句大白话——当然是有声有韵有律有景有情且又如水般搅和后的大白话。在这里，丝毫看不出这是诗人"呕心肝"般的创造。事实上，像这一联，其实也是诗人见"秋"起"兴"的精心之作。只不过，我们不会把它跟"香稻啄余鹦鹉粒，碧梧栖老凤凰枝"相比罢了。杜甫于此的绝世才华，还在《闻官军收河南河北》尾联里"秀"了一把："即从巴峡穿巫峡，便下襄阳向洛阳。"一样地，我们在这一联里，也丝毫看不到"工"的影子，只看到了诗人急急切切还乡的心境。

这种自由自如的境界，不仅仅只表现在律体的对仗音律上，其实表现在诗的意境上。无论"请看石上藤萝月，已映洲前芦荻花"，还是"一卧沧江惊岁晚，几回青琐点朝班"，抑或"关塞极天惟鸟道，江湖满地一渔翁"，都显现出了诗人思乡之情之切，诗人作为游子之孤寂之绝。当然也有诗人的自负，哪怕已从京华流离在外多年，从京城、到成都，从成都到川南，再到川东奉节。在诗人看来，诗人的抱负一定还会有人想起；诗人也一样如姜尚般那样得到"点"，而且是"满地"仅有的"一渔翁"！当然，有了"请看石上藤萝月，已映洲前芦荻花"，我们就会看到，其实诗人对未来和对生活是从来没有放弃过的。哪怕诗人从都城一路流离到成都再到夔府的艰辛困境。

所以，诗人不仅是在"晚节渐于诗律细"上是自负的。而且在政治也是有信心的。在《醉歌行赠公安颜少府请八分题壁》中，杜甫写道：

君不见东吴颜文学，君不见西汉杜陵老。诗家笔势君不嫌，词翰升堂为君扫。

看看，诗人杜甫要多骄傲有多骄傲！即使没有格律。

咏怀五首中的明妃

群山万壑赴荆门，生长明妃尚有村。

一去紫台连朔漠，独留青冢向黄昏。

画图省识春风面，环佩空归月夜魂。

千载琵琶作胡语，分明怨恨曲中论。

　　这是杜甫《咏怀古迹》五首中的第三首。当然，对于五首中所怀五位古人并没有一个先后的秩序，不像今人如此热衷排序（位）。只是写作的时间先后而已，抑或是所咏五人历史的先后而已。我们大都知道，在五首中，人们传颂或解读最多的则是此诗。甚至可以说，在此五首中，无论庾信也好、宋玉也好、蜀主也好、诸葛亮也好，差不多都成了明妃的配角。尽管咏诸葛亮一联"三分割据纡筹策，万古云霄一羽毛"是有近体诗以来数得着的联。不过，咏诸葛更有名的则是杜老夫子的另一首《蜀相》。正是在《咏怀古迹》五首里，由于"一去紫台连朔漠，独留青冢向黄昏"这一联的情景让后人产生无限的联想，也让此首成为五首之魁。当然，这也因为明妃的事迹让当世和后世有着太多的感叹。

　　明妃王昭君出生在四川与湖北交界的秭归香溪。一种传统的说法，说王昭君一是无钱贿赂，二是也不愿贿赂画师毛延寿，所以"入宫数岁，不得见御，积悲怨"。在听说当今皇上要以宫女与匈奴和亲时，毅然决然地走向远离中原的西北（主要是北）大漠。不过也有另外一说，说王昭君出塞是出自"请掖庭令求行"，也就是说，"四美"之一的王昭君，为了汉匈两族的和平而自愿前往。无论是前说，还是后说，王昭君的出塞和亲，使得当时以及后来相当长一段时间里，汉匈两族和平共处。这当然跟在此之前，汉对匈军事上的胜利相关。这本是一件汉匈两族都可以接受的事实。但是，由于中原汉族正统这一东西作祟，昭君出塞仍然被看作是一件耻辱的事，至少是一件不太光彩的事。于是才有许多为此惋惜的诗文。仅仅是唐代的诗人就有许多对此哀婉过。李白有"汉家秦地月，流影照明妃。一上玉关道，天涯去不归"；白居易有"不见青冢上，行人为浇酒"；杜牧有"青冢前头陇水流，燕支山下暮云秋"等。当然到了宋时的王安石的《明妃曲》则更是另辟蹊径。王安石的《明妃曲·之二》是这样的：

　　　　明妃初嫁与胡儿，毡车百辆皆胡姬。

　　　　含情欲语独无处，传与琵琶心自知。

　　　　黄金杆拨春风手，弹看飞鸿劝胡酒。

　　　　汉宫侍女暗垂泪，沙上行人却回首。

　　　　汉恩自浅胡恩深，人生乐在相知心。

　　　　可怜青冢已芜没，尚有哀弦留至今。

在王安石看来，与其在汉宫"数岁不得见御"，倒不如出塞享受人的快乐。正是有了人（本性）的快乐，才有了"汉恩自浅胡恩深"。史载，无论是老迈的呼韩邪大单于，还是青春年少的雕陶莫皋小单于，都对王昭君疼爱有加。这从人的角度来说，自然是"人生乐在相知心"了。

当然，这些都没有杜甫的这首有名。不是因为都写了怨恨，也不是另辟蹊径塑造了另外的王昭君，把历史的某一个瞬间还原成杜甫心中的"块垒"。而是，杜甫写了明妃"一去"的毅然，写了明妃"赴"匈的慷慨，写了明妃对故乡的"魂"牵梦萦。显见，杜甫的角度，是从人性的角度来咏怀的。虽说依然看得见诗中的中原正统和汉族正统的观念，但是与许多涉及这一历史题材的明妃诗（或青冢诗）来说，杜甫显然是要高出一筹了。杜甫于此，真是百感交集；杜甫于此，尽显"诗圣"胸怀与才情。

屈原不喜陈艾

　　无论《离骚》，还是《九歌》，美人香草，不仅是三闾大夫自况之辞，尤其是众多的香草更是比比皆是。而且历来为后人称道。己丑端午，重读《离骚》，生生地发现，原来屈原老夫子，除了热爱兰花、芙蓉、芰荷、薜荔、菌桂、杜若、白萍等芳草外，其实屈老夫子还不喜欢一些所谓恶草。譬如像"艾"一样的草。

　　　　户服艾以盈要兮，谓幽兰其不可佩。

　　　　何昔日之芳草兮，今直为此萧艾也。

　　　　兰芷变而不芳兮，荃蕙化而为茅（别本作"艾"）。

　　《楚辞集注》注"艾"说，"艾，白蒿，非芳草也"；注"萧艾"说，"萧艾，贱草，亦以喻不肖"。可见在屈原看来，"艾"与他笔下诸种芳草，不仅格格不入，而且完全就是"死对头"。在理学家朱熹看来，与艾相似的"茅"，不但不是"香草"，连"贱草"都不如，简直就是"恶草"！当然，这些都是朱老夫子一厢情愿的注。不过，与全文看，并无多大出入。也就是说，"艾"在《楚辞》里就是"贱草"、就是"恶草"。反正与芙蓉、芰荷、薜荔等之类的芳草不是死对头就是对立面。"户服艾以盈要兮，谓幽兰其不可佩"说的是：倘若在华丽的衣服上吊满陈艾，那么幽兰也会因之臭不可闻而不能佩戴了。"兰芷变而不芳兮，荃蕙化而为茅；何昔日之芳草兮，今直为此萧艾也？"说的是：昔日的芳草香花，倘若一变成了陈艾之类的草，那么这样的芳草香花连陈艾一样的恶草也不如了。此处，屈老夫子用"艾"来喻不肖的谗人，来喻老夫子过去的好友的"卖友求荣"，让正直的人们憎恨。同时以此发泄自己的不平与愤懑！

这当然是《离骚》的本质诉求，也是《离骚》让后人记得的原因所在。

不过，重读《离骚》这些话语样式时，我却生出了一些别样的感慨：三闾大夫不但太看重自家的高贵身份，而且对非高贵身份者嗤之以鼻。"艾"便成了这嗤之以鼻的"替罪羔羊"。屈平，不但自家有着百分之百的贵族血统，即"帝高阳之苗裔兮，朕皇考曰伯庸"；而且自家的娠孕出生也是良辰吉日（与帝王出生一模一样），即"摄提贞于孟陬兮，惟庚寅吾以降"。屈平的我不但是嘉名，即"名余曰正则兮"；而且字也是好字，即"字余曰灵均"。这种自吹自擂的表述，在中国士大夫序列里面，可以说是开天辟地。在此之前，在此之后，都很罕见。也许，屈原的身世就是这样值得诗人大吹大擂（不然不会说别人嫉妒）。但谁能保证，在这些自吹自擂里面没有虚假的信息？或者说，在这般的表述中，有没有虚荣的成分？事实上，只要我们认真地把《离骚》读下来，这种成分是有的。如"惟草木之零落兮，恐美人之迟暮""昔三后之纯粹兮，固众芳之所在""乘骐骥以驰骋兮，来吾道夫先路"，等等。自然，不是说"鹤立鸡群"有什么不对，而且我们也知道，最杰出者往往就是最孤独者。但正是屈原放大了他的贵族血统带来的可能性，除了有华丽的外表及美好心灵外，其他诸人都是有错误或都是小人。也正是这样的放大，反证了在这贵族血统面前时不时地显现出的虚荣。

许多人（特别是南宋以后人）认为，屈原是一个忧国忧民者。其实，我从《离骚》里读到的这两方面的信息也许与这样的传统认为有些差别。关于"忧国"。"国"是谁的"国"，当然是楚怀王的国。朱熹对此看得一清二楚，《楚辞集注》在释《九歌》时说屈原其诗是表"忠君爱国眷恋不忘之意"。众所周知，屈平原来是很受楚怀王宠爱的，但当有人进谗后不再受宠。于是诗人便呼天抢地且大为愤懑。即便如此，诗人也期冀着楚怀王某一天清醒过来，再次重用和宠信。于是有了"忽奔走以先后兮，及前王之踵武"；有了"指九天以为正兮，夫唯灵修之故也"；有了"曰黄昏以为期兮，羌中道而改路"等。像这般的爱国，还真是说不清是忠君还是爱国。其实对于士大夫们来说，从来爱国就与忠君紧密地联系在一起的。或者说，忠君是因，爱国是果。《楚辞集注》在注《九歌·云中君》时就直言不讳地说"足以见臣子慕君之深意矣"。包括像岳飞这样的置名誉和置生死于不顾的爱国者，忠君依然是其主题。因此君不再重用，于是牢骚便自然而然了。只是发泄的渠道不是针对王的，而是针对小人佞人的。关于"忧民"。因为《离骚》里有两句差不多中国人都记得到的"长太息以掩涕兮，哀民生之多艰"诗句，因此，屈原作为最具"人民性"的人民诗人，其声望地位便在汉文化的传统中奠定了下来。是的，这是屈原的伟大。屈原所开辟的这一"人民性"传统，让中国的文学史和中国的政治史不至于苍白；同样因为有了这一传统，中国的文学史和政治史放在世界范围内不至于没有地位。也正是如此，屈原才成为千秋万代称颂的杰出诗人和伟大人物，屈原的如此博大的情怀才让后人以每年的农历五月初五专门为一位诗人作为永久的纪念日！但是，我们从前文举证的"艾"这一意象上看，屈原其实对"民"并不是"全心全意"为之哀怜的。《离骚》里有这么一句极有意思的诗句是："民生各有所乐兮，余独好修以为常。"《楚辞集注》是这样注的："言人生各随气习，有所好乐，或邪或正，或清或浊，种种不同。而我独好修洁以为常。"

　　尽管朱熹的注掩饰了屈原自视甚高的贵族血统，但也说了点真的信息。那就是，众浊我清，众混我明。既然，"民生之多艰"是在诗人的视野之中，既然面对民生之艰而泪雨滂沱，那么还有必要还去分什么"各有所乐"？更重要的是，诗人为什么执拗地要坚守所谓的"独好修"呢？何况，这种"独好修"原本是拿来报答君王（楚怀王）的。联想到《九歌》里诸神形象，其实也是可以一窥其蠡的。《九歌》十一篇，除最后一篇《礼魂》外，共有十尊神。在这十尊神里，除《山鬼》和《国殇》有些"平民"形象外，其余诸神，无论"湘君"还是"湘夫人"，无论"大司命"还是"少司命"，无论"河伯"还是"云中君"，都是高贵得不能再高贵的神。因此，话说回这则小文的看头，屈原不喜"艾"或者说讨厌"艾"的信息里，我看到了一位伟大诗人的另一面。或者说，看到了人民诗人对"民"的另外一种态度。即使这种态度很隐蔽。

其实，"艾"（陈艾）在民间又叫"香艾"。香艾是一种可治许多病，且老远就可以闻到香味的草。再就是在瘠薄的土地上到处都长的是，在端午节前后，这种草是可以驱邪避晦的。即使是像"茅"这样极贱的草，在民间也有另外一种称谓："香茅"。还有，在《诗经》里，"茅"，可是建筑房屋的好材料！

中秋新词为谁填

在荣宁二府，开次夜宴，设个牌局，唱台大戏，似乎算不得骄奢淫逸。而晚间一家子聚聚，说些笑话取悦贾母，吟点诗词显示各姊妹弟兄（凤管家就讲点笑话、故事）的才学，更是平常不过的事儿。拿今天的话说，一起来侃侃大山摆摆龙门阵，不但是一件非常有趣的事，更成了夜沙龙里的多姿多彩的夜生活了。

端阳、中秋、元宵是国人之大节日。"早端阳晚中秋"似乎还把国人节日之高潮也给约定好了叫人们欢欢喜喜。既然荣宁二府夜生活是丰富多彩的，那么中秋大节，可以想象该如何热闹了。不过这一年的中秋之夜却是有些冷清，大约是贾敬的丧期未满吧——天知道，古人大户的丧期为什么要长达一千多天，是至诚之孝吗？也大约可以看成是贾家由中兴而衰败的预兆吧？不管怎样，总之在山之脊背处的凸碧庄里共度中秋佳节就只那么几个人——贾母、贾赦、贾政、贾珍、贾琏、宝玉、贾环、贾兰、贾蓉，即使再加上后来入座的迎春、探春、惜春，也不过一张时下的"大圆桌"吧。因而，德高望重的贾母也生发出感叹："今日那有那些人？"颇多踌躇。

一般说，凡有贾政在场时，最难受的恐怕要算宝玉。但在这中秋之夜，难处的倒是贾政了。贾母到了这种年龄，无非要享受儿孙绕膝的天伦之乐，也无非需要儿孙们和清客们来逗乐捧场以示一家之长罢了。而贾政却刚巧碰上是第一个说笑话来取乐于贾母的人。我们这些闲读《红楼梦》的人，大约也是知道贾政做文章写诗填词无甚才气，可是说笑话还不算逊色。只是面对上有老下有小，贾政该说点什么呢？结果贾政说了一个给老婆又洗脚又舔脚的"巴（bá）耳朵"的故事。这时，自然弄得包括贾母在内的大家都笑了起来，独宝玉还有贾琏不敢笑。原因无别，明知长辈的笑话有伤风雅，但毕竟是长辈。但对贾政来说就有些尴尬了。在贾政所处的那个年代，是封建纲常异常完备的时代，在男女位置上，男尊女卑是天经地义的事。然而贾政却有悖于这一纲常，讲了一个男卑的故事。这不是有些叫人诧异吗？其实相反，这正是雪芹窥视了工于心计的贾政的性格：贾氏家族中，谁能打贾母的翻天印呢？于是这个故事自然迎合了贾母的虚荣心。于是，对于宝玉探春这些向往自由的少男少女们，这样的中秋，这样的中秋之夜还有什么乐事？

这便有了林、史二位姑娘在凹晶馆联诗的反抗了。

林、史二姑娘的二十二韵，尤其是黛玉的"冷月葬诗魂"，当是空谷足音，贾府之绝唱。在一个貌似轻松的贾府的女儿生活中，不仅天生敏感的黛玉感受到了女性终命的不济，就连一向万事不忧的湘云也感受到了。湘云说道："到今日，便扔下咱们，自己赏月去了。社也散了，诗也不做了，倒是他们父子叔侄纵横起来！你可知道宋太祖说的好：'卧榻之侧，岂容他人酣睡？'他们不来，咱们两个竟联起句来，明日羞他们一羞!"虽说这是侯门千金的赌气话,但联想到那二十二韵,林、史二姑娘作为女儿身是何等的凄凉。也许如斯,林、史二姑娘的下场便可想而知了。一个"堪怜咏絮才",一个"湘江水逝楚云飞"。中秋之月,该是一年最圆之月;中秋之月,该是一年最清之月。而赏月新词该是千里共婵娟的清亮好词,殊不知林、史二姑娘却是"壶漏声将涸,窗灯焰已昏"的无可奈何,却是"寒塘渡鹤影,冷月葬诗魂"的哀怨与悲壮。

这样看来,赏月新词是两位姑娘的自戕之作了。

我合上《红楼梦》又翻开了《红楼梦》。窗外,第一场秋雨已落了两三日了,没有"青光应更多"的中秋圆月和朗朗晴空。肯定人一生总要遇着一些中秋时节无圆月的时候。这自然算不了什么,我完全用不着非要扮一个什么角色钻进《红楼梦》不可。只是,我在想,即使是闲读《红楼梦》,就不生出一些感触吗?还有,古人与今人,今人与几百年后甚至几千年后的人,难道就没有相通之处?是耶非耶,但愿有人来告诉我。淅淅沥沥的雨滴打在窗外小园的美人蕉依然葱郁的大叶片上,夜色还是没能完全挡住云外的青光,整个天空,我想无论如何都会比月黑天高亮得多的。

但愿明天清晨起来,雨便住了——善哉,善哉。

相思最苦是《西厢》

　　读《红楼梦》时知道有一本让宝玉、黛玉都爱不释手的《西厢记》。读《花间集》知道男女之间的挂念就是相思，也就多少知道了点相思缠绵就会苦。如温庭筠就是写这方面的好手："柳丝长，春雨细，花外漏声迢递；红烛背，绣帘垂，梦长君不知"，"梧桐树，三更雨，不道离情正苦，一叶叶，一声声，空阶滴到明"。不过，最让人牵魂的还是韦庄的《女冠子》："四月十七，正是去年今日，别君时，忍泪佯低面，含羞半敛眉；不知魂已断，空有梦相随，除去天边月，无人知。"过了许多年后，中年的我才认认真真地读了王实甫（1255—1337）的《西厢记》。知道了自个儿目睹的传颂了许久的张生与莺莺的故事，当然还是张生、莺莺、红娘的故事，也是张生、莺莺、红娘与前朝崔相国夫人的故事。而张生与莺莺相遇、相隔、相爱、相别的故事，让我多少看见了相思的本质，才让我多少知道了点相思的凄婉，以及由此引发的才情。

　　普救寺，真是一个有意味的寺名。前朝相国未亡崔夫人领独女莺莺在寺西厢待迎，礼部尚书之后张君瑞赴京赶考寄读于此。但张君瑞巧在"远着南轩、离着东墙、靠着西厢"，便有了偶然一见莺莺的那次惊艳："樱桃红绽、玉粳白露，千般袅娜、万般旖旎"。而莺莺款款而行留下的"小脚儿"，让张生有了"世间有了这等女子"之惊，有了小脚儿"价值百镒之金"之叹！于是，张生有了他一生最为重要的感受："睡不着如翻掌、少可有一万声长吁短叹、五千遍捣枕捶床"。当然，这个时候莺莺还没有与张生见面，也就是说，这仅仅是，也只是单相思而已。由于红娘的穿针引线，春夜焚香的莺莺有了与张生月夜唱和的碰撞。文人都相信有一见钟情的奇缘，但是一见钟情后则是相隔带出的更多惆怅。西厢一墙咫尺，却山阻水隔。张生这厢"怨不能、恨不成、坐不安、睡不宁"。莺莺那厢"一字字更长漏水、一声声衣宽带松、别恨离愁变成一弄"。就仅那么一见，就仅那么一唱和，深闺大家之秀偶然相遇一赴京赶考的英俊小生，情感深处和欲望深处在一瞬间激活。在青春的荡漾和爱情的恣肆面前，门第（张生与莺莺当然是门当户对）和礼教似乎荡然无存。而又因礼教的藩篱和人生的无常，第一次的灵肉冲动和追求幸福的元初情结，在《西厢记》里，让相思成了一对男女凄婉和美丽故事的主旋律。

自从有了唐人元稹的传奇《莺莺传》后，深闺里的莺莺追求爱情的大胆便成了宋（金）、元、明文人的理想。而"王西厢"却是通过一对男女相遇、相识、相爱、相隔和相别的叙事中，把相思写得千回百转，在这样的千回百转中披露人情感历程里的奥秘。由于崔老夫人反悔，一对小冤家却莫名其妙地成了不伦不类的兄妹。这可怎得了：一个睡昏昏不待观经史，一个意悬悬懒去拈针指；一个丝桐上调弄离恨谱，一个花笺上删减成断肠诗；一个笔下写幽情，一个弦上传心事。对于今人，我们几乎无法想象王西厢里的那对青春四溢而又恋着的男女，没有去拉手，没能去拥抱，没敢去接吻。两性的吸引、爱慕，以及色情的招摇，不同的民族有不同的表达方式，不同的时代也会有不同的时尚。譬如乱伦与畸恋，汉民族便一直不持肯定态度（尽管皇帝老儿的宫帏里也经常发生此类的事），但与我们一水之邻的民族就有许多时候把乱伦与畸恋写成绝望的凄美；再譬如上个世纪六十年代北美两性的开放和自由，使得曾经几乎是禁书而受到所谓主流严厉批评的《查特莱夫人的情人》（Lady Chatterelys Lover）、《麦田守望者》（The Catcher in the Rye）等成了畅销书。但是只要两性在，两性间自然的、也就是两性间本质的原素是不会改变的。在"王西厢"里，由于山隔、水隔、人隔，别离后的相互缠绕、相互挂念、永不放弃的刻骨铭心和撕心扯肺，便成了男女间自然的图景！

　　"碧云天，黄花地，西风紧，北雁南飞，晓来谁染霜林醉？总是离人泪。"这是《西厢记》里最为人传颂的佳句，也是离别最为著名的辞句。莺莺这样感人肺腑的真挚爱情，是一对恋人灵肉合二为一后的离别，成了"凄凄惨惨戚戚"（李清照《声声慢》）的浓墨重彩大写意。也就有了莺莺"遥望十里长亭，减了玉肌：此恨谁知"的无尽喟叹，无尽相思。当张生走了才一日，我们的莺莺便"清减了小腰围"，再听听莺莺的心声："我谂知这几日相思滋味，却原来比别离情更增十倍"。真是"黯然销魂者，唯别而已矣"（江文通《别赋》）！虽说也有"两情若是久长时，又岂在朝朝暮暮"（秦观《鹊桥仙》）的自我慰藉，但是，情感深处、欲望深处，怎可以让时间空间任意阻隔？相思谁挡？"一个这壁，一个那壁，一递一声长吁气"。"这壁"莺莺"剔银灯欲将心事写，长吁气一声吹灭"（马致远《寿阳曲》）。"那壁"张生也是"斜月残灯，半明半灭，除纸笔代喉舌，千种相思对谁说"。到了张生在京应考半年时间里，莺莺的衣服也不太常换了，醒来胭脂也不讲究了，连首饰珍珠的线脱了也懒得理了，更不说泪水打湿了多少条香帕！话只说半句就不会多说半句，成天拿着本书半天也看不了几行，只知"旧愁似太行山隐隐"，只知"新愁似天堑水悠悠"。而张生似乎更苦，客居驿亭，写的是断肠词，吟的是断肠诗。明知相思无药医，偏将相思当病治。遥想恋人，孤独如长夜，永无黎明，不能自已，只好让相思如巨澜、如湍流、如旋涡恣意泛滥。也许当下诸人对此，早没这样的感受，这般的受罪。

今人白先勇先生说万历年间汤显祖的《牡丹亭》，由于有了姹紫嫣红的杜丽娘，《牡丹亭》便成就了"四百年青春之梦"。那么，我们可不可以说，有了张君瑞与崔莺莺，有了张生与莺莺的相思，元代王实甫的《西厢记》就是"七百年爱情之梦"呢？是的，张生与莺莺于西厢一遇，演绎了一出扯肺撕心的剧。这剧既不是悲剧，也不是喜剧，而是青年男女最为自然的爱情正剧。最为自然的爱情正剧，就是男女间的相互吸引、相互爱恋而又不能天长地久地厮守演义的正剧。在《西厢记》之前，无论是唐及五代的温庭筠、韦庄等花间诗人，还是柳永、秦观、周邦彦等宋代诗人，都有这样直白的倾诉和苦吟。由于礼教或男尊女卑，女子断不敢像男人那样直率，更不敢像男人有时对男女情事夸夸其谈，连可能被人一向以为矜持含蓄的女性，这样直白的倾诉在《西厢记》里真是有点惊世骇俗。当然，之前李清照已经达到了很难企及的地步。"此情无计可消除，才上眉头，却是心头"（《一剪梅》），"知否，知否，应是绿肥红瘦"（《如梦令》），"笛声之弄，悔心惊破，多少春情意"（《御街行》），"暖间晴风初破冻，柳眼梅腮，已觉春心动"（《蝶恋花》），"莫道不消魂，帘卷西风，人比黄花瘦"（《醉花阴》）……两情相思引出的愁，带出的苦，"点点滴滴，怎一个愁字了得"啊！没有功利，不沾世俗，人的情感不再依附于什么远大理想，也不再像屈老夫子似的香草美人之类的政治比附。《西厢记》就是要张扬这种爱情之梦的自由。把人还原成自然人，把两性碰撞出的情和爱，还原为最为自由最为畅快的云和风。纵有山隔水隔和无处不在的人隔，相思也会随着云跟着风，再愁那也是爱恋，再苦那也是相思。在《西厢记》里，相思成了爱情热烈、张狂和纯净的单一写照。不像"兴尽晚回舟，误入藕花深处"（李清照《如梦令》）的少女纯情，不像"怕郎猜道，如面不如花问好"（李清照《减字木兰花》）的新妇娇媚，不像"偷眼暗形相，不如从嫁与，作鸳鸯"（温庭筠《南歌子》）的情场放胆，不像"珍重主人心，酒深情亦深"（韦庄《菩萨蛮》）的软语花香。无奈的、无从的、无主的，把个爱情的历程写得永无宁日。按照张生的意思，那就是"似这般割肚牵肠，倒不如义断恩绝"。

我们当下的今天，还有没有这样的相思，还有没有这般的愁怨这般的苦？

现在，多好。有电话，有手机。长信不便写，短信便成了当今男女手机上的时髦。还用得着柳毅传书般艰辛和传奇？还会让一堵烂墙阻挡饮食男女的见面或速配？注册个QQ，上个微博，来了微信，一晚上就可以与三五十个人谈天说地或者说爱谈情。真名也好，化名也好，凶猛也好，轻慢也好，不会让人见怪。虚假也好，打诨也好，见面也好，发照片也好，没有人说三道四。尽管让键盘敲出的字符满足自己的好奇，也满足聊天者的好奇心，或者说男女的相互吸引。尽管人的欲望已经在现代物质世界里，很多时候和很多场景，赤裸裸变成了一目了然的 SEX（当然，这也并不就是大逆不道的事）。哪儿像张生，几行字，一封信，竟要在驿道上走十天半个月。哪儿像莺莺的情书信物，叫张生发出"死都死得着了"的惨烈感叹，哪儿像莺莺读张生京城来信时，"一重愁翻着两重愁"。真是一个"傻"、一个"痴"！确实，时尚因时而异，这当然是无可奈何的事。不过，七百多年前的故事，西厢一遇，西厢一隔，西厢一别，因为张生与莺莺，而成了千古传奇。一个"有情人都成了眷属"的故事，讲得来让天下人唏嘘！人与人的情感，女人与男人的情感，也许不会因时代的迁移、生活方式的改变，甚至种族差异、年龄差异，就会让我们陌生。褒曼（Bergman）的《卡萨布兰卡》（Casablanca）、费雯丽（Vivien Leigh）的《魂断蓝桥》（Waterloo Bridge）不是高鼻子蓝眼睛的男女，一见钟情后荡气回肠、凄艳冷绝的爱情故事？人的渴望和追求，特别男人对女人、女人对男人的渴望与追求，那是人最为自然、最为本性的表达——灵与肉深处最为自由也最为幸福的表达。尽管张生与莺莺的自由和幸福是涩的，是苦的，涩到极致，苦到极致，张生与莺莺的相思，便成就了这种表达的至真至美。正因如此，也才有了王实甫才情澎湃的经典《西厢记》，也才有了这位伟大作家专门为相思之苦写就的一部伟大传记。

遥想今日，张生与莺莺的后人还有没有这种表达的可能？再问一句：我们还有没有这种千回百转寸寸愁肠要死要活表达的可能？

　　还有，我们看到：张生走了，莺莺也走了，走了几百年，好几百年了。

"幽"于《牡丹亭》的意义

　　共有五十五出戏的《牡丹亭》，演到第七出时，杜太守的千金小姐杜丽娘，正式跟老爷子专门请来的腐儒陈最良学习"毛诗"。这一出的名字叫"闺塾"。在这一出，陈先生自然从《诗》首讲起。陈先生跟杜小姐讲"关关雎鸠"时说，"此鸟性喜幽静"。幽静之"幽"说起，从此拉开了《牡丹亭》的"幽"系列。计有：

　　幽怨、幽谷、幽窗、幽期、幽梦、幽情、幽深、幽姿、幽香、幽冥、幽欢、幽隐、幽室、幽媾、幽辉、幽佳。

　　《辞源（修订本）》第二册（商务印书馆，1980 年初版 1981年第 1 次印刷）录"幽"词共 73 条。《牡丹亭》有"幽"词 18条，是《辞源》73 条四分之一强，且幽怨、幽窗、幽佳、幽欢、幽辉、幽姿、幽媾七词《辞源》并没有录集。可见一部专司人鬼恋情、私情、性事的《牡丹亭》，"幽"字的位置和作用。"原来姹紫嫣红开遍，似这般都付与断井残垣。良辰美景奈何天，赏心乐事谁家院。"这是《牡丹亭》里最让人记得的华彩乐段，这也是第十出"惊梦"里让人心潮澎湃的一段。这段唱词以及紧接着的杜大小姐与丫鬟春香"朝飞暮卷，云霞翠轩。雨丝风片，烟波画船。锦屏人忒看的这韶光贱"的合唱，让凡接触《牡丹亭》的人都会记得。《牡丹亭》传到清已是热戏了。明末清初孔尚任的《桃花扇》里就有专门的桥段，李香君一学戏，学的就是"玉名堂四梦"（即"临川四梦"）的《牡丹亭》，在唱曲高手前辈苏昆生的带领下，李香君高调亮相时（即第二出《传歌》），唱的就是"原来姹紫嫣红开遍"整段。唱时，严师指点，声音婉转；唱时，极为讲究，重音轻音，音长音短，有板有眼，不得窜改。到了后来，这一段又成为今人白先勇《游园惊梦》的"主旋律"。不过——事实上——在我看来，在"惊梦"里最要紧的关节是这一段：

> 没乱里春情难遣，蓦地里怀人幽怨。则为我生小婵娟，拣名门一例一例里神仙眷。甚良缘，把青春抛的远。俺的睡情谁见？则索因循腼腆。想幽梦谁边？和春光暗流转。迁延，这里情那处言，淹煎，泼残生问余天。

这里的"幽怨"和"幽梦"，才是《牡丹亭》的线，《牡丹亭》的绳，或者说是《牡丹亭》的结。"姹紫嫣红"也好，"良辰美景"也罢，不过就是"幽"的陪衬。而"幽"于《牡丹亭》时来路隐暗，当我们入戏时，"幽"路却来得端正，因为"幽"太多啊！

是的，"幽"一字一词可是有着悠久历史的。诞生于公元一世纪末二世纪初的《说文解字》里就收有"幽"一词（当时字词是不分的）条，并注一义"隐也"。许慎后辈段玉裁在其一义上加了一义"黑色也"。其实比许慎录"幽"字早在西周时期就有了。公元前834年的曹幽伯，公元前781年的周幽王，公元前六世纪孔夫子编辑的《诗》里的"桑叶有幽"等，"幽"就登堂了。由于"幽"本义作"隐"讲，转义便可讲"暗"，《诗》里的"幽"，也有可能从"暗"再转义到"黑"。如"幽"即"暗"即"黑"的话，即使它没有贬义（事实上是有贬义的，《尚书·尧典》有"黜陟幽明"一说），那么它也可能与"明"和"亮"构成另一面。"幽"于汉语及汉文化里，由于它的历史悠久，绝不是一个可有可无的字和词。由"幽"打头的词，同样不是可有可无的词。先秦最早的一史一哲两部书《尚书》和《周易》，"幽"字已出现。《尚书·尧典》有名词之幽（"流共工于幽州"），有形容词之幽（"黜陟幽明"）。在《周易·第十》和《周易·象传》里有"幽人贞吉"之"幽"。《尚书》之"幽"，与暗相关，而《易》中之"幽"则与"静"或者"平静"相关。何时"幽"转义到"黑色"呢。大约应是《诗》的时候。《诗·小雅·湿桑》有"湿桑有阿，荼叶有幽"，《诗·小雅·何草》有"有芃者狐，率彼幽草"。此处"幽"即为黑色或者黑黝黝色之义。在《诗·小雅·伐木》里"伐木丁丁，鸟鸣嘤嘤。出自幽谷，迁于乔木"的"幽"，大约就是在"隐"与"暗"之间的第一次转义，也有可能是由"隐"到"暗"再到"黑色"的转义吧（《论语》里无"幽"，幽见《孟子》五次，据杨伯峻考）。无论"幽"只一义，还是两义，抑或多义；也无论"幽"是正义、褒义，还是贬义，抑或只作为一个汉字符号，"幽"于中国历史和中国文化，或者在此篇文字里可能更多涉及文学文本，"幽"都是值得写上一笔的——浓重地写上一笔的。

"幽"作为"隐"、作为"暗"、作为"蔽"，或者再次由"隐"

转喻的"静"以及"安闲",在文学文本里得到广泛使用。唐人欧阳询所撰《艺文类聚》即使在其"异灵部"里,也收集了许多与"幽"字相关的诗、赋、文。如:视之无形,听之无声,谓之幽冥,幽冥者,所以喻道,非吾道也(《淮南子》);辰光隔辉,幽涧澄深,积清百仞(〔晋〕湛方生);深哉伯阳,诞此灵姿。研精玄奥,幽赞神微(〔晋〕牵秀);探怀授心,以露幽情(〔魏〕王粲)等。除此与"幽"密切相关的异灵之外的,《艺文类聚》里也时有所录。如:雪菊植幽崖,擢颖凌寒飚(〔晋〕袁山);凭瑶囿而宜游,籍幽兰而夷兴(〔南齐〕谢朓);芳暮秋之幽兰兮,丽昆仑之芝英(〔魏〕曹植)等。这花草里的"幽"不仅只受益于作为中原《诗》的传统,也显然与南方的《楚辞》相关。《离骚》里有"时暧暧其将罢兮,结幽兰而延伫";有"户服艾以盈要兮,谓幽兰其不可佩";《九歌·山鬼》里有"余处幽篁兮终不见天,路险难兮独后来";《九章·涉江》里有"山峻高以蔽日兮,下幽晦以多雨";《九章·怀沙》里有"修路幽蔽,道远忽兮";《九章·悲回风》里有"故荼荠不同亩兮,兰茝幽而独芳",等等。无论"幽"作"隐"、作"暗"还是作"蔽",都视其语境,才能表明,"幽"是褒,是贬,或是正。由此看来,"幽"属于一个中性义的词。"幽兰"一里的"幽"是褒义;"幽蔽"之"幽"与"蔽"同义共出,只为双声,也只为强调,不为褒,也不为贬;"幽晦"里的"幽"就很难视为褒义了。最为让人惊异的,与"幽"结缘的词几乎可以说近乎无边。这种"无边"让编纂词典的束手无策,或者说因为"幽"的本义向多义或歧义讹变,使得词典的编纂者无所适从。

《现化汉语词典》(商务印书馆,下简称《现汉》)是当代中国大陆使用最多的一部词典。1973年初版，1977年第2次印刷的《现汉》集"幽"词28个；2002年增订版，2004年第325次印的《现汉》集"幽"词45个；2003年《现代汉语词典》集"幽"词仅20个。远不及《辞源（修订本）》的73个。而且，《辞源》之后的"幽"词未收，由于时间关系，有些理由，但成书之前的未收就没什么理由了。西汉的杜预在其《春秋三传序》里有"赞人道之幽变，举得失以彰黜陟"、"若至言幽绝，择善靡从"中的"幽变""幽绝"，所列三部词典里均未收集。某日闲翻碑帖，见《西安碑林》（陕西人民美术出版社，1996年版）一魏碑上有"故刊兹幽石铭德重垆"。"幽石"一词也未见词典。其实，"幽"打头组的词，数不胜数的。再看："幽姿不入少年场，无语只凄凉"（陆游《朝中措》），"尺素重重封锦字，未尽幽闺"（赵德麟《商调蝶恋花》），"幽阁深沈，问佳人"（高明《琵琶记》），"声音之道，幽渺难知"（李渔《闲情偶寄》），"时兴之物人皆所好，则知志幽慕古者鲜矣"（黄图珌《看山阁闲笔》），"幽闲兰蕙之芬芳，贞静似松筠之潇洒"（黄图珌《看山阁闲笔》），"闺阁中若拥书万卷，即不能读，亦觉幽韵自生，俗尘销尽矣"（黄图珌《看山阁闲笔》），"我思抱怯人，翻与幽虫微"（柳如是《长歌行》），"不见长条见短枝，止缘幽恨减芳时"（柳如是《杨柳》），"足音空谷，幽草寒琼"（李叔同《乐三石社记》），"因欲纵观所未见之书，以释幽尤之思"（陈寅恪《柳如是别传》），等等。幽闺、幽阁、幽渺、幽慕、幽闲、幽韵、幽姿、幽虫、幽恨、幽草、幽尤等词，都不见所列三部词典。"幽"有多幽呀！可见"幽"打头的词的无边，可见"幽"组词的能力。但如此多的"幽"词未入词典家的法眼，看来，词典家们是有些偏见的。

现在回到《牡丹亭》里的"幽"。

从第七出的"幽静"始，到第五十四、第五十五出（即全戏的最后两出）的"幽欢"和"幽隐"结束。可以说，一部《牡丹亭》即"临川四记"之"还魂记"，都在"幽"中运行的。或者说，"幽"成了《牡丹亭》的宏大叙事里的主旋律和关键词。"幽"词如此多地出现和运用，不仅仅从语言统计学（linguistic Statistics）角度，考量《牡丹亭》文本所指；按照索绪尔的意见，语言的"能指选择并不都是任意的"（索绪尔《普通语言学教程》），也就是说，某一词汇运用频率多寡往往是"下意识"和"意识"共识后的重要选择（譬如，词汇不少于《牡丹亭》的《桃花扇》，"幽"字带头的词只用了两例）。从第十出"惊梦"开始，"幽"的场景、"幽"的情景、"幽"的意境、"幽"的情事、"幽"的性事，正式向我们拉开大幕。由于惊梦、由于相思、由于相思太苦，杜大小姐很快病入膏肓。到了第二十出"闹殇"的开头（这日正是中秋佳节），杜丽娘已经"药无功"了。面对小姐，丫鬟春香唱道："姐姐，月上了。月轮空，敢蘸破你一床幽梦。"事实上，杜大小姐此时命已如游丝，哪儿还会有幽梦。到了杜小姐弥留之际，杜老夫人知道女儿不行了，于是只能叹息"鼓三咚，愁万重，冷雨幽窗灯不红，听侍儿传言女病凶"。此出里的两处"幽"，无论是杜丽娘，还是围绕着杜小姐的丫鬟、老夫人以及杜老爷来说，"幽"不仅仅是只是转喻，不仅仅只有"暗"的意义，"幽"已经指示了"还魂记"中的女一号从此便与"幽"（即阴间）终身为伍了。杜小姐虽为情而死，一梦而亡，但是老天——啊，不是老天而是地府——公道，在二十三出"冥判"里，一小鬼站出来向判官仗义执言说，"禀老判，此女犯乃梦中之罪，如晓风残月，且他父亲为官清正，单生一女，可以耽饶。"于是地府判官的结案词写得非常的有人情味——事实上比人情更人情——杜柳二人"前系幽欢，后成明配，相会在红梅观中"。于是乎，顺理成章地来到了《还魂记》时独创的一词"幽媾"。"幽媾"一词，就笔者的阅读范围，前人没用过，后人也没再用。人鬼情欢，不是汤显祖的首创。魏晋志怪，唐人传奇，人鬼情欢早就站在了前台，譬如说与"幽媾"一词相近的"幽婚"或"幽昏"的故事，在魏晋志怪、唐人传奇就不止一两件。但是如《牡丹亭》这般直接的，或者说用一色情味极浓的"幽媾"及其场景，却只有汤显祖才干得出来的。"他飞来似月华。俺拾的是愁天大。当时夜夜对月而眠，幽佳，婵娟隐映的光辉杀。教俺迷留没乱的心嘈杂，无夜无明快着他。若不为擎奇怕浣丹青亚，待抱着你的影儿横榻。"于是，夕阳西下，"幽谷寒涯"，柳杜于阳间未了的事，却在"幽媾"里，"把他艳软香娇作意儿耍，下的亏他，便亏他则半霎"而"风月无加"！

在阳间或者说在现世的拘禁，男女两性却在阴间或者在"幽"里得到释放，得到自由。而且在《牡丹亭》里，这样的释放和自由，不是取决于男性的主动，而是取决于女性的大胆。"魂旦"——"魂旦"这一角的设置对于中国戏曲史来说也是开天辟地的——杜丽娘对人间的柳梦梅说，"妾千金之躯，一旦付与郎矣。勿负奴心，每夜得来共枕席，平生之愿足矣"。不仅如此，女性并不是男性的参照物，而是男性洗心革面的教科书。就在阴间和阳间之间，就是幽明之间，杜丽娘认为唯有这般与柳梦梅的两性缠绵悱恻，才是"人间风月窝"，而且是人间的"第一所"！戏里唱道："只因世上美人面，改尽人间君子心。"如果拿今天的女权主义观念来观照，这句唱词便是女权主义的宣言。尽管依然是由男性角度来发言的（即Reading as an man，而非Reading as a woman）。幽期密度，幽欢尽享。虽说男性视角在《牡丹亭》里依然故我的浓雾弥漫，譬如色情的描写大多是以男性视角出发的："似前宵雨云怯颤声讹，敢今夜翠翘轻可？睡则那，把腻乳微搓，酥胸汗帖，细腰春销。"不过，于"幽"一面，女性杜丽娘则更大胆："俺丁丁列列，吐出在丁香舌。你拆了俺丁香结，须粉碎俺丁香节。休残慢，须急切。俺的幽情难尽说，则这一劓风动灵衣去了也！"比较杜、柳两段唱词，除了视角和趣味相似之外，其实对性事都不再遮掩。在幽明之间，在人鬼之间，在杜柳之间，"幽期密意"是自由的，而且是平等的。两性的解放，尤其是女性的性解放，无论哪一种文化背景里，都不是一件容易的事。特别是在男尊女卑三从四德的中国文化背景里，更不容易。在《牡丹亭》里，两性的自由，特别是两性的平等，可以算得上是颠覆传统伦理和颠覆传统道德的重大事件。这一事件，与明中后期皇权的松弛、官家的无为、民间商业及商业精神的出现，显然基本吻合。顺便说一句，《金瓶梅》也许正如此才只产生于明后期，而不可能产生于之前的宋元，或者之后的清。像杜、柳之间这般大胆放肆的行为和心理，以及给这行为和心理撰写的唱词，即使是礼教于明中后期尤为明末式微的时候，也许也是要下油锅的！正因为于此，则表明了《牡丹亭》的先锋和解放，以及由此展开的对两性的解放和两性的自由平等的呼唤，还有赞美。这种呼唤与赞美，从某种角度上讲，社会伦理重要的重男轻女结构，不仅面临冲击或瓦解，更重要的是，这一男重女轻的伦理结构，面临重建——虽然这样的重建基于"幽间"。但我们却看到了，由于"幽"词的重用，让我们后人看到了戏曲家汤显祖的美学指向、历史指向和伦理指向。

不过，到了柳梦梅成了"探花鬼"，杜丽娘成了"色精"，或者说到了柳梦梅中状元杜丽娘还魂，杜、柳花好月圆时，故事重新回到老套上，"幽"已就不幽了——倘若，在阳间在人世而非在阴间在鬼世，杜、柳情爱性爱也如此张扬恣意浪漫的话，那该是多么美妙的事。

"风月"原本"两无功"

　　最先识得"风月"一词是在鲁迅的书中。1975年秋，从知青推荐进了一所中等师范学校。校舍破败，图书馆里的藏书却很多，因为这所中等师范在大跃进时期是川南的一所大学。不过，在读《准风月谈》时，一开始读作"准风，月谈"。一个初中未毕业就下乡当知青的人，书没读几册，但深受汉语双音节词的影响，把"风月"一词拆开，一"风"跟了"准"，一"月"从了"谈"。在打开印有鲁迅头像的单行本（好像是1973年版），才知道于此"风月"一词，不但不能拆开，也难独自跟了谁，且还是一个非常吊诡的词。在鲁迅看来，"风月"一词与政治大约没有太大的关系，虽然鲁迅的"谈风月也终于谈出了乱子来"。后来读《红楼梦》才知道了，"风月"一词与男女情事性事有关。于是多年之后，有了这则谈"风月"的文字。

　　究其"风月"一词出于何处，出于何时，显然不是一件太容易的事。商务印书馆1986年版的《辞源》说"风月"典出《红楼梦》第五回"痴男怨女，可怜风月债难酬"。此句出自第五回《开生面梦演红楼梦，立新场情传幻境情》中太虚幻境的"孽海情天"楹联的下联。其实在这第五回之前，"风月"一词早就出现了。就在《红楼梦》里，"风月"一词最先出现是在第一回，而不是《辞源》所讲在第五回。《红楼梦》在其楔子的第一回讲述书名来历时写道："历代野史，或讪谤君相，或贬人妻女，奸淫凶恶，不可胜数。更有一种风月笔墨，其淫秽污臭，荼毒笔墨，坏人子弟，又不可胜数。"显然这才是《红楼梦》"风月"一词的最先出处。紧接着《红楼梦》此书原名叫"石头记"，后来叫"情僧录"，再因为有朋友（孔梅溪）题签"风月宝鉴"于"悼红轩"，于是才有了后来的《红楼梦》。可见，"风月"一词在《红楼梦》最后成书时的关键作用（因为它得益于"旧有《风月宝鉴》之书"）。为了进一步显示"风月"于《红楼梦》一书的重要，在介绍甄士隐时，《红楼梦》写道，葫芦庙"傍住着一乡宦，姓甄名费字士隐。嫡妻封氏，情性贤淑，深明大义"。"脂砚斋"（上海人民出版社1975年版《脂砚斋重评石头记》）于此的傍批，前者甄士隐指"将真事隐去"，后者"封氏"指"风月风俗来"。在这里，无论《红楼梦》的文本，还是"脂评"文本，"风月"一词对于《红楼梦》来说，都是至关重要的节点和关键词。所以"风月"一词，它必须出现在第一回而不是稍后的第五回。因为，大观园内外的一切有关于男女的情事与性事，都与"风月"相关，也跟"风月宝鉴"相关。

"风月"一词与男女情事性相相关与纠缠，是约定俗成的一种解释和解读。"风月"倘若还有的其他意义与旨趣（肯定还有的），不在本文涉及范围。那么"风月"一词最先出自何处？就我的阅读资历，大致可以肯定，"风月"一词现于大约宋元以后。拿《西厢记》的演变史来说，从唐元稹的《会真记》（即《莺莺传》）到宋赵德麟的《商调蝶恋花》到金董解元的《西厢记诸宫调》到元王实甫的《西厢记》再到明李日华、陆采的双《南西厢记》，"风月"一词最先出在"王西厢"第二本《崔莺莺夜听琴杂剧·楔子》："若是杜将军不把干戈退，张解元干将风月担。""风月"在此折子里只具男女情事的内容。多少还有一点点"场面、景象"的意思，但是联系到张生先生与莺莺小姐的事儿，此处的"风月"显然与男女情事相关。现在，看不出"风月"是否从"风花雪月"化出，但有一点是可以肯定的，"风月"一词，有可能来自"风情""情色""风流"等。一问世就被称为"秽书"的《金瓶梅》，开宗明义的第一回（《金瓶梅》共一百回）就叫"景阳冈武松打虎，潘金莲嫌夫卖风月"。不过，《金瓶梅》好像就此一次"风月"，之后章回里却不再出现风月。倒有这么一段可作另外一些解读：

　　说话的，如今史爱说这情色二字做甚？故士矜才则德薄，女衒色则情放。若乃持盈慎满，则为端士淑女，岂有杀身之祸。今天古皆然，贵贱一般。如今这一本书，乃虎中美女，后引出一个风情故事来。

　　此段中既有"情色"（还有一"色则情放"）又有"风情"，独没有章回题目中的"风月"。众所周知，十七世纪初期印行的《金瓶梅》，源自大约十四世纪的《水浒传》中的一个小得不得了的故事。这个故事是由《水浒传》里的二十三回《王婆贪贿说风情，郓哥不忿闹茶肆》中的一段关于潘金莲、西门庆和王婆的故事重新演绎的。在《水浒传》里的潘金莲或者西门庆，不过只是武松出场的楔子罢了。而在《金瓶梅》里，潘金莲和西门庆则是主角中的主角了。但是，于此桥段里，《金瓶梅》依然沿用《水浒传》的话语习惯和用词习惯。在开宗明义的一部大写男女情事的书里，"风月"开场，"风情"紧随其后，只是仅仅为了对仗"西门庆"三字（不知为什么第一章回的回目竟不是对仗），《金瓶梅》把《水浒传》里的"王婆贪贿说风情"改成了"王婆子贪贿说风情"（上联"西门庆帘下遇金莲"）。

　　显然，"风月"与"风情"（也许还有"风尘"）有血缘关系。无论《水浒传》第二十三回王婆神授"挨光"十计，还是《金瓶梅》第三回几乎照搬的"挨光"十计（《金瓶梅》第三回的目录直写"王婆定十件挨光计，西门庆茶房戏金莲"），显然，有时"风月"与"风情"就是一对双胞兄弟。虽说这样，好像也还是有区别的。"风情"，可能雅一些；"风月"，也许便俗一些？或者说，"风情"里的"色"淡一些，"风月"里的"色"浓一些？再一步说，"风情"泛指男女情爱，"风月"一词嫌专指男女情爱不太干净。也就是说，"风月"里男女情事，指性事的多，指爱情的少；指"玩"的多，指"专一"的少。或者说，"风情"一词只指特定的一男一女的情事，而"风月"一词却指向多个（种）男女间的情事。无论前者还是后者，"风月"一词从宋元、至迟从元（公元十三世纪）正式进入汉语词典。不解的是，1977 年版的《现代汉语词典》里收"风化""风流"，却无"风月"一词。直到 2002 年的增补版，"风月"一词才正式列入《现代汉语词典》（此时的"风月"一词有两义：一义"风景"，一义"男女恋情"）。不过，"风月"一词虽然进入了汉语的语场和语景，但是它依然不像"风情"（或者"色情""情色"）那般堂而皇之。翻检元、明、清三代戏曲文本，就会看到，"风月"

虽然已经使用，但用时不但谨慎，而且用量很少。用得多的，依旧是"风情"（或者与"风情"有些关联的"风尘"）。像《红楼梦》开宗就喋喋不休说"风月"的真是不多。先有"风月笔墨"，后有"风月宝鉴"。到了第五回，就直接说成是"风月债"了。不过从此，无论是《红楼梦》的八十回本还是一百二十回本的回目都没有"风月"一词，只有第一回里"贾雨村风尘怀闺秀"（看来，"风尘"一词也与"风月"有些钩挂的）。

　　"风月"的少用或慎用，看来"风月"一词与"风情"相比，还真有些上不了台面。譬如直到清人李渔在其《闲情偶寄》里还对《南西厢记》大为不满。李说"吾看演《南西厢》，见法聪口中所说科诨，迂奇诞妄，不知何处生来，真令俗欲逃欲呕"。不仅如此，李还指责看戏的人们不分雅俗，"而戏者听者，无厌倦之色，岂文章一道，俗则争取，雅则共存乎"？对于一个顶尖的戏曲行家和文坛高手来说，李渔此言在今天看来，似乎都有些"伪"的意味。"不关风化体，纵好也徒然"（《琵琶记》）为李渔前辈元代高明所写。高明此话一出，影响巨大，当时以至现在都存有争议，臧否两端，公说公有理，婆说婆有理。但是，"不关风化体，纵好也徒然"毕竟成了元、明、清三代戏曲的重要指南、价值和趣味。而且，"不关风化"的来路早着呢！"不关风化"一语出自欧阳永叔的《玉楼春·樽前》："樽前拟把归期说，未语春容先惨咽。人生自是有情痴，此恨不关风与月。"尽管，元之高明与宋之欧阳修的"不关风化"与"不关风月"有些反其道而用之的意味，但自元、明以降，中国的文学，特别是以词、曲、念白为主体构件的戏曲，无论是之前的"不关风月"还是之后的"不关风化"，显然除了敢于向"正人君子"挑战之外，使用并运用来自底层的、来自生命感性的和以与相符合的语言，摒弃或者抛弃假模假样的道统或伪道统，成就了文学的一种新气象和新面貌。这在马致远、高明、冯梦龙、汤显祖、洪昇、孔尚仁等的戏曲里看得非常清楚。这样，"风月"一词正式走进文人士大夫的文本。在张琪与崔莺莺的传奇里，继王西厢用了"风月"一词后，将北曲改成南曲（即后来逐渐形成的"昆曲"）的李日华和陆采以及金圣叹，都沿用或者添入了新元素地使作了"风月"。下面即是：

> 若是杜将军不把干戈退，张解元干将风月担（王西厢）
> 杜将军不把兵戈退，张解元干将那风月担（李西厢）
> 若杜将军不把干戈退，你张解元也干将风月担（金西厢）

陆采的《西厢记》里虽没有这么一句出自王西厢的"风月"，但是"风月"一词在陆西厢里则用了两次。一次是生角唱道"风月头，还有许多机会"；一次是贴旦唱道"风月前程，还是请君自管"。在这四部以张生与崔莺莺（红娘另议）情事性事纠葛纠缠的大戏里，王、李、金用战事胜负（救厄）赌"风月"可否；而陆采的"风月"则抛开了战事背景而直面男女情事可否。事实上，"风月"一词一语，无论还在汉语历史的底层或深处，自元、明以降，虽然还有扭捏，但是它却不再躲藏地走进了汉语的主流话系统，走进了汉文学殿堂，走进了以汉语为母语的中国大众。

"风月"一词意指男女情事，从笔者的阅读看，大约出现于宋。文学家、史学家（当然还是政治家）的欧阳修（1007—1072）在其《蝶恋花·画阁》下阕写道："独倚阑干心绪乱，芳草芊绵，尚忆江南岸。风月无情人暗换，旧游如梦空肠断。"此处"风月"不是风物景象之"风月"，而是借喻男女情事之"风月"。顺便一说，《警世通言》第十四卷《一窟鬼癞道人除怪》所录"夜来风月连清晓，墙阴目断无人到"认定是欧阳修的《一斛珠》。查《全宋词》欧阳修卷近 240 首词里，并没有这样一首《一斛珠》。欧阳永叔确有一首《一斛珠》（即"今朝祖宴"），但那是另一首。因此，《警世通言》里的这首出自何处，有些蹊跷。现在说回正题，联系到"人生自是有情痴，此恨不关风与月"，看来，欧阳修所书的"风月"可能是"风月"一词的祖师爷。说到冯梦龙（1574—1646）的《警世通言》里与"风月"一词的际遇，还有另一话题需说。一部多篇涉及男女情事的小说（在四十卷里至少有十卷），"风月"一词用得极为吝啬，大约仅此一次，而且还是引用（引用是否确切，如前文，那另当别论）。我们知道，自十五世纪（西人认为，十五世纪是古代与近代的分期界线）以来，如果没有《红楼梦》，明代的小说就是中国小说史上的高峰，无论影响深远的"三言二拍"（《警世通言》《醒世恒言》《喻世明言》，《初刻拍案惊奇》《二刻拍案惊奇》），还是"四大奇书"（《三国演义》《西游记》《水浒传》《金瓶梅》），共同建构成中国小说史的第一座高峰。鲁迅在《中国小说史略》里说明代的小说时指出，明代小说，抛弃志怪，走入市井，"描摹世态，见其炎凉"，并书写"悲欢离合及发迹变态之事"。虽说鲁迅没有对明之小说作过高的评价，但这些足以表明中国小说发展到明代时，小说的总体形态、叙事方式和价值取向，已经接近到"人"和"人性"的书写。这种书写，显然与欧洲文艺复兴之后文学有些类似了。在此，鲁迅先生还专门指出，像《金瓶梅》这样的小说确系"世所艳称"。一个"世"字显示出鲁迅对明代小说的肯定。因此，"风月"一词，以及由"风月"搭建起来的叙事框架及叙事语言，便是这些小说的指向了。虽说在《警世通言》里不见"风月"一词，我们会在其他小说里看到。据称现藏于日本东京帝国大学研究所的明刻《万锦情林》（中国戏剧出版社 2002 年版《中华孤本小说》一册）里，"风月"一词便不时出现。如：

> 妾今幽居别室，风月不通。
>
> 自回京都，至今风月江湖上，万古渔樵作话文。

其实，"风月"一词最直抵男女情事性事所指，且又多次"露脸"的是冯梦龙的《醒世恒言》的第三卷《卖油郎独占花魁》。《卖油郎》开篇即是专门诉说"风月"的《西江月》："年少争夸风月，场中波浪偏多。有钱无貌意难和，有貌无钱不可；就是有钱有貌，还须著意揣摩。知情识俏哥哥，此道谁人赛我。"接着作者补充道"这首词名为《西江月》，是风月机关中撮要之论"；再接着又对"风月"作了多角度的补充："风月场中，只有会帮衬的最讨便宜"，"一床锦被遮盖，风月场中反为美谈"等。这时多次让"风月"一词露面，而且这是我见到的"风月"一词与"场"连在一起的"风月场"的第一次命名。于是，"风月"不仅指一男一女的情事与性事，而且可能指多个男女在同一"场"地里演绎的情事与性事。譬如"卖油郎独占花魁"里面的男女情事，便不是一对一的相互纠集。譬如《喻世明言》十二卷里有："柳永不求富贵，谁将富贵求之？任作白衣卿相，风前月下填词"；譬如李西厢里有"不卖闲风闲月"。这些都不专指特定的一男一女。另外，"风月"的拆分，显然也不从冯梦龙开始（前面已举欧阳修），也不会在冯梦龙处结束。《万锦情林》里就有一段是这样的："呜呼！百岁伉俪，一旦分张，千载佳期，时难再得。想迎风待月之时，握雨携云之会，其可得乎。"显见，"迎风待月""握雨携云"相偶，可见"风月"拆开后，仍指的男女情事性事。"北宋以来，一人而已"（王国维语）写词高手的满族公子纳兰性德，"风月"一词拆开更别具新意："待结个、他生知己。还怕两人俱薄命，再缘悭、剩月零风里。清泪尽，纸灰起"（《金缕曲·亡妇忌日有感》）。不过，当"风月"几乎专指男女情事性事后，视其语境，"风月"一词有可能仍在男女情事和风物景色中间徘徊。《看山阁闲笔》（〔清〕张图泌）在《志闲》一节里有"山有云则澹而远，木有林则幽而深，情有寄则在禽鱼，境有处则临风月"。曹雪芹的好友敦敏曾有诗赠曹雪芹，"燕市哭歌悲遇合，秦淮风月忆繁华"（《赠芹圃》）。《红楼梦》戚蓼生序本第三回有诗评："天地循环秋复春，生生死死旧重新。君家著笔描风月，宝玉颦颦解爱人。"如果说《志闲》的"风月"偏于风物景色，那么敦敏赠诗和戚本诗评的"风月"就更接近男女情事了。

　　纪昀在《阅微草堂笔记》里专门讲过一个有关风月的故事。大约讲的是，一人落魄时遇一妓女，妓女对其很好，那人发誓发达之后一定娶之进家门。相遇的女子椒树（妓女名）

没有接受其好意而谢绝道："所以重君者，怪姊妹惟识富家儿，欲人知脂粉绮罗中，尚有巨眼人耳。至白头之约，则非所敢闻。妾性冶荡，必不能作良家妇，如已执箕帚，仍怀风月，君何以堪！如幽闭闺阁，如坐囹圄，妾又何以堪！与其始相欢合，终至仳离，何如各留不尽之情，作长相思哉！""风月"一语，于此一目了然。当然于此，"风月"一事，虽不能堂堂皇皇见诸道统和"正人君子"，但于一活生生的年轻女子，"风月"不但不关廉耻，还与人的尊严相关。从唐元稹的《会真记》始，故事的主人公张珙与崔莺莺外，还有一个角色红娘。到了元王实甫的《西厢记》时，红娘不再是一个次要角色，而是一个分量相当重要的角色了。特别到了李日华和陆采的《南西厢记》时，红娘的戏份越来越重。红娘在王西厢及后的李西厢，不只是一个在张生莺莺间穿针引线的陪角，而是一场伟大风月的见证人。不仅如此，红娘还是张生与莺莺情事性事的谋划者和推动者。在这一进程中，"风月"本身似乎都不再重要，重要的是红娘是一个深谙"风月"的个中人。在这"个中人"中，有些桥段是很值得解读的。李西厢第二十三出"情诗暗许"里，红娘在张与莺传递情诗后，莺莺责怪（故作），张生责怪（认为事儿没有办妥），这时红娘一腔委屈。红娘唱道："你用心拨雨撩云，我好意与你传书递笺；小姐啊，不肯搜自己狂为，待要寻人破绽。几番背地里愁眉泪眼，人面前巧语花言。张生啊呀非慢，从今后会难，已见个酒阑人散。"在张生请求与莺莺再送书信时，红娘唱道："这是先生命运悭，须不是我红娘违慢。这笺贴儿做了招状，又是俺的公案。先生受罪，理之当然；贱妾何辜，若不是觑我面颜，险把我红娘来拖犯。休叹，云敛巫山，偷香手段何曾惯，莫把从前风月担。"在这场旷世"风月"中，丫鬟红娘有多么大的担当。这样的担当便是人的尊严的真实写照。其实，在这场伟大的"风月"中，红娘还常常面临男性张生的性骚扰。李西厢二十九出"良宵云雨"里张生苦等莺莺不到，张生对先来送信的红娘有一段念白："（生）是谁？（贴）是你前世的娘！（生）小姐来了么？（贴）又不得来。（生）若不来，你就替替。（贴）张先生，放尊重些！"陆西厢二十二出也有类似的一段念白："（生）小生死也，愿借裙儿一用。（贴）要怎的？（生）要角来自缢。（贴）呸！哄我脱了裙儿要我哩。（生）不敢，烦小娘子送我书房中去。（贴）禽兽！姐姐不肯，倒要我替。"这般的不躲闪和义正辞严，这样的尊严，直到今天都让人刮目相看。清戏曲作家李斗在《扬州画舫录》里说"旦"角分支有叫"风月旦"的，并称"贴旦为之风月旦"。显然，"风月旦"在李斗眼里（当然在王实甫等人眼里，"贴"角天生就被命定与"旦"不能同日而语），并不是一个可以与"旦"平起平坐的角色。但正是这样的贴旦角色，有主见、有个性、有操守，最重要的是乐于助人并深谙"风月"。同样，在汤显祖的《牡丹亭》里，"贴旦"春香，无论对旦杜丽娘，还是对生柳梦梅，抑或对老旦对净，都是何等的忠诚、坚韧和坚毅！一直坚持到了杜丽娘三年后的还魂与柳梦梅结为夫妻。甚至在冗长的五十五出的《牡丹亭》里，一些时候，我们见不到杜丽娘、见不到柳梦梅，但我们见得到贴旦春香。作为纯粹和青春的"风月"，春香与红娘一道，成了两出生死相依生死相恋伟大爱情的推动者。在二十出杜丽娘因相思而亡时，春香唱道："小姐，再不叫咱把剔花灯红泪缴，再不叫咱牛花侧眼调歌鸟，再不中咱转镜移肩和你点绛桃。想着你夜深深放剪刀，晓清清临画稿。(念白)提起那春容，被老爷看见了，怕奶奶伤情，分付殉了葬罢，俺上骃临终之言，依旧向湖山厂儿靠也，怕等得个拾翠人来把画粉销。"这便是"贴旦""风月旦"的气质和成全他人"风月"的担当。担"风月"的不是张解元、不是崔莺莺，不是柳梦梅、不是杜丽娘，而是红娘与春香。尤其是红娘！"风月旦"，于她俩值了。顺便一说，"风月旦"不会是"风月担"的谐音吧。

作为中国专述"风月"的两部伟大作品，无论《西厢记》还是《牡丹亭》，都以大团圆作为结局。而且《牡丹亭》从一开始的虚幻相思到后来的人鬼相恋，虽说一波三折、大起大落，(借用钱先生语)且又男女情事性事"悱恻缠绵之致"(钱锺书《管锥编》第三册)，但最终得以大团圆结局，给人风月无边的遐想，给人美好梦境的眺望。不过，我一直想不太通的是，就在《牡丹亭》快要结尾的五十二出，杜丽娘老爹一不相信柳梦梅会是状元，二不相信自家千金小姐已经还魂，三不相信杜、柳已成夫妻。于是便有了五十二出的《硬拷》。在此出中，柳梦梅有一大段几乎可以称得上是极度凄怆、极度悲鸣也极度愤恨的唱词。面对岳父大人的质问，柳梦梅唱道：

> 我为他礼春容叫得凶，我为他展幽期耽怕恐。我为
> 他点神香开墓封，我为他唾灵丹活心孔。我为他偎慰的
> 体酥融，我为他洗发的神清莹。我为他度情肠款款通，
> 我为他启玉肱轻轻送。我为他软温香把阳气攻，我为他
> 抢性命把阴程逆。神通，医得他女孩儿能活动。通也么

通，到如今风月两无功。

即使这段诉说不如窦娥的六月雪、三年旱、血飞绫那么感天动地，但它声声情、字字理，无论如何都会感动柳梦梅的岳父大人，会感动所有听了他的诉说的在场人。同样我相信，它会感动过去读《牡丹亭》、现在读《牡丹亭》、将来读《牡丹亭》的所有人。不过，怎么一腔真情，一场生死苦恋，却在柳梦梅的凄怆和悲鸣中认为"风月两无功"？这确有些蹊跷。也许，"风月"一词作为男女情事性事的借喻，并不被世人和文人们看好。像红娘、春香这样的角色，书（戏）名叫"贴"即"贴旦"，而"贴旦"又叫"风月旦"。也就是说，"风月"及"风月旦"大约是进不了"天地君亲师"的家神牌位的。而且我们可以大胆推测，没有红娘春香这样的"风月旦"，张生与莺莺、杜丽娘与柳梦梅的"风月"故事就不可能发生。但为什么"风月"一语所指，似乎与（所谓）的正经人的男女情事挂不上"号"呢？从"三言二拍"的有关风月的故事和桥段里，我们会看到。就连最具自由、向往自由、向往无拘无束爱情的曹雪芹也有重要的章回和桥段，对"风月"一词及"风月"借喻语境有些揶揄。读过《红楼梦》的人都知道，第十二回《王熙凤毒设相思局，贾天祥正照风月鉴》。"风月"对于纯情纯粹的贾宝玉来说，女儿是水做的，男人是泥做的。"风月"对于只知云雨的贾瑞来说，那就是淫，那就是由淫直到死——这便是中国道统里的"万恶淫为首"的另一种叙事，以及由此的价值取向和判断。因此，我就不难读到在中国文人里的另外一种表达。其实，"风月"一词与政治相勾连，即与政治相对，鲁迅《准风月谈》的《前记》说得清楚："其实，以为'多谈风月'，就是'莫谈国事'的意思，是误解的"（当然，鲁迅是不会理会这"清规戒律"的）。不过，这种只谈（或借此谈）"风月"不谈政治的"伎俩"，显然不完全源于上海二十世纪三十年代的上海，也不源于幽默"风月准谈""国事莫谈"的鲁迅。孔尚仁的《桃花扇》共四十出，在第四出时，就有"平章风月有何关，助你看花对盏，新声一部空劳赞"。当故事讲完，戏文听完时，即在第四十出，作家"庄重"地念白道："就在这龙潭江畔，捕鱼三载，把些兴亡旧事，付之风月闲谈。"确实，这样一部涉及前明及南明王朝的兴亡史，都付与了侯公子与香君小姐的风月故事中。前面已述，"风月"一词以及此词的所指，自元、明、清以降，正式走进了中国文人、文学和文化的视野。不过奇怪的是，在明清随笔（小品）中，"风月"一词则很少得见。像《浮生六记》主人公这般几乎专记与妻芸娘恩爱患难与共故事的，"风月"一词自然不会走进主人公的字里行间（也就是绝不可能有艳词淫调）。明末四公子之一的冒辟疆《影梅奄忆语》，专记与秦淮名妓董小宛相遇、相识、相知的故事，却只有"风尘"一词，也无"风月"一语。在《二刻拍案惊奇》里，凌濛初还使用了一个更少见的词来替代"风月"。这个词叫"烟月"——"闺中侠女，竟留烟月之场；枕上情人，险作囹圄之鬼"（《两错认莫大姐私奔，再成交杨二郎正本》）。不过，更让人不解的是，疑似写过淫秽小说《肉蒲团》的作者李渔（见鲁迅《中国小说史略》第十九章），在其洋洋大观的《闲情偶寄》里，谈天说地、花鸟虫鱼、戏曲诗文、骨董美食、行乐颐养，等等，几乎无所不及，却无"风月"一词。看来，"风月"一词，在一些正统文人（相信能写戏文的文人绝不是腐儒）面前，仍有些禁忌的。不过，在《肉蒲团》里，通篇都是乱交和性技巧的叙事，除"风尘""风流"两词外，也无"风月"一词。不管《肉蒲团》的作者是李渔还是别的什么人，慎用"风月"，或不用"风月"，便不是什么怪事。或许，"风月"一词对于男女恋爱、情事、性事的借喻来说，"风月"便是高雅男女之情一义的转喻了。阿弥陀佛！真是"风月两无功"啊。

夏 · 赏画

回眸焦虑的山鬼

也许，在屈原《九歌》的女神里，山鬼是最接近现代人对女性的审美诉求的。山鬼虽仍是怀春的少女，但也是最性感（sexappeal）的女神。傅抱石画于重庆的《山鬼》（1946）和画于南京的《山鬼》（二十世纪五十年代中期），都高度地还原了屈夫子的想象。在时隔十年的两幅《山鬼》里，画面上都有屈原提供的一个重要背景，就是山鬼的身后都跟着那只可爱漂亮的大山猫。"乘着漂亮的金钱豹还跟随着可爱的山猫，我的车儿是香木做成还插着桂花编织的旗"（乘赤豹兮从文狸，辛夷车兮结桂旗）。傅抱石在泼墨写意的深处，那只可爱漂亮的大山猫便藏在淡淡的水墨中若隐若现，而发髻如云萝带如丝的山鬼却在一片迷离中回眸张望。这一情景和具象是在傅抱石的其他"九歌"女神中没有的，也是在傅抱石众多的仕女画中少见的。这样的回眸和张望，自然是屈原诗里所提供的情节，从深山走出来的山鬼对"山之阿"的留恋，但屈子诗里更多的是山鬼走出深山后对新世界的期待，对于一个少女来说便是对少男的期待。你看"我别致的身儿站在山上，山也生辉，云烟渺渺流淌山下随我而去"（表独立兮山之上，云容容兮而在下）；你再看"等待着意中人吧，我不愿意归去，但是年龄大了，谁又会理睬我的容颜"（留灵修兮憺忘归，岁既晏兮孰华予）。久居深山的女儿，为了新的世界和新的憧憬，披着一身斑斓的时装，坐着她华丽的驾骑，带着她漂亮的宠物，出山打望新风景。傅抱石时隔十年的两幅《山鬼》，将屈子的这一理想表达得淋漓尽致。

但是傅抱石《山鬼》给我们展现的山鬼容颜却不是勇往直前的样儿，而是出山后猛一回首的犹豫和焦虑。柳眉上挑，明眸里些许迷茫，加上傅抱石那如丝如缕的萝带在风中轻扬，更显出了山鬼一步三回的踌躇。与 1946 年不同的是，五十年代的《山鬼》里，一面是山鬼疾驰的步履，一面是山鬼回望的焦虑。在这两幅《山鬼》中，傅抱石要回头打望什么呢？ 1946年，八年的抗日战争已经胜利，到处欣欣向荣，而在这欣欣向荣的背后则是国共两党重燃战火时的"风雨欲来"。此时的山鬼，是回望跟着她的山猫，深山中的斑斓，还是回望已经习惯了的宁静，难道画家敏感的心灵早已感受到不同寻常的历史关节？对于一个"被石兰兮带杜衡，折芳馨兮遗所思"情窦初开的少女，对于一个已经走出"山之阿"的少女，怎么会有这一步三回的情景？真的是画家那不同寻常的天生敏感吗？

也许这是人的命定。香草遍地，佳树环绕——也许这是山鬼的伊甸园，但是"终不见天"的寂寥与冷清，让充满欲望的山鬼毅然走向山外，去见她的梦中情人，"只怨公子哟，你为什么不来山里；是哟，公子多情也想我只是没有时间"（怨公子兮怅忘归、君思我兮不得闲）。这两幅《山鬼》的画面，傅抱石以破笔散锋和大块的淡墨擦抹，真正地让我们领略到了屈子写山鬼寄予的情怀："风飒飒兮木萧萧，思公子兮徒离忧。"也许傅抱石什么寄寓都没有，有的只是对屈子抒怀的写意，就是山鬼欲走欲归、欲思欲停焦虑的写意。不过，当我看到傅先生1954年画的《山鬼》时，画家的敏感和多情便立即跃然纸上。在1954年的《山鬼》中，除了没有了漂亮的金钱豹，也没有了可爱的山猫，画中的少女的皎洁的脸尽管还是有些回顾，但这幅《山鬼》的女儿脸蛋没有了早些时的和晚些时的迷茫，而是一派祥瑞和恬静。虽说背景也是大笔淡墨擦拭，画中的女儿真是情窦初开面若桃花了。在这幅《山鬼》的右边，还有画家的四句题识：有个女子在山崖，薜荔衬子萝丝带。眼含秋波露微笑，性情温柔真可爱。虽说是四言八句的顺口溜，但真切地显现出了画家迎接新时代和迎接新生活的乐观惬意。这与1946年和稍后的那两幅《山鬼》从立意到构图都实实在在不一样了。

　　当然要我说这三幅《山鬼》，究竟哪个更好一些，我只能说，疾走回望的那两幅更大气一些，画的里面和后面更有些我不太清楚的东西。

忧郁渴望的湘夫人

　　傅二石很少在自己父亲的画上补识，但也有例外，这就是傅二石在傅抱石画于二十世纪五十年代的《湘夫人》上有这样一款题识："先父傅抱石好写屈原词意，此图乃先父精心之作。"在这帧《湘夫人》中，很少见傅抱石没有背景的画面。除了飘舞在湘夫人身边的山中落叶外，整个画面就是仕女图谱中的一个常见仕女。高高的髻，细细的眉，小小的嘴，亮亮的钿，华丽的衣，飘飞的带。于是我就想，为什么傅抱石的儿子在他身后要说，这帧《湘夫人》是先父"精心之作"呢？我以为大约是缘于画中湘夫人那双眼睛。

　　"湘夫人就要来到北岛这约会之地，小岛却这样迷迷茫茫叫人生出愁绪"（帝子降兮北渚，目渺渺兮愁予），正是在这一元背景中，湘夫人的这次约会注定不会顺利。于是在这帧画图里，湘夫人的这双眼睛，似直视非直视、似左顾非左顾、似右盼非右盼，但她就是这般凄凄楚楚地望着你，让你爱怜，让你心动。再一仔细望进去，你才又会发现，湘夫人的这双眼睛其实是噙着一腔秋水的。她还没有流出来，她还不能流出来。因为"把我的夹衣抛在江中变作情吧，把我的内衣送给江边变作情吧"（捐余袂兮江中，遗余襟兮澧浦）。也许正是这双 Mona Lisa（蒙娜丽莎）式的双眼，看似一幅平常仕女图成了傅二石认为的傅抱石《九歌》图谱里的"精心之作"！在另一幅《湘夫人》（也是五十年代初期画的）里，构图更加简洁。只一条萝带，连落叶也仅那么郁郁寡欢的几片，不过，还是那双眼睛里的期期艾艾，让我们读出了湘夫人丰富的内心世界深藏微露的信息。

傅抱石一生喜屈原词意，而尤喜《湘夫人》。这不仅仅由傅二石作了注脚，而是在我读傅先生画时所亲历。在1946年的重庆，傅抱石画过一帧《二湘图》，在五十年代中期专题画过另一幅《二湘图》，1954年画过一帧高118厘米、宽205厘米巨幅《湘夫人》，1961年的《二湘图》，六十年代的扇面《二湘图》和《湘夫人》，还有在1954年的总题为《九歌图册》里的《湘夫人》。在那幅巨制中，傅抱石依旧用淡墨点缀涂抹，显示出的江水波澜，与湘夫人内心世界的波澜，不谋而合。不过在这幅画中，此时的湘夫人与傅抱石之前之后的湘夫人有一点明显的区别是，在这幅画里，处于中央的湘夫人身披霞光。这样的立意在所有"湘夫人"中都是没有的，而且在这幅之外的《湘夫人》的画图中，色调虽然明快，但那秋叶飘落的设置，毕竟给这些《湘夫人》带来了沉重的趣味旨向，像1946年的《二湘图》，无论如何都给人一种风雨交加的意味。但在这幅有霞光的图中则一反其他。而且我还看到，倘如这霞光不是与水天一色交相映射，很难说，这霞光里没有点佛光（Light of Buddha）的意味——当然，湘夫人本来就是匆匆忙忙到水边赴约的山神。在这幅画里，连那有些零落的秋叶的象征物也失去了些象征。代之而显的是画家对新时代的期待和向往。不过，即使是这样光明的画幅里，画中的湘夫人的眼睛中，我依然看到了点张望。尽管那双眼是朝着前方的。那么前方有什么呢？屈老夫子两千多年前写道：

"时光哟一次次到来又一次次离去，我怎么用安闲消遣来打发美丽的佳期"（时不兮骤得，聊逍遥兮容与）。等不及的时光，等不及的公子，等不及的约会，等不及的佳期。在傅抱石这么多的湘夫人的画里，大多没有繁缛的背景，就那么许许秋叶和那款飘逸的萝带，我想也许，湘夫人的忧郁便是傅抱石的忧郁，湘夫人的渴望便是傅抱石的渴望了。

等待妩媚的少司命

在屈子《九歌》里，"少司命"是一个最可爱的人。按习惯的阐释，少司命是执管人间女生男生的神。所以说，"少司命"是最青春最靓丽的神，是一个无忧愁无烦恼的神。但是，在傅抱石1954年的《九歌图册·少司命》的题款却是这样写的：

荷花衫子蕙花带，你忽然去，忽然又来。你晚上睡在天宫，在云端为谁等待。

少司命要等谁呢？在画中，身着华丽时装的阳光女神少司命，手捧一株兰蕙，在云霓里徜徉，步履轻盈，秀发披肩，"片片绿叶把朵朵白花掩映，菲菲清香多么让人陶醉"（绿叶兮素华，芳菲菲兮袭予）。而且就在少司命的身后就是那时隐时现的天上宫殿。天上宫殿宏伟而又壮观，檐口的朱色与少司命的丹唇遥相呼应，与少司命的衬衣领子和朱红腰带近相呼应。正是有了傅画的这种特制背景，我才觉得少司命的等待多了另外的意思。少司命不仅仅只关心自个儿之外的其他少男少女的命运，也就是不仅仅只是"手握长剑哟保护好女生男生"（竦长剑兮拥幼艾），也不仅仅是"只要有了少司命我哟能让孩子们成长为主人"（苏独宜兮为民正）。在傅先生的画中，少司命本身就是正值青春年少的女神。这样，我们才能理解傅抱石的"在云端为谁等待"的画外之旨。当然这也是屈子的意思，"意中人哟你怎么老是不来，只得临风把山歌高声唱给你"（望美人兮未来，临风怳兮浩歌）。先生画里的少司命就是这样一位女神，她不仅关心人间男生女生的成长，也关心女生男生的恋爱。而且，傅抱石的少司命也许更关心自己的初恋，关心初恋何时才能到来。

《九歌图册·少司命》中的这位已经走出天上宫殿的女神与傅抱石《九歌》里的其他女神有几处明显的不同。先说时装。除一帧《山鬼》的披肩是画有具象的植物外，绝大多数的女神衣饰大都是仕女图中常见的服饰，唯有这帧《少司命》中的女神，无论是披风还是腰带都是非常具象的屈原描写过的香草萝藤。因而显得异常华丽。这与少司命的少女形象"天人合一"。仕女画中的眼睛往往大同小异，但大师就是大师。在《少司命》中，画中的这位少女女神的柳眉上挑，双眸上扬。这在傅抱石的《九歌》画谱里是极为少见的。特别是双眸上扬时不忘了向前方的眺望。这一很有质感的图像，这一很有隐喻意味的瞬间，把屈原的少司命变成了傅抱石自己的少司命。现加上少司命的萝带如风一样融进了虚幻缥缈的云霓之中，让我们看见的这样执掌人间少女少男命运的女神的绰约风姿，更重要的是，画面上女神静静地捧着兰蕙与女神热烈的双眸眺望，显现出了少司命自个儿的等待和等待中的幸福。

这样的等待是不是就是画家本人的等待呢？

二十世纪的一九五四年，那是一段蒸蒸日上、欣欣向荣、充满阳光的日子，那是一个让所有中国人——尤其是知识分子——都等待的佳期。从旧中国走过来的画家傅抱石也许正是这样想的。因而我们看到，整个《九歌图册》中女神的画面，无不洋溢着画家异常兴奋的心情。到了1961年，傅先生画的《二湘图》中的两位女子，便有些四目圆睁了。

柔情侠骨的河伯

《九歌》凡十一首，除序曲《东皇太一》尾声《礼魂》和《国殇》外，其他八首相对成组。与《山鬼》相对的是《河伯》。相比于"湘君""大司命""云中君"的性别不好断定，河伯是一男性倒是可以断定的。傅抱石的"河伯"就是一个男性形象。

"乘上荷叶做顶篷的华丽水车，两条龙儿带着我们心情舒畅地远游"（乘水车兮荷盖，驾两龙兮骖螭）。傅先生的河伯乘坐的香车，不仅仅是两条龙牵引，而且傅先生还多画了两条。傅先生的款识是这样题写的："有角龙两条青，无角龙两条白。"在傅先生的画中，两条角龙拉着水车，两条无角龙紧随身边。四只有角无角龙这样风驰电掣，要往何处？"让我与你一块儿在天河里遨游，哪怕大风冲天波浪横流"（与女游兮九河，冲风起兮横波）。原来是河伯要带着他的可人儿一同在天河中巡游。于是傅先生在画完了那样壮观的场景后还不了然、还不放心，所以又在款识里非常张扬地写道："和你一道游九河，冲起大风破大浪，龙车水上浮！"但是，在这本以河伯为中心的屈子词意的《河伯》，我到了傅先生画中的河伯并不完全是主角。还有一主角就是坐在水车上的那位女士——

真的是 Lady first 啊——那位优雅（grace）的女士侧身在给河伯说着些只有他俩才能听得到、只有他俩才能听得懂的话。车上的河伯却没有女士那般悠闲。车上的河伯一边驾着他的龙车，一边还要倾听身边女士的嘤嘤絮语。

这便是傅先生的《河伯》。本来在屈子的《山鬼》和《河伯》这组相对的关系里，《山鬼》飘逸，《河伯》威俊；《山鬼》柔媚，《河伯》刚毅。但是，我们从傅抱石的《河伯》里却读出了天河河神的万端柔情。你看你看，河伯左手撑着荷叶做的车盖，右手扶着风驰电掣的车厢板。可以说，车的这位女士几乎就在河伯的怀抱里！而且还要细细地倾听半坐怀女士的絮语——是 Love word 吧。我想，是的，是的。这定是河伯与他一同出巡的女士的情话，不然，在这么一帧表现动感十足的画页里，车中的男女怎么会如此悠闲恬静？而正是如此，傅先生的这帧图的设色也很有些特别。《九歌图册》十一帧册页，其他诸幅朱色赭色都常用，但这帧除车上的河伯和他怀中的女士的嘴唇上有丁点朱色外，整个画面都在浓淡相间的墨色和淡淡的青色中显现。也许这样的设色是傅先生专门为河伯这样的英俊威猛的男性设计的——顺便说一句，《国殇》的背景色也大致相似——重要的还有，在这水天一色、人龙一体、男女一情中，如果不是画中的四条有角无角龙的飞奔，也许我们读到的便只有柔情，而缺侠骨了。

还真得感谢《河伯》中多出的两条龙。这不仅仅是傅先生的新造，也不仅仅是傅先生的臆想，而是河伯就是可以驱使河中的所有精灵为自己所使唤。不然，河伯怎能成为天河之神？怎能成为让车中女士侧身的英雄？而且最有意思的还是那条无角的小白龙。它不但几乎隐在滔滔的河水之中（真是叹服先生的笔力，这样几乎无层次的淡墨中居然还能画出了如此可爱的小白龙），而且它那样天真和调皮。于是我在读画时就乱猜：这会不会就是画中的那三条大龙的子嗣呢？还有什么别的深意，愚拙的我便猜不出了。

在台北故宫看《怀素自序帖》

　　台北故宫是我心仪的地方。到台湾的第二天，我走进了台北故宫。

　　我知道，在台北故宫里珍藏着中国历代的宝物，数不胜数。一说有 26 万件，一说有 46 万件。无论一说还是另一说，多且精，这是对台北故宫珍藏的总说。由于大陆这厢，近十年来把翡翠炒成了天价，因此台北故宫被人说得最多的大概要算那件叫作翡翠白菜的物什。到了故宫，才知道大陆这厢与台湾那厢，关于这种独产缅甸的玉种的叫法是不一样的。在台湾，见绿不见朱的叫翠玉，见朱不见绿的叫翡玉。而大陆这厢不分这种与那种，凡缅甸带绿带朱，或绿朱合璧的统称作翡翠了。当看到"翡翠白菜"的真身时，才发现台湾人更加的精确，因为在这样一件国人视为国宝、台北故宫视为镇馆之宝的"白菜"，只有"翠"而没有"翡"。因此在台北故宫的宝物标签上，工工整整地写有"翠玉白菜"，以及它的英文译名"Jadeite Cabbage"。由于看它的人太多，我只好匆匆路过。不是我不喜欢——好的物件谁能说不喜欢呢——只是，翡翠于当下已经不是平民所能把玩的物件了。特别是这件叫"翠玉白菜"的玉，因为它的身世是慈禧生前的喜欢物件，更因玉的质地称为极品以及它巧夺天工的技艺，"翠玉白菜"便成无价之宝了。由于它的带领和示范，近十年来，翡翠已成了神物了。当然，我知道，自古帝王都把玉当成是一种权力的象征——那"和氏璧"的历史和传说都千秋万代了。从三星堆到金沙遗址近年出土的大量玉璜、玉璧、玉璋、玉圭、玉琮来看，玉对于中国人来说，它不仅仅是礼器，玉本身就是身份、地位和权力的指示物和标志。尽管明清之后，玉从权力中心走向平民，但即是如此，玉一样的是一种身份的标志。凡与权力挂钩的东西，我总有些警惕。当然主要是人太多，我也得匆匆走过。

我相信，青山绿水怀抱中的台北故宫，不只有"翠玉白菜"一件宝物是镇馆之宝，也不只有这一件宝物才留得住参观者的脚步。宝物多着呢！只怪导游给我的时间只有两个小时。两个小时，我得着重看中国最重要的两种器物，一种叫瓷器，一种叫字画。中国瓷器的历史很早，从生活的日用品到礼器，都很早。当然中国的字（书法）画也很早，无论是刻于尸骨上的字还是涂于岩石上的画，都有好几千年的历史。李泽厚《美的历程》甚至认为，中国的艺术超过了 5000 年的历史。不知什么原因，我至今没有收藏过一件字画或瓷器。没有收藏，不等于不喜欢，而且在影印的书刊中常与中国字画打交道。对于用毛笔作为工具的中国字画，经年便有了一些见识。台北故宫的文物，恐怕最多的就是字了。当年，因为日本人的侵略，国民政府当局匆匆忙忙地从北京故宫装箱南运，在抗日战争中，分散南运的文物，一路颠沛流离，难有家安。即使抗战胜利后，故宫文物得以重返南京，但几乎还没有等到开箱，整个大陆易帜鼎新。抗战南迁的故宫文物便与那一百多万仓皇逃离的国军一样仓皇逃到了台湾。由于字画和瓷器相比青铜石刻要小许多，搬迁较易，也许这般，台北故宫文物就以字画瓷器为多为重了。事实也是如此，在台北故宫，瓷器字画的展室最多。在整个二楼的十个展室中，瓷器四个，而字画则多达六个！

212 馆里有王羲之的《快晴雪帖》。尽管它是稀世珍宝，但没有我在 204 馆里看到的《怀素自序帖》那般的震撼。第一次看到公元八世纪的书法作品，竟有那般的硕大，竟是那般的不可思议！鲜红的钤印依旧鲜红，素色的纸依旧素色，浓淡相宜的墨依旧浓淡相宜，尤其是那一气呵成、一以贯之、心手一体的近 700 字的狂草，纵让岁月穿过了近 1300 年的历史，依旧当年模样。先前读帖，那帖通过印刷和通过修正，已不知道遮蔽了多少历史云烟和历史痕迹。只要当看到真迹时，才会如此令人怦然心动。虽然有那么一层玻璃相隔，真迹就在眼前，我真真实实地看到了高僧怀素大历丁巳（777）挥毫书写《自序帖》时的勃发英姿和天纵才情。

在真迹的上方，为了让每一位观者了解，馆里一字一字对照的印刷楷体，不然，像怀素那样的龙行蛇走、自由自在、随心起舞的仙来之字，谁能识得尽。其实，在我看来，于怀素的字，根本就用不着再识其字的含义，只要一睹怀素的仙来之字的神韵就足够了！我不是书法家，对书法的历史与真谛知之甚少。不过，当我在台北故宫观看怀素的《自序帖》，我觉得，台北故宫仅此一件宝物就足可以傲视天下、傲视群雄了。在我参观台北故宫的一个月前，因两岸的《富春山居图》合璧一展，弄得两岸文化界、新闻界喧哗而齐声喝彩。诚然，以黄公望为代表的元山水开创了中国画的新局面，其晚年力作《富春山居图》也被明、清两季山水画家奉若神明。但是，在我看来，合璧而展的《富春山居图》，不完全是因为它的坎坷而离奇的经历，而在于当下两岸的政治因素。再进一步说，拿《怀素自序帖》与《富春山居图》相比，虽然两者分属不同的艺术门类，没有可比之处，但是倘若从整个中国的书画艺术的长河来看，显然，怀素的草书是开一代先河的奠基之作，而且几乎是无人可超的顶峰之作。黄公望的山水，包括《天池石壁图》《溪山雨意图》《快雪时晴图》等在内的山水巨制，虽然后世极为推崇，对后世山水画也有着极大的影响力和号召力。但像黄公望的这种山水图，毕竟不是中国书画的"独门"。何况，这类山水画在黄公望之后有了很大的发展。而在我看来，真迹《怀素自序帖》，则应了一句俗语：前无古人，后无来者。

时间太少，不容我一字字地观看和欣赏。《怀素自序帖》是我在台北故宫看的最后一件宝物，也是我驻足最久的一件宝物，差不多是我在观看其他一个馆的时间。在终于离开204馆时，在我从台北故宫走出来时，来时还是阴阴天空，走时则下起了毛毛雨。初冬台北的毛毛雨，清亮且温馨。

古人之迹与古人之心

　　读石涛画时，除石涛画中大量的题画诗外，还见石涛画中款识散落石涛作为一代大师的画论。在一幅近景巨硕岩石、中景帆行、远景密林塔影的山水图中，石涛有一七言：

> 笔如削铁墨如冰，
> 冷透须看见小乘。
> 若贵眼前皆子热，
> 依然非流不当凭。

　　我们看见，石涛书法，篆隶楷行无一不精，而以书入画成其石涛画之个性。正因为如此，中国文人画发展至此所变革的结果是，中国画因为有了书法的精髓加入，使得用毛笔作为工具的中国画形神皆备，而且是神更富意蕴。石涛的隔代弟子齐璜也是把书的成就放在其画之上（印诗书画）。在这幅题诗山水图，石涛仅仅以浓墨与淡墨设色，就把一帖空灵写在了纸上。而且，石涛直接写出了自个儿对用笔设墨的体会。正是因为汉魏碑帖勒石的硬度和力量，促使清人画风在宋元阴柔画风平台上的革命性变化。也就是，用笔的硬度和浓墨焦墨的运用，不然就不会有势大力沉的一句"笔如削铁墨如冰"之叹。将书引入画中带来的革命，石涛感慨良多。《山亭独坐图》的题识是这样写的：

> 吴道玄有笔有象，皆一笔而成。曾有张颠知章学书不成，因工于画，画精而书亦妙。可知书之可通神也。

在石涛看来，书之于画、画之于书，不仅不悖行，而是混为一体之构。不仅如此，在石涛看来，画精是因书精而成。书精画才精，书妙画方可通神。所以，石涛无不自负地写道：

> 知笔知墨者，请进余一画之门，再问一笔之旨。

吴道子，唐天元中入选内教博士，因精于道佛人物及山水，而被后人称为"画圣"。吴道子用焦墨与渲染相结合，使其画中人物欲仙欲飘，为世人称为"吴带"。石涛将其供为圭臬，足见石涛对用笔设墨的传承和发扬。众所周知，书法进入唐所达到的成就几乎可以说是光照日月的。吴道子之画所显现和张扬的用笔，可以肯定地说是将唐之书法精神和精髓化而一之的。正是如此，石涛才有如此由衷的感叹。但是这种师承的折服并不是盲从的。《游华阳山图》的题画诗有这么一句："一峰剥尽一峰还，折径崎岖绕碧湍。"这诗看似与画论无关，其实石涛骨子里对画中对象的判断和立意，是通过用笔来展开的。即一"剥"字，即一"折"字。这些都与如何用笔息息相关，都与书法之奥妙息息相关。

在用笔用墨的变化上，石涛不仅将此看成是师承的必然，更将其看成变革而创新的必由之路。我们知道，中国字源于画（即象形文字），但字终成为字后，字并不等于画。而作为一门独立的艺术——汉字书法，不仅是中国艺术宝藏里的瑰宝，而且也是世界艺术史里的独创。因此书法对于用一种书写工具的中国画来说，虽说书画同源，但是不存在书法等于画。也就是说书法对中国画的影响是首创的。所以书法的革新很可能就会带来画的革新。在一个十分讲究法度的中国书法和中国画的历史进程中，因循守旧不是一种变态，而是一种常态便不足为奇了。石涛在重视其师承的平台上，深深地知道所谓法度对艺术创新的桎梏，所以在一幅带有元明痕迹的山水图上题识写道：

> 古人未立法之先，不知古人法何法。古人既立法之后，便不容今人出古法。千百年来，遂使人不能出头地也。师古人之迹而不出古人之心，其不能一出头地也。冤哉。

这可以看成是石涛打破"旧法"以立"我法"的宣言。从临摹宋元明的山水中到真正走进自然，也就是走进石涛后来一生都与之牵挂的黄山。石涛一生画有许多与黄山相关的画，而且除一幅《搜尽奇峰打草稿》图没有题识外，黄山山水图大都有题识的。有些还是数百字的长款，如《己卯黄山图二》，仅一首七古就有两百余字，这还不包括在这首七古后面的题识。从书法入手，从自然进入，"出头地"标高打望，石涛在其山水画中，前承宋元明山水，集清山水大承，启具有现代意义山水画——我们在后来的傅抱石的山水大写意，如在二十世纪四十年代在重庆的"金刚坡"系列的山水图，便成就了现代意义的山水中国文人画——石涛在一幅山水图中就写道，"余画当代未必十分足重"，是因为"非相知之深者"不多。可见，石涛当时的一些山水图，并不完全被世人所理解。换句话讲，就是石涛的一些按照其自己的"我法"所画的作品，其实是知音甚少哟。难怪石涛专心致志地画了一幅《对牛弹琴图》。其图款识越过千字，其中有几句写得非常机智而又幽默："清风洗耳一掉头，清泉竟有不饮牛。值得携琴向之鼓，我与牛意两自由。"这些诗句，可以看成是自嘲，也可以看成是石涛的创新和革命不被世人理解的愤然。但是石涛坚持着自己在中国画上的用笔设墨上的创新（一些后人论石涛画时只看见其构图）。在一幅纵四尺宽两尺的《浅绛山水图》的题识里，石涛这样写道：

> 愚者子俗同识。愚不蒙则智，俗不澉则清。俗因蒙受，愚因蒙昧。故人不能不达、不能不明，达则变，明则化。受事剐无形、活形，则无迹运墨如已成操华如无为尺幅，管天地山川万物，而心淡若无，看愚去智生、俗除清至也。

将用笔与设墨看成是"俗"与"清"、"愚"与"智"的标准。这样看来，石涛在用笔和用墨（这两者都是书法的必备和伴生物）上，不仅仅出于技法和操作层面，而是出于大画家和大书法家的心智和世界观了。

留与肥耳作孟邻

石涛的画画得好，石涛的诗也写得不错——而且非常的不错。

作为已经过时的明王朝宗室，石涛负气为僧，并不是一个什么了不得的壮举，反而由于佛之"三宝"的濡染，使得石涛的画作与其宗室前辈八大山人有着许多传承关系。但是由于石涛生于、长于明末清初，石涛的遁世让其画作在纷乱中显示出的澄明更加珍贵。众所周知，石涛的山水画独步天下，而尤以黄山为题的画，当然还有以唐人和陶潜诗意的山水画，更加展示出中国画的顶级成就。而在众多的山水画里的题词则是石涛山水画成就的重要组成部分。在我看来，石涛的这些题诗丝毫不亚于石涛画作的艺术水准和价值。

先看五言：

> 窗中人已去，老喜得梅花。（山水册页一）
> 松中人载酒，岭上树皆酣。（山水册页二）
> 生人门不出，领略一庭秋。（山水册页五）
> 明明垂柳下，春水满山田。

农夫寒带雨，耕破一溪烟。（黄山游踪图三）

一水孤蒲绿，半天云雨清。

扁舟去远浦，可遂打鱼情。（黄山游踪图一）

再看七言：

按琴相对不复语，近人独鹤听松鸣。（访仙人坛记）

夜深月上林西寺，风送菱花齐满床。（西塘）

游人若宿祥符寺，先去汤池一洗之。

百劫尘根都洗尽，好登峰顶细吟诗。（黄山八胜图六）

柳眼媚人新雨后，放船歌入杏花天。

乾坤与我同醉醒，乳鸭闻雷芳草妍。（山水图）

这些画里题诗，即使将其与画剥离，也可单独成篇。而且倘若把它们放在某一册"清诗选编"中，我想也不会掉价的。而且，这些题诗如一时空隧道，把画家诗人胸臆直接展示在我们今人眼前。在出世与入世之间，在行乐与知道之间，在山水与闲情之间，在高雅与通俗之间……与我们相通，叫我们羡慕。而在我看来写得最大气而又最自在的是下面这一首：

太极精灵随地涌，泼天云海炼江横。

游人但说黄山好，未向黄山冷处行。

三十六峰权作主，万千奇哨壮难名。

劲奄有句看山眼，到处搜奇短杖轻。

昨日黄山归为坪，至今灵幻梦中生。

不经意处已成绝，险过幽生冷地惊。

昔谓吾有欺更变，五日今始信生平。

几峰云气都成水，几石苔深软似绒。

可是山禽能作乐，绝非花气惟天呈。

石心有路松能引，空外无声年有争。

君言别我一千日，今日正当千日程。

人生离别等闲情，愧余老病心凄清。

有梧在予何辞醉，有语能倾却不倾。

满堂辞客平生盟，雄谈气宇何峥嵘。

座上尽是黄山友，各赠一峰当柱撑。（己卯黄山图二）

在论及石涛山水画时，没有不及《搜尽奇峰打草稿》（1691）的。但是《搜尽》一画仅此七字，再无他字，除印外，连石涛本人的题署都没有——真是如唐人司空表圣的"不著一字尽得风流"！而在己卯（1699）七月的《黄山图》里，却是如此长的一首七古！可见黄山对于石涛的吸引和黄山本身的魅力，更在于石涛于此画时的心境是如此的放松，如此的自由自在，如此的浑然天成。我们将这两幅巨制放在一块儿读，就能看到:《搜尽》展示出了艺术精雕细刻的杰出才华；而《黄山图》则是融于画家血液之间精灵的毕现。这当然更要感谢画家更重要的是诗人给我们留下了这首诗。山水诗作为诗中的重要一支有其特殊的意义，无论是南朝，还是唐宋，山水诗都有一定的地位。如果把杜甫的《秋兴八首》也看作是山水诗的话，那至唐，山水诗就达到了鼎盛。而款识于画家画幅里的诗，历来并不太多地受到重视。原因无别，画家都是以画出名。但是，我们却从来没有谁会否认中国画里的画、书、诗、印这四位一体的独创。所以说，最为杰出的画家，都是画、书、诗的行家。在读石涛的山水时，诗在画中不只是陪衬，而是与画共生共荣的艺术成分。

不过，让我感动的还有石涛的花鸟中的诗。我们看到，石涛花鸟中的题诗则是别具一番情趣。

先看一首五言：

> 一叶一清静，一花一妙香。
> 只些消息子，料得此中藏。（竹石梅兰图）

再看七言一首：

> 幽寻何必远高卧，绿阴长客到清吟。
> 起襟披过雨凉坐，尘梦断饮助碧瓷。（蕉菊石竹图）

在这两首中，我们自然嗅出了石涛作为佛陀弟子的禅义，嗅出了石涛于此画图中的有些不食人间烟火的境界。不过，作为凡人，石涛则是其花鸟中那植根于凡间植根于生活的气息和极富想象的灵气。作于 1694 年的《花卉》册页便是这样。

芭蕉是这样的：

> 悠然有殊色，貌古神已骄。
> 宁不在兹乎，雨声风一飘。（花卉册页二）

牡丹是这样的：

一样花枝色不匀，偏教野趣闹残春。

分明香滴金茎露，更比荼縻刺眼新。（花卉册页四）

桃花是这样的：

度索山光醉月华，碧空无际染朝霞。

东风得意垂消息，变作夭桃世上花。（花卉册页五）

绣球是这样的：

谁将冰雪打成球，此辈应知非浊酒。

记得琼花尤出色，高高飞上白云楼。（花卉册页八）

这不是一般所说的"拟人化"，这是画家、诗人对其所画之物所状之物的心至情至。石涛的这些册页小品，完全是一种个性和灵性的自由焕发。页幅留出的空间全部给了不同书法写就的诗文——而且有的画页是画少诗（文）多。譬如在桃花诗后又注：

如此说桃花，觉得似有还无。

人间不悟也，浓作繁华观也。

而且，石涛在这册共十二帖的画页里，有两幅桃花，另一幅题诗是这样的：

> 不设此花色，焉知非别花。
> 此花惟设色，而恐近涂鸦。
> 如何洞如火，神韵无毫差。
> 吾为此作者，游戏炼明霞。（花卉册页九）

在诗人石涛眼里和笔下，无论芭蕉还是桃花，实际上都已经是石涛生活中的一部分，而且是长成了精灵的一部分。从这些花卉中看到了看似僧人（后来石涛还俗了）的石涛，除了其一以贯之的禅义外，日常的生活依然生机勃勃，而且还富有趣味。这是中国士人和文人的生活写照和理想。对于前者，现实的生活一定是不尽如人意的，而在其自己的画作和诗文里，便一览无余。当然不是出于无奈，而是出于经典文人的修炼方式。就如僧们的晨钟暮鼓一般。只是这样一种境界于时下的人们——当然也包括了时下的知识分子——来说是太久远太久远了。

诗人是理性的，但诗人更是感性的。在读石涛的这些花鸟画及题诗时，我是如此觉得。不仅仅是这些画家的经典对象即诸如梅花、桃花、芭蕉、牡丹等外，石涛也很关注其身边日常的物件。《花卉册页》十二幅中的一幅就是画的一株大白菜。诗是这样写的：

> 何必秋风想会芽，菜根无乃是灵根。
> 写来淡墨清泉里，留与肥耳作盂邻。

看来，诗人不仅仅充满生活情趣和禅义，而且一个"孟邻"，便将中国士子几千年来积极入仕的思想和情怀暴露无遗。

摇曳多姿态的题画诗

　　国画一代巨擘齐白石对自己的题画诗，无比骄傲。众人喜欢齐画，但齐却说："我诗第一，印次之，书再次之，画更次之。"齐说自己的画在诗、印、书之后，当然是自谦之辞。但是，齐自诩的诗第一，则显示了诗在中国文学艺术史里曾有过的独尊地位。诗三百以降到唐宋达到顶峰，说"中国是诗的大国"一点不过分。诗于中华文明史所呈现的灿烂，其他艺术确实无法可比。国画里的题画诗，则是诗在另一领域里的奇葩。

　　考证题画诗起于何时，对于今天来说，意义不大。我们只知道，诗与画的结合在文采斑斓的两宋，就完成了天作之合。治理国家似乎有些蹩脚但画艺诗艺绝顶的宋徽宗赵佶，其《瑞鹤图》几乎要以看成是两者合璧的典范。除了图的典雅外，一首题画诗，不仅让诗、画、书相映成趣，而且提升了画面的美好寓意。诗是这样的："清晓觚稜拂彩霓，仙禽告瑞忽来仪。飘飘元是三山侣，两两还呈千岁姿。似拟碧鸾栖宝阁，岂同赤雁集天池。徘徊嘹唳当丹阙，故使憧憧庶俗知。"虽说此诗其意境其自由不能与唐诗相颉颃，但其格律和用典则一脉相承。到了山水画大发展的元代，题画诗更加派上了"用场"。开山水画一代先河的黄公望，其画开阔大气，题画诗也写得大气。《为张伯雨画仙山图》有题画诗二首，其中一首为"东望蓬莱弱水长，方壶宫阙镇芝房。谁怜误落尘寰久，曾嗽飞霞燕帝觞"。题画诗由宋元明至清，题画诗达到高峰，如石涛等人的题画诗，丝毫不亚于当时的诗人。

作为过气的明王朝宗室，石涛因佛的"三宝"濡染，其画在遁世与纷乱中显示出澄明。众所周知，石涛山水画独步天下，尤以黄山为题的画（当然还包括以唐人和陶潜诗意的山水画），展示出中国山水画的顶级成就。山水画里的众多题画诗则是石涛山水画成就的重要组成部分。如"明明垂柳下，春水满山田。农夫寒带雨，耕破一溪烟"（黄山游踪图三）；"一水孤蒲绿，半天云雨清。扁舟去远浦，可遂打鱼情"（黄山游踪图一）；"游人若宿祥符寺，先去汤池一洗之。百劫尘根都洗尽，好登峰顶细吟诗"（黄山八胜图六）。不仅山水画，在花鸟画（石的花鸟并不亚于山水）里，数量也不少："度索山光醉月华，碧空无际染朝霞。东风得意垂消息，变作夭桃世上花"（桃花）；"谁将冰雪打成球，此辈应知非浊酒。记得琼花尤出色，高高飞上白云楼"（绣球）；"何必秋风想会芽，菜根无乃是灵根。写来淡墨清泉里，留与肥耳作孟邻"（白菜），等等。要禅义有禅义，要情趣有情趣，要哲理有哲理，要生活有生活，这些题画诗不仅充实了画中之画，而且扩大到画外之画。进而让题画诗成为一种具有独立意义的诗格诗风。甚至有时，题画诗才是那画的真正主人。石涛有一幅《对牛弹琴图》，画面只有一抚琴老者与一静静卧着的墨牛，老者与墨牛相对而坐，没有设色，画面极为简约，题画诗则有六首古风。六首，首首不凡，近800字，布满画面。最精彩的是第六首的最末几句："世上琴声尽说假，不如此牛听得真。听真听假聚复散，琴声如暮牛如旦。牛叫知音切莫弹，此琴一弹琴先烂。"

诗入画，成为国画里的重要元素和重要构件，同时也是文人画的重要标志之一。到了近现代，如吴（昌硕）、齐（白石）、黄（宾虹）、潘（天寿）、傅（抱石）、李（可染）等，其画其诗都有很高的成就。特别是齐、傅两人的题画诗，除了继承中国诗学的典雅传统之外，在大众化和口语化方面，还造出一片新声。齐在花鸟画方面的造诣与成就几无人能及，花鸟画上的题画诗，也十分的耀眼（不然，齐不会说"我诗第一"）。如"菊花正色未为工，不入时人众眼中。草木也知通世法，舍身学得牡丹红""八哥解语偏饶舌，鹦鹉能言有是非。省却人间烦恼事，斜阳古树看鸦归"（菊花八哥）；"卅载何须泪不干，从来生女胜生男。好写墓碑胡母字，千秋名迹借王三"（青蛙蝌蚪）。《九歌》在楚辞里虽属民歌，但时隔两千多年，已非一般人可读。傅抱石一生极喜《九歌》，同一题材画有多幅。在画《九歌》时，大量地使用大白话。如"荷花衫子蕙花带，你忽然去，忽然又来。你晚上睡在天宫，在云端为谁等待"（少司命）；"云神放耀光，赛得太阴与太阳。坐在龙车上，身穿着五彩的衣裳。她要在空中翱翔，游览四方"（云中君）。可见题画诗在傅抱石手里，已经与五四白话新诗有机接轨。白话诗入国画，这是了不起的一个变化。这一变化表明，国画的创新途径既然可以是多样的，诗的创新也具多条路径，问题在于画家诗人们敢不敢于去试。从上面可以得知，我们的先人，无论是画还是诗，并没有墨守成规，而是以摇曳多姿的题画诗，扩大了国画的天地，同时让诗也获得了另外一种意义。因此，在我们继承与发扬中国的诗学传统时，不要忘记了题画诗是中国诗歌大家庭里的重要一员，而且不是可有可无的一员。

猫咪永远是艺术家的宠物

猫抓耗子是天性所至，大约从前的猫和现在的猫都是会抓老鼠的。当然在人的词典里也不尽然，山姆大叔们的动画巨片《汤姆与杰瑞》（Tom and Jerry）里，那只叫杰瑞的小耗子逗得汤姆猫常常恼羞成怒。不过，这毕竟也是人类的想象（希望动物们不要遵循什么"丛林"原则吧）。猫，作为猫科动物的鼻祖和命名物，抓老鼠天经地义，古今同理。

可是，猫成了人的宠物（pet），就很难说猫会抓老鼠了。原因无别，大约是作为宠物的猫打从娘肚子里出来，就一天也没见过耗子。我家的龙龙就是这样。一个多月大一点，龙龙就从成都的一个宠物市场上让女儿带了回来，成了我家的正式一员。吃好的、住好的。孩童时，吃的是猪肝和小鱼，逐步地会吃起猫粮时，便从此吃上 8 元 500 克的猫粮。后来物价有变，猫粮涨到 35—40 元 / 千克。虽说我的屋百十平方米，不过对于龙龙来说，还是有它充分展示抓、跑、跳本领的地方。最安逸也最舒服的是，家里的沙发和床，要么是它的栖息地，要么就是它一睡便是几个小时的床。到了冬天，龙龙就干脆钻进被窝里。撵了一遍，它又来一遍。等你醒来时，它还在你的脚边的被窝里。到了夏天，没有被窝让它钻，它就等你睡着时，跑到你的脚边乖乖地睡下。

原以为，只有我家的猫是这样爱钻被窝。一日闲翻画集，才知道，猫儿钻被窝，不只始于我家的龙龙，而是好久好久以前，宠物的猫儿们，早就上床钻被窝了。郑板桥的一幅猫儿图上题诗四句。诗是这样的：

> 最得闺中妇女怜，
> 牙床绣被任他眠。
> 你来花下寻蝴蝶，
> 吉兆先期九十年。

郑板桥是画竹画兰画石的绝世高手，其实郑板桥那么多的虫、鱼等的小品，同样属于一流。而他的这只猫儿则是更有趣。画面上一只肥硕的大花猫，仰望前方，盯着顶上一只翩翩飞着的花蝴蝶。此时此画，画家兼诗人的郑燮却对猫的其他生活状态给了抒情的肯定。不仅郑板桥画猫，自清一代大画家，猫虽然不是画家笔下的常客，但一旦入画，便妙趣横生。八大山人《杂画册页》中的猫儿，双眼似闭未闭似睁未睁，养尊处优活灵活现。任伯年的《狸猫竹石图》，猫的双眼直视前方，骨架与肌理，全在墨色的不经意晕染之中。任伯年的《圣婴图》中的猫则眼凶口恶，而且前爪紧抓地面，一副随时攻击的样子！虾、蟹、蛙、蝌蚪、鱼、虫、鸡、鸭等为齐白石一生画中最爱，但猫却少见。不过一幅《油灯猫鼠》却让人看到猫于画家来说依然重要。小老鼠自是齐白石笔下常客，但猫入画便就惊艳：黑白两色、两爪着力地上、胡须抖擞，虽无肌理，但猫的聚精会神却毕现无遗。最让人惊奇的是比清早许多年前的宋，宋人李迪的《狸奴小影图》，细毛蓬勃、全身金色，一对黢黑的眼珠子，在金光闪闪的衬映下，童稚活泼，可爱到了极点。令人叹为观止。至于西画尤其现代主义的西画，猫咪更是画家的宠物。

　　猫的眼睛（据说猫咪眼睛的神情比人的眼睛还要复杂）、毛发、胡须、前爪、尾巴、纹理，等等，只有猫才有。无论西洋还是中土（自然还包括中土的邻居日本），猫大约就是灵和巫的转喻本体。那就是猫的灵异，是其他家养动物所没有的。据说，人类两大宠物犬与猫相比，犬早就家养后失取了它原来的本性，而猫依然没有被人类全部地驯化。这话题有些远了。还是回到我家的猫儿来吧。我家的猫与李迪的金色猫很有些距离，我家猫儿是草民，不像李迪的猫儿是贵胄。还好，我家猫儿与朱耷的猫几乎一样。睡时，双眼似闭非闭，似睁非睁。虽说不如八大山人那猫值钱，但我家猫每天陪着我的。嘻嘻。

《大卫·科波菲尔》的插图及其他

　　拙文《经典中的爱情》(见《文学自由谈》2010 年第 4 期)中涉及狄更斯的伟大小说《大卫·科波菲尔》。重庆作家漆园子看后说她读狄更斯《大卫·科波菲尔》时,只记得那书的插图精美极了,而且还说男朋友把书中的插图撕了下来专门订成了一册(连环画似)给她学画人物画。至于那书,漆园子说她只记得像油渣子一样。

　　于是,有了这则小文。

　　我最早看狄更斯的书就是这本中文名叫《大卫·科波菲尔》的书。那是刚从农村知青中出来被推荐进了一所开办时叫"泸州大学",等我读时叫"宜宾教师进修学校"的中等师范校。因为小说写的是小人物的奋斗史,与我当时的家庭背景和在农村当知青的经历颇像,狄更斯的小说便走进了我当时及以后的许多日子。后来陆续看了《匹克威克外传》《双城记》《远大前程》,还看了电影《雾都孤儿》。还看过英文简写本的《双城记》和《远大前程》。当然最让我心仪的仍然是我最先看过的《大卫·科波菲尔》。

　　《大卫·科波菲尔》的英文原书名很长: The Personal

History of David Copperfield。直译大概应当是"大卫·科波菲尔个人的历史与经验"。不过，作者在扉页上却是写着"小大卫·科波菲尔个人的历史与经验"，而且有一脚注"本书主角与其父同名，故在他的名字上加一'小'字"。其实在我看来，不是因为书中的主角的父亲叫同一名字而在书中的主角加一"小"字，而是作者狄更斯太爱这本书——太爱书中的主角大卫·科波菲尔（是不是自传，那当仁者见仁智者见智的事）了。因此才在书中的主角前加一昵称"小"字——这不是我的杜撰，而是作者为此在此书的一个非常短的"序"里明确无误地写道：

> "在我所有的著作中，我最爱这一部。"原因是大卫·科波菲尔是作者"内心的最深处"的"一个得宠的孩子"。狄更斯在他的这篇短序里的最后一句就是，这个得宠的孩子——
> 他的名字是"大卫·科波菲尔"。

《大卫·科波菲尔》的中文译本很多（包括编译本、青少普及本等），差不多隔上一段时期，就会出上一本它的译本。在事隔20年后，人民文学出版社于1978年再版了董译《大卫·科波菲尔》。2004年，中国人民大学出版社，则以"董秋斯译文选集"名目，出版了这个同名译本。人民文学出版社在2004年的版本则是庄绎译本。而最近的有2009年4月北京科学技术出版社出的编译本（编译者张海涛）。2009年5月宋兆霖的全译本是由光明日报出版社出版。这种"百花繁茂"的景象，符合《大卫·科波菲尔》在世界文学史上的地位。因小说所写的小人物的辛酸史、励志史，作家表达出来的崇高的理想和博爱的道德，以及只有狄更斯才能描绘的英国风俗，使它成了"可以与《圣经》相提并论的伟大著作"（列夫·托尔斯泰语）。董译《大卫·科波菲尔》也成了新中国成立60年间最有影响的600部中外名著之一。1976年，我从农村当知青进入到师范的第二年，意外地得到了董秋斯1943年始译，1958年才全本印行的《大卫·科波菲尔》。自此，也随时翻动着。后来还读过由外语出版社与牛津大学出版社联合出版的由Clare West改写、洪志娟翻译的英汉双语本。董秋斯的译本于1958年4月由人民文学出版社出版。第一版第一次印刷共印7500册，分上下两册，书价为4元7角钱。这个译本最让今天读书人感动的有两件事。一是在书的前面附录一篇由美国大学教授为《大卫·科波菲尔》在美国印行时（大约十九世纪末）所写的序。此长序，不仅让我们读者了解到《大卫·科波菲尔》的背景与作品的杰出艺术成就，还让我们读者了解到狄更斯非凡的人生。第二件事就是书中的插图了。插图共计近40幅。如果不是译者在书末的"译者题识"，就我的阅读范围，我是不知道这些精美绝伦的插图出于何处，出于何人之手的。幸好，"译者题识"里留下了这段历史。从"译者题识"里，我知道了这些插图源于狄更斯同时代的著名插图画家白朗（H.K.Brown）。白朗不仅是与狄更斯同时代杰出的插图画家，而且是与狄更斯合作最久与最友好的画家。因此，译者董秋斯写道，译者所倚的柯林斯（Collins）版的白朗的插图"不仅最熟悉当时的人情物志，也最能体会作者的用心"。因此，董秋斯在五十多年前就断言："就这一点来说，同时的和后来的为本书制图的人，恐怕没有能赶上他的了。"是的，肯定是的。事实上，白朗为《大卫·科波菲尔》所做的插图，几乎是在作家边写小说（《大卫·科波菲尔》写于1848—1850），画家边开始了插图的工作。特别是《大卫·科波菲尔》插图，一是做工精细，全是采用的蚀刻（etching）版画；二是费时较久（据说用了两年即1849—1850）。因此它成就了小说插图中最为优秀最为杰出的艺术品。

1949年10月新政之后，1950年由新知三联书店出版了董秋斯译的《大卫·科波菲尔》，而由人民文学出版社1958年出版的董秋斯译的恐是新政后的第一个全译本。这个全译本（精装、上下册、1016页）与后来的译本比，至少在两个方面是后来译本所不及的。第一，是董译所据原著是一个可靠且是原作者的最后一个定本（1868年柯林斯版，而狄更斯在1870年便仙逝了）所译。第二，我已经说过，当然就是白朗的插图了。Brown，全名为Hablot Knight Brown，生于1815年，卒于1882年，伦敦肯宁顿人。1936年春天，白朗（按董译，现译恐为"布朗"）遇到了狄更斯，从此，狄之小说、白之插图交相辉映，成就了一段文学与艺术的传奇。在一本叫《狄更斯手册》（A Collection of Literary Worksby Charles Dickens）里称，白朗与George Cruikshank（乔治·克鲁克沙克）是狄更斯时代最有名的画家。准确地说是狄更斯小说最得力的"御用"插图画家。插图的材料和手法主要有两种，一种是黑白木刻（black-and-white woodengravings），另一种是黑白金属蚀刻（black-and-white metaletchings）。《狄更斯手册》据此还说道，狄更斯与其他的几个插图画家，特别是与 H.K.Brown 和 G.Cruikshank 配合得是相当密切（closely）的。这得益于他们的插画（illustrations），尤其是布朗的插画让狄更斯的小说增添了色彩（brilliant）。但更为重要的是，正是因为是给狄更斯作了差不多一辈子的插图和大量的木刻版画，1878 年白朗被授予英国皇家学会年金。也可以说正因如此，白朗在英伦三岛的艺术史上留下了大名。《大英百科全书》不仅有白朗的生平介绍，而且在伦敦的兰仆林（Ladbroke Grove）墓地有着白朗的蓝色墓匾（Blue plaque）。墓匾不仅完整地记录了白朗的生卒年代，同时标着白朗的笔名为"脸谱"（Phiz）。更为精彩的是，在这一外方内圆的蓝色墓匾上，专门刻有这么一句话："狄更斯小说的插图艺术家长住于此"（Illustrator of Dickens's novels Lived here）。

现在要说到这个译本的种种了。董秋斯（1899—1969），原名绍明，笔名求思。天津静海县人。文学翻译家。1926 年毕业于燕京大学哲学系，1930 年参加左联并主编《国际》月刊，1946 年加入中国共产党。1949 年 10 月 1 日后，历任上海翻译工作者协会主席、《翻译》月刊主编、中国作协编审、《世界文学》副主编。其译作主要有《大卫·科波菲尔》《战争与和平》《杰克·伦敦传》《卡尔·马克思》等十多种。从董的经历和学术成就看，特别是董译《大卫·科波菲尔》所花的时间（十四年）看，董译《大卫·科波菲尔》显然是最值得信赖的。不像现在的一些译本，为了博名和获利，"急就章"似的，巴不得三天两月就译出来投放市场。至于说到一些不伦不类的

"编译本"，那当然说不上什么"精益求精"，恐怕连"诚信"都得打上问号的。另外再说一句题外话。在电脑绘画、制图日益便当和疯狂的当下，我们每年出版的上千部长篇小说，有多少是有插图的？即使有，又有哪部长篇小说里的插图可以担当得起"艺术"的称呼？至于说专门插图画家可能就罕若晨星了——或许根本就没有。

穿透灵魂和肉体

　　蒙娜丽莎的微笑，是人类自有美术（或美术史）以来最神秘的笑，也是最伟大的笑。它作为独一无二的笑，不仅仅是它不能复制，还因为复制本身就可能是一桩罪过。西方的艺术史对其有着深切和精到的评论。到了达·芬奇的时候，实际上，文艺复兴差不多已经完成了它从神到人的历史性转变。尽管，宗教题材的艺术依旧铺天盖地，依旧占据着社会的主流，但毕竟佛罗伦萨的艺术家们已经把视角的关注点，还有兴奋点转移到了平民之间。于是，一位少妇就走进了达·芬奇的画室。

　　我清楚地记得，伊战的前夕，我有幸走进了巴黎的卢浮宫。我多少知道，在卢浮宫就藏有达·芬奇这件让世界美术不至于平庸的杰作。遗憾的是，我是离真身很远看的，原因无别，参观的人太多了。还有一个重要原因，是因为卢浮宫要看的东西也太多了，我不可能像巴黎的市民那样可以驻足很久，我也不是像那些专门到卢浮宫画素描的艺术家们，可以旁若无人地对着那些精美绝伦的画作，细心又细心地描摹。我只有那么一点点走马观花的时间。即使是这样，我当时觉得我是一个看过《蒙娜丽莎》真身的人。但是，很快，就在我们走出卢浮宫不久，导游就对我们说，你们看到的依然是复制品。《蒙娜丽莎》是卢浮宫的镇馆之宝，哪能轻易示人。不管怎么说，我毕竟是到过卢浮宫二楼看过《蒙娜丽莎》的人。在我远远看去的时候，我就觉得这不像一些艺术史所定的那样，蒙娜丽莎的笑是神秘的笑。是的，我们确实不知道那双眼睛里面包含了一些什么微言大义。但是有一点我是多少了解一些的，那就是在我远远望去的时候，直到已经过去了一些年，我还记得，那个几百年前的女士的眼睛依然是活着的，不仅活着，而且直逼你的灵魂。你不知道它要说什么，你也不知道它想说什么。在人类的历史上，特别是在人类的文学艺术史上，"神秘"可以说是最伟大的艺术。因为，人的心灵就是最为神秘的所在。在《蒙娜丽莎》中，还不仅仅限于那位女子的眼睛，还因为在她眼睛下的那张嘴，也及由那张嘴微微翘起的嘴角。这一"微微"的尺度，不是人工所为，而是天工造物。在她身后的山川、森林、原野以及整个人之外的自然，不是作为微笑的陪衬，而是作为了那神秘微笑的对象。也就是说，对于人文觉醒的时代，人的觉醒不只限于对人自身——当然这是最为重要的——同样对自然觉醒也是人觉醒的部分。

《蒙娜丽莎》的神秘之笑，是可以有多种诠释的。哀怨、自怜、嘲弄，等等，无论是哪一种，都是发自那位女子心灵的瞬间。正是有了这一瞬间，这位女子的神秘一笑才成为永恒。这一永恒，在我看来，不仅仅是来自心灵，而是来自这位女子的肉体。对于神，肉体是没有用的，或者说，肉体仅仅被看作祭神前的最后一道祭品，飞升的将是肉体淘尽后的清净。但是，既然这样一位女子生活在意大利或者说整个欧洲快要从中世纪的宗教禁锢结束的时代，既然这是一位天才加无所不能的全才的达·芬奇，就更知道或更懂得，人自身肉体的重要，以及由这一肉体焕发出来的生命的光辉的力量。这位女子说话的双手，这位女子细腻的胸，这位女子直视看她的人的双眼，都是佛罗伦萨人——作为单个人——被唤醒的象征。2003 年 2 月 24 日下午，我来到了我在徐志摩诗里曾遇见过的翡冷翠（佛罗伦萨）。经过了近 500 年，当然早已物是人非。不过，当我们一行人去拜谒这座城市另外一位巨人但丁时，但丁关于人的一些诗句时隐时现：

> 那是谁，胆敢没有死便走过死的王国？
> 且将流泪的种子收起，听我说话吧
>
> 你就将听到我的被掩埋的肉体
> 应该如何感到你走向一个相反的方向
>
> 自然和艺术向你呈上的欢乐
> 莫过于我在人世时所裹着的
> 现在已委身于尘土的艳丽的肉体

当我准备着这篇文字时，我再一次翻动着但丁的《神曲》。第一段出自《地狱篇》，第二、三段出自《炼狱篇》。"死"对于海德格尔来说是人的必然（相对于生的偶然性），但当"生"已成为"在"时，那么于生的重要性便不会亚于"死"。因此对于启蒙者但丁来说，由于有生才有死的这一原因，因此当"死"还不是"在"时，那么"死"就没有了意义。意义何在呢？意义在于"生"时"肉体"的欢乐！但丁在上面的这些诗句里，表达得太明白不过了。也就是说，即使是有了自然与艺术向我们呈现的欢乐，但是它远不及活着时"艳丽肉体"所呈现的感性和重要。其实，按照英国美学史家鲍桑蔡的意见，感性即审美。如果这一意见成立，那么"艳丽肉体"本身就是美学意义上的美。这不仅仅是对艺术的标榜，也不仅仅是对神的挑战，重要的是对人自身肉体的唤醒和挑战。《蒙娜丽莎》便是这样一副光照，只要还有人的历史。不仅仅是艺术史，还是人自身的人体史。这样，我们才能更好地理解，达·芬奇为了人体的艺术要亲自去解剖人，要绘出历史上第一幅人体的"黄金比例图"，还有达·芬奇的一些关于人体解剖的实例图谱和教案。于此，我们是不能仅仅用科学来解释的。如果硬要如此解释，那就是，艺术家对人类肉体的关注也很入迷，是艺术史划时代的转折和表征。实际上，从这个意义上讲，那位佛罗伦萨女子的神秘之笑，不仅开启了从意大利到荷兰画派的文艺复兴，而且也开启了十九世纪后期到二十世纪中期巴黎时的现代及后现代浪潮。

　　少见而杰出的艺术史家贡布里希在释《蒙娜丽莎》时也十分茫然地说道："我们一直不大明白蒙娜丽莎到底以一种什么心情看着我们。"是的，这是人说的真话，不是全能的神说的话。即使是全能的神，我相信，那样一位神，也很难说得清那极为模糊的眼角与嘴角里要想说的。一种人的不确定——人永远都是不确定的——从眼睛里表达显现出来的表情，"总是叫我们捉摸不定"（贡布里希）。显然，《蒙娜丽莎》那"捉摸不定"的不仅仅是灵魂的幽深，而且也是肉体的魅力。包括她的双眼和嘴角正在嘲弄着世人的神情。说得直白一些，我们从这"捉摸不定"的情态中，我们确实不知道她想什么、她要说什么、她要干什么。但是我们却是真真切切地感受到，她在想着什么，她要给我们说什么，她也会在某一时刻就要干什么。这一定是肯定的。因此，她的双眼、她的嘴唇所展示出来的或所隐隐炫耀出来神秘，一定会穿透世俗之人的——因为她的活着是有血有肉地活着。她包括由她形成的这一件独一无二的艺术品，不是一个简单艺术的符号，也不是一件如风干后的历史那样了无生气。由于她的眼睛（当然也包括她的双手）显现出的捉摸不定，由于她的手、她的胸所展示出人有血有肉的欲望。从某种角度上讲，它不仅仅颠覆了神，同样它也颠覆了人。人是可以为自己自由自在地活着，人也可以自由自在（从神秘中迸发出）地对所处世界和未来世界表态。这种表态与《启示录》里的预言更有力量。因为这是人的表态，而不是神妄图超越一切的表态和断定。这样她——不是符号，而是活生生的样本（"能指"）——的"所指"才具有文艺复兴时人的精神、人的欲望、人的力量直接显现。正是由于有了这样的力量、欲望和精神，文艺复兴时启动的人文精神，以及由人文精神旗下的人文关怀才放射出了它千古不灭的光辉。《蒙娜丽莎》不仅开启了新的艺术和艺术史，也改变了艺术和艺术观念。更为重要的是，开启了所有人文学科（包括文学、历史、哲学等）的新纪元。尽管文学在南欧（如意大利和西班牙等）已经有了长足的发展，但由绘画艺术带来的文艺复兴，在英国、法国、荷兰等西欧诸国最终走进了人本主义的高地。

也许这样，我们才能理解艺术进入到十九世纪末到二十世纪初中期，世界艺术史里发生的天翻地覆的变化与变革。特别是在凡·高、塞尚、莫奈、毕加索等人的艺术世界里。甚至，我们还能在康定斯基的线条、达利的梦境等这些走极端的艺术家的艺术世界里读到来自十五、十六世纪的一以贯之的精神。凡·高在他张扬的向日葵和扭曲的柏树里，所展示出来的，正是人不安的灵魂和无羁的肉体的所指。莫奈的《日出》和《睡莲》与其说是对自然的印象，倒不如是说人灵魂与肉体神秘的外化而已。塞尚的《野餐》，画面虽然很有些怪诞，但画面诸人给出的无奈与期冀，则让我们清楚地看见人灵魂的诡异和人肉体欲望的无所不在的那一瞬间的状态。至于说到毕加索，那就更是人灵魂和肉体无穷力量的展示了。即使是像《阿维尼翁少女》这样看似纯情的艺术，其实五位少女的指向我们大致是可以得知的。那就是她们眼神的迷离，以及迷离背后鲜活的肉体。

直到今天，在我所见的国画里，未曾看见过《蒙娜丽莎》那样穿透肉体和灵魂的巨制。

艾敏与朱新建色情的形而上与形而下

自法国人杜尚 1917 年《泉》，即那尊无与伦比的小便池（其实杜尚在此之前就已经有了《自行车轮》《瓶架子》等装置艺术），装置艺术作为独立的艺术形式，成为二十世纪艺术的离经叛道者，也成了二十世纪艺术里的重要组成部分（尽管它很难进入"正统"的艺术，譬如《剑桥艺术史》里有杜尚的油画《下楼的裸女》，却没有杜尚的装置《泉》）。在这一进程中，艾敏（1963— ）的《1963—1995 所有我睡过的人》（1995）和《我的床》（1999）成为重要的事件。翠西·艾敏（Tracey Emin）的《1963—1995 所有我睡过的人》是这样一件作品：一顶帐篷，帐篷上，艾敏绣满了 102 个名字（记住：102 人的名字不是虚构的名字，而是生活中曾经实实在在发生的名字）。这 102 个名字就是自她 13 岁之后有过性关系的所有男人，包括她的家人（如艾敏的双胞胎哥哥等）。艾敏把本是一个最为私密的性当成了一个公众的行为艺术品。对于艾敏来说，性已不再是她个人的私事，而且性的空间也不再是她个人的空间。因此，这一作品，让艾敏成为当代最有名的行为艺术家，同时也让"行为艺术家"及其作品"行为艺术"

成为个人反抗集体最重要的表征。或者说，通过这样一件作品，让"性""死亡"或"濒临死亡"成为政治的非政治敌人。

对二十世纪艺术起到重要变革作用的杜尚，以其自己早期的绘画《下楼的裸女》、装置《泉》到晚年的摄影《杜尚与裸露女伊娃对弈》、装置《给予》等影响整个二十世纪艺术，其"让艺术等同于生活"的观念，更是把由文艺复兴以降的艺术传统彻底地作了一个颠覆。《1963—1995 所有我睡过的人》的这件作品，正是"让艺术等同于生活"的一件学生作品。它不仅直指私人空间，它还直指与私人空间相关系的物件。重要的是，它彻底地毫无保留地——这是现代主义思潮的重要特征——将这一私密事件，向公众空间开放；将这一个体事件向群体事件的转移——102 个男性名字其能指即形而下的事实本身，即是艺术本身。

当然它的形而上的意义也是明显的，那就是由 102 个男名字、作品的标题，重要的是由此两者固化的帐篷，其转喻明眼人都知道的。现在，不是去追究这一件作品的转喻，也不是去探寻这一件作品转喻生成的意义。譬如女权主义，譬如性在男与女之间的同异，譬如女性性的话语权力与男性性的话语权力孰大孰小——艾敏对这件作品有一个骄横的解释，我把他们，即 102 名男性都搞了——譬如色情在艺术作品里扮演的角色有没有界限等。这些，我们都可能从这样一顶蓝色帐篷、五颜六色的字母拼成的 102 个男人的名字以及这件作品的标题里获得提示和暗示。等到几年后的 1999 年，同一作者的《我的床》，形而下的观念完全让渡于形而上的观念，而且其操作方式一样，几乎一样。——看似一样：一张她睡过的床垫上堆放着凌乱的床单，被褥上体液的痕迹若隐若现，床边散落着用过的避孕套、带血的内裤和卫生纸、空酒樽、烟盒、药盒、旧照片等杂物。据说《我的床》来自于艾敏失恋之后，在这张床上静躺了一周。然后"坐化"有了这一比《1963—1995 所有我睡过的人》更质感更具冲击力的作品。当然，这与《1963—1995 所有我睡过的人》的主题一样，都涉及爱情、性、痛苦和死亡。不过，作为一件装置，或作为一件行为艺术，其作品的公演公示，则随艺术家的不同心情，以及不同展出地的不同现场，增添或者减省，这个装置里的不同道具，或者，把同一道具放在不同的地方（至于有两华人睡在这张床的行为艺术与这件作品无关——那是另外一个文本）。于是即使同一个文本，也由于这种不同时间、不同空间以及道具的不同置放，构成了同一文本的差别——这是装置艺术与行为艺术不同于如绘画雕塑建筑等一旦完成便成终极文本的艺术形式。这一开放的文本实质上依然藏有许多隐秘的空间。这些隐秘空间，是生活的不同遭遇，真实的遭遇和客观所必然的再现。艺术等同于生活，不是一种艺术观念，而是一种类似哲学的观念。它的先验性，在此击破经验。本来，《我的床》这样的装置和行为艺术，完全是形而下的经验。放在床上的那双零乱的长筒丝袜，不同的地方展览有不同的放法；床前的那些涉及性、死亡、痛苦以及庸常生活日用品，也随不同地方的展出时有增减（而且位置也非刻板即相当随意性）。这表明，在摆置这些物件时的形而下的经验。不过，这些形而下的经验，却在艺术家的先验中，化为观念，最终使这一件作品成为"艺术等同于生活"的观念性作品。

《我的床》，显然这是受到杜尚《给予：1，瀑布；2，点燃的煤气》（1969）的启发，不同的是，艾敏的《我的床》更直接罢了。这件作品的"现场"空间和这些空间里隐匿着的隐秘空间，正是由艺术家形而上的观念所支配。但确实实在在是形而下来呈现的色情。

不知怎的，想起了近期暴得大名的已故的中国画家朱新建（1953—2014）的作品。本来，朱新建与艾敏是八竿子都扯不到一起的人。一位以展示自己的性经历出名的艺术家，一位以所谓"新人文画"出名的国画家，怎么会在这则小文里相提并论或相映成趣地出现？艺术的相通处是两者可以比较的地方，再就是，朱新建的新文人画中，《金瓶梅画叶》以标准的春宫画出名。中国的春宫画以两性的性接触、性技巧、性动作的大胆放肆而闻名（也可以由此指证春宫画为"色情"甚至"淫秽"）。因荷兰人高罗佩（1910—1967）的《秘戏图考》，一部流失在日本后被高罗佩购买翻检注释的春宫画《花营锦阵》为当代国人所知。其实，明崇祯年间公开印制的《新刻绣像批评金瓶梅》里的200幅插图里，大约有近十幅属于"春宫画"之类。朱新建《金瓶梅画叶》里的性器官的夸张，其出位尺度极为大胆，完全不输明代的《花营锦阵》。这样一来，对性本身的展示，便与艾敏的《我的床》联系了起来。如果艾敏把本是一个最为私密的性当成了一个公众的行为艺术品的话，那么朱新建的春宫画，则是对中国传统文人画的挑战与颠覆。或者说，如果艾敏的性事已不再是她个人的私事，而是一个可以公众接受的空间的话，那么朱新建的春宫则是通过性的张扬打击公众空间。再就是，艾敏试图通过这样一个由私密向公开、个体向群体的转移过程，以及刻有102名男性的帐篷和与性直接相关的床的隐喻和转喻，对已成定式的关于女人、男人、公权、私权、公众、个体、私密、公开进行全方位的颠覆。朱新建的春宫画，则是以中国画里的异端，对其传统的不屑一顾，而且性技巧的张狂与性器官的夸张，把一个形而下的空间转换成形而上的空间。也就是说，色情本身既可以是形而下的，也可以是形而上的。事实上，杜尚的装置艺术《泉》的能指，即小便池这一器物所指，即男性小便这一行为本身也跟色情密切相关，只不过更形而上罢了。

由此，性在许多冠名为"美人图"和"观花图"的朱画里，女性的性标志，也屡屡成为画中"主角"。一老者在给年轻女子写生的画里，朱的款识为"酒后读古诗，花前写美人"。这一画面与题识的高度吻合（朱画里许多以唐诗宋词的题识并不与画面的美人吻合），在于强调性接触的方式在中国文化里的含蓄。这种直接的、形而下地强调女性意识和女性主角，与艾敏的观念作品，看似不同，其实是相似的。即把看似形而下"色情"的能指转换成了"色情"形而上的所指。即女性的"色情"并非大逆不道也非十恶不赦，至少是与男性的"色性"同等看待的。当性转换成色情时便成为文学艺术里的重要主题，而且同时成为既是形而下的表征又是形而上的所指。事实上，这是人类自亚当与夏娃就开始了的故事和重要主题。不同的是，艺术家只是通过自己的观念、实践以及不同的表达，来证实和衍生了这一重要主题而已。生活与艺术，艺术与生活，有时原本就没有界限的。至于说，朱新建的《金瓶梅画叶》里呈现对色情"把玩"的画家趣味与画家所处社会的关系，可能在笔者的另一篇文字里来谈。在一幅无画名的画里，两美女微醉出场，妖媚万分，但衣着时髦规范，完全不同朱画其他美女图露"三点"的趣味。但这并不妨碍朱画一以贯之的旨义。不过，这画有一长款，特别有意思："因输拳而醉酒、因好色而被小妖精（因此，我把此画画名定为《小妖精》）们捉弄，皆不算辱。是好男儿，虽败不能失了丈夫气。大丰新建九十三年在上海醉后。"这款题识，有多种向度的解读：一、明知不可为但为之——这表明禁忌特别是性禁忌，从来就是一个被关注的事件；二、明知为之要受惩戒但甘愿——这表明禁忌的魅力的冲破禁忌带来的愉悦；三、男性中心主义的强势与尴尬；四、女性从边缘大踏步靠近中心。一、二涉及性与性禁忌的反抗，以及私密向公开转换。而三、四，则是朱的新人文画里常常要表达的旨义，看似为男性鸣不平，实则是因为女性的自主张目，即由"被捉弄"到"捉弄"本身的转换，可以看出在两性间的谁为"主"谁是"次"的形而上里，显然因"捉弄"而导致"被捉弄"。一幅叫"宫扇图"的画面，一露点美人倒卧乘凉，美目微闭，睡态优雅。题识却是一唐人诗句："但使龙城飞将在，不教胡马度阴山。"这句诗显然是对画中睡意优雅美人的标示。这表明女性用身体以及用身体的不同表态，完全可以挑战男性世界，而且还有可能成为胜利者。而这正是艾敏《1963—1995 所有我睡过的人》与《我的床》形而上的中心思想！

顺便一说，朱新建因人去画在，其画的价位日渐走高，如一美人扇面价位已在 6 万—10 万人民币之间。而艾敏的《我的床》，在 2014 年佳士得拍卖价为 120 万英镑（约 1100 万人民币）。作为画家、艺术家创作和表达的初始，这些物件最后获得的商业利益，或许与它们的文本无关。当然就商业本身，肯定与它们的文本相关。

张扬孤独其实是赞美洁净

高行健显然是一个多才多艺的艺术家，高氏的文学可以斩获千禧年的诺贝尔文学奖，出国之前已是很有名气的先锋戏剧家和先锋文论家，出国之后高氏又成了有影响的画家。无论小说《灵山》《一个人的圣经》，还是高氏一组人物写意水墨画中，呈现的不仅仅是具象，还是高氏对人类生存的历史与生存现状的形而上思考。从这一点上看，高行健算得上是对人类有着深刻了解的哲学家。

高氏的水墨画，在艺术之都巴黎能赢得一席之地，显然得益于高氏的大胆改造后的中国水墨画技法。高氏的水墨从赵无极那儿获得灵感，但是高氏的水黑却超越了赵氏的彩色泼黑。高氏以纯粹的墨，伴以水，分成五色，让墨的"五色"（何止五色）尽情挥洒。整个画面，因墨与水的五色氤氲、无拘无束、酣畅淋漓，并在无拘无束和酣畅淋漓之间闪耀着空灵，异常的空灵。这是高氏水墨得以成功的秘籍，也是我们读高氏水墨的视觉冲击和美的愉悦。

但是，显然，如果仅从这个层面——技术的层面，哪怕是达到非常高的境界——观赏或认知高氏的水墨，那便是读画者的浅薄了。高氏的一组有人物的水墨，一个人的、两个人的、三个人的以及数个人的。但是，无论一个还是两个，抑或三个、数个，人都只有一个。一个人在天地之间，踽踽独行。即使画面出现了两人、三人或数人，他们彼此也都不相干。我们看到的只是一个人：孤独的一个人。无论他、他们面对的是朝阳还是夕阳，无论在门内还是门外，无论他、他们站立在或坚实或悬浮的大地上，我感受到的，我琢磨到的，高氏的水墨里没有"他们"，只有"他"一个人。一个面对孤独的人，即便画中的人不是单个而是复数。但在高氏的画里，复数是由单个构成的。对于高氏来说，复数本质也许根本就不成立。在天地之间，在或坚实或悬浮之间，只有单数的个人才有可能成立和存在。

这是何等的孤独！但是，这又何尝不是伟大的所在。尼采在《查拉图斯特拉如是说》里，有一节叫《关于幻觉与谜》。在《关于幻觉与谜》里，尼采说"人是最勇敢的动物，因此他征服了任何动物。他还以军乐声战胜一切痛苦；可是，人的痛苦是最深的痛苦"。尼采何以如此悲观与绝望？正如尼采这段话昭示的，当人征服了任何动物之后，人却不能征服自己。人之后的人所承担的痛苦再没有谁来为此分担。人，只有自己来承担。尼采的人，尽管是"超人"，但这样一个"超人"却是一个单数的人而绝不会是复数的人。在十九世纪与二十世纪的世纪之交时，尼采作为一位先知，除了预测"上帝死了"即欧洲文艺复兴以来形成的价值观坍塌了，重要的是，尼采发现并洞悉了人看似群体，但在群体与社会之中，人永远摆脱不了作为一个单数存在的残酷现实。

在高氏的水墨里，天地之间的两团或淡或浓的水墨，本身不仅仅是一个具象，而且是一个抽象：天地之间，或实或虚、或挂或悬，作为一个人必须承认这样一个事实，你只得宿命般地在这样一个天地之间狭窄的缝隙里生活生存。你别无选择，你无法逃逸。而且，你无法与你一道同行的他人交换彼此的信息。在高氏复数人的画中，没有一组是两人挨着的，更不要说有手牵手的。两人有两人的距离，三人有三人的距离，多人则有多人的距离——这便是高氏水墨人物画给我们展示的凄怆而又绝望的画面！这样的画面，显然比时下流行的那些小资小禅小道的文人画高逸。从思想的角度看，更是那些小资小禅小道的画所无法比拟的。没有孤独的人类不算人类，没有孤独的人不算人。

尼采在十九世纪末，给人绘出了一幅世纪末的关于人与人之间关系绝望的画图。《查拉图斯特拉如是说》的一篇叫《三件恶事》里，尼采指出，男人与女人从根本上讲是"陌生"的。其实，按照尼采的思路，男人与男人、女人与女人，或者说人与人，何尝不是陌生的。高氏的这组人物水墨画，人与人何尝不是这样的呢？正因为如此，尼采在《看哪这人》中讲道："我整本的《查拉图斯特拉如是说》就是一首盛赞孤独的酒后狂歌。"高氏的这组人物水墨，显然受益于尼采。尼采作为开启二十世纪哲学的天才哲学家，重估欧洲文明价值。重估的重要武器，便是以个人的孤独对其先前价值的挑战。其实，不只是高氏的水墨，高氏的小说《灵山》特别是《一个人的圣经》里，孤独，不也是主旨与圭臬吗？

为什么高氏会如此张扬孤独？或者说，孤独有没有我们俗人理解之外的东西？其实尼采早就说过，一句是：赞美孤独就是赞美"洁净"；一句是："更高级的哲人独处看，这并不是因为他想孤独，而是因为在他周围找不到他的同类"（尼采《看哪这人》）。如果再加一句，"孤独自身风化了，粉碎了……你到处都看见复活者"（《查拉图斯特拉如是说》）。高行健的人物水墨画，不是这样的吗？它里面的个人，不正开始复活了吗？

中产阶层的焦虑与反动

　　"别管是谁的，我怀上了就是我的"——重提 2008 年前的萧昱雕塑系列的这一标题，依然有些惊世骇俗。因此觉得仍有必要为此作一则文字。但我在准备写这则文字和写这则文字时，始终充满着矛盾和不安。话语的背后，是建立在破坏的元背景，还是建立在建设的元背景，不只是艺术家不确定，而是这则文字撰写前和撰写时我的不确定。即这句话语的所指足以让人震惊，但是所指的背后却相当模糊和混浊。不过，我还是试图写下这则文字。

　　萧昱这个主题下的雕塑，是以女性怀孕为题材的。或者干脆说，萧昱这个系列的雕塑就是一系列的妊娠体。包括平面的绘画、不同材质的雕塑，以及不同材质的装置，都是女性妊娠体，连美国的自由女神也成了艺术家手下的妊娠体。不同的是，这尊自由女神与萧昱的其他众多妊娠体不同，自由女神的妊娠体穿了衣服而不是裸体。其他的妊娠体基本上都是裸体——隐去了女性皎洁面容的裸体。因为在当代艺术领域（如绘画如摄影）和当代的消费领域（如广告）里，女性的裸体妊娠体已经不是什么稀奇的事。也就是说，妊娠体作为一种大众文化现象不仅仅在知识精英中有它的生存空间，而且在消费市场里同样有它的生存空间。或者说，妊娠体作为一种从生理现象向文化现象转变时，在它挑战中产阶层的审美观念和审美视域的同时，却逐渐讹变成中产阶层文化现象的组成部分。

现在的关键不在于此——尽管也在于此——在于在这组妊娠体系列中，画家耸人听闻地给安上了一个惊世骇俗的标签。这个标签就是："别管是谁的，我怀上就是我的"（Who cares whose see ditis! It's my pregnancy）

无法考证这话是否有原典，反正是画家这组系列的总标题。倘若我们无法考证话语的语源，那我只好认定这话就出自画家本人。这话的要害在于：对于原来遮遮掩掩、修修饰饰、装模作样的有（或中）产阶级来说，无疑是一种比裸体妊娠体本身更具挑战性和颠覆性的。当然对于此话的解读并不是一件轻而易举的事。当代美国艺术批评家胡凯尔（Hu Kaier）曾指出，萧昱此组系列中的"别管是谁的"主要是"把对父亲身份的追问""巧妙地挡了回去"。也就是说，在胡凯尔看来，人类在追究那个永恒却又似是而非的"我是谁？我从哪儿来？我会去哪儿"的终极追问时，人类是彷徨的。人类虽然由两性来建构，但人类先有亚当（即先有父本）后有夏娃（即后有母本）。父权主义与女权主义——如果有的话——的纠集，是从创世纪（中西于此的认知，有相当默契的共识）起就命定了的。在这一命题下所展开的所有元解读和在场解读，都会在一个元点上呈放射状无边地展开。它的关键点只有一个，即对"我"作为存在的证伪和辩白。所有的文学、艺术、哲学都日复一日、事复一事地重复着这桩事。在这日复一日、事复一事中寻找着破茧的方向和破茧的时刻，特别是作为前卫艺术（Avant Garde Art），与传统的直线方式不同，即用非直线、非平面的方式或更"转弯抹角"地去证伪自己和辩白自己。其实在我看来，"别管是谁的"对于我来说，这句话连带下句话，不是在场的"我"要辩驳什么或要回答什么，而是在场的"我"自问自答，或者说就是在场的"我"的自白和对"我的"的确定。只有这样，它才具有更尖锐和更直接也更震撼的挑战。妊娠体的事件——排除人工的即"试管婴儿"或"单细胞繁殖"——显然是由两性开始所构造的。因此从事件本身来说，它本应是一件私密的事件。但当它以妊娠体面世时，它就不再构成私密——至少不再构成妊娠体自身的私密——而成为一件可以让公众认知并可能认同的公众事件。窥隐是我们人类的"共性"，特别是窥异性及性活动之隐。把私密当成公众，这对于中国传统文化却是大逆不道的。以浑圆的裸体妊娠体公示于众的肇事者是顶级女模辛迪·克劳馥（Cindy·Crawford），在其妊娠体公示于众时，还冠以"裸体天使"（Naked Angel）的称谓。一个悖论的、概念的Logo，既充满着放纵也展示着童贞。对于中国文化里伪道学来说，这或许就是"十恶不赦"。如：二十世纪三十年代，茅盾《子夜》里撩开高开口旗袍露大腿根的虚拟场景被批；八十年代初期花样滑冰引入中国大众视野时，则被一些人看成是"有伤风化"。

　　将私密变成公共事件，这是中国当代重要的一个事件。从艺术的转喻来认知，无疑是当代中国政治上的一个进步。或者可以把与此相类似的前卫艺术（也包括先锋诗、实验话剧等），看成是中国"现代"向"后现代"过渡的一个重要事件，当然也可以把它看成，这是中国自上个世纪起的八十年代从"前先代"一下子进入到"现代"与"后现代"混合并行的重大事件。也就是说，"别管是谁的"话语指向，不仅是确认以及确认的一个过程，而且是消解并正在消解的过程。但是画家的本意显然不完全是为了证实这一私密事件的公众认同，相反，画家要把这已经公众了的事件再次拉回到个人的私密事件之中。"别管是谁的"，在这样的前置下，画家才会让这个系列中的妊娠体响亮地说道："我怀上的就是我的!"我们看到的是，画家再次把刚刚确立的公众事件，还原于私密的妊娠事件，而且是通过一系列的夸张和隐喻，再次成为一个只属个体的事件。这一重新置换，让中产阶层在私密事件与公众事件里，不仅要接受这一事实，而且还要接受这一事件诱发的艺术趣味。事实上，无论是现代主义（Modernism）还是后现代主义（Post-Modernism），特别是后现代主义，个人的也不再是私密，或者说，个体私密早已经成了公众事件的重要部分。再者，只有当个体私密得到一定量和质的呈现时，公众事件才会成立。两性的关系也如是。当代中国的一些女明星也开始了裸露自己身体的旅程，包括裸露浑圆的怀孕的大肚子。这不只是"大胆"的问题，而是表明，传统文化里呈现的这种近乎"猛料"的因素，已不再是异端。

当两性的纠结与缠斗成为后现代艺术的一个主题时，两性的私密便不再成为私密。福柯就直截了当地说过"两性并不是某种让人对它作出简单判断的事物"，因为，"它属于一种公众的潜质"（中文版福柯《性史》）。由于两性所开始所构成的妊娠体，在画家意识、观念、工具和材料中，一切有可能的人类（或由单个人化成的人类）的思想和表情，都通过妊娠体表现和表达出来。这当然包括，女性怀孕的心情和身体本身：惊恐、震颤、焦虑、欣喜、幸福，从不适到对隆起而浑圆的身体的认同与赞美。面对一个男权社会依旧主体的现实，"我怀了的就是我的"不仅仅是对女性自己的认同，而且是对男性霸权的蔑视。在炫耀裸体妊娠体的同时，便成了褫夺男性话语的标志。尽管这一符号和标志，是以牺牲中产阶层趣味作为代价的。但是我们知道，后现代有一物证即不仅藐视权贵和上流社会，连多少可以"稍高人一头"感觉良好的中产阶层及其趣味也在戏谑与藐视的名单里。在其对妊娠体的炫耀和自豪的过程中，我们一方面看到中产阶层趣味作为一个较为独立阶层的趣味在当下的确立，同时我们却又看到是以牺牲中产阶层趣味作为代价。在"追问"与"确立"的过程中，中产阶层，无论其身份、地位，还是独有的意识形态以及艺术趣味，都面临危机。事实上，别看中国当代艺术——包括绘画、摄影、雕塑、装置、行为等——十分的繁荣且多元，但在光怪陆离中，却处在这样的一种极为尴尬的境地。而且，这种极为尴尬的场景也包括了当代艺术评论的处境。

在公众与私密之间，在追问与确立之中，中产阶层的焦虑与反动的悖论，似乎无解。

自我复制的范曾

一个艺术家再伟大，但到了靠 COPY（复制）来增加量的时候，或者江郎才尽，或者另有企图（譬如专司找钱找大钱）时，这位艺术家兴许就"死"了，或者委婉点讲，这位艺术家就从艺术身份降格至工匠了。就像翻模工一样，顶多在其固有的模子里，稍稍变化了点花样。

范曾的画似乎就陷入了这样的困境。

我知道范曾的大名，不是先看了他的画，而是若干若干年前从媒体里得知，范先生是中国人第一位由日本国为其建造以个人名义为纪念馆的著名画家。中国的当代画家（而且是国画的当代画家），竟然让近代从来就瞧不起中国人的日本人专为其修筑了以个人名字的纪念馆，这显然是值得中国人称赞或者骄傲以及自豪的。确实，后来便陆陆续续地读了范先生许多画，还专门托人从京城买了一本范先生的艺术随笔《范曾谈艺录》，可见我对范氏艺术的尊敬。不过尊敬归尊敬，艺术归艺术。何谓艺术？千人千行，千人千答。但万流归于海，有一个道理是，艺术当是才气的创造。因此，用我这般认知的道理来反观范先生的画，读一二幅是神品，读三四幅是妙品，读五六幅有可能还是逸品，但当读了若干若干幅（还有人披露称范先生的画有时是以"工厂式"的方式绘出的），我先前想不出一个名字来定义，后来终于从西洋的文字中找到了对应的词汇，那就是 COPY（音"拷贝"）。COPY 一词的中文大意就是复制。

范先生的人物画，我读得最多的大约有三个人：一是老子二是钟馗三是达摩。倘若我这一生只看过一幅范先生的老子，我认为范先生的老子出神入化（当然都是仁智各见，因为谁也没有亲睹过老子，下同）；倘若我一生只看过范先生的一幅钟馗，我认为范先生的钟馗无人能及；倘若我一生只看过一幅范先生的达摩，我认为范先生的达摩将是和尚造像里最顶级的和尚造像。但是我错了。因为，范先生画过许多的老子、许多的钟馗和许多的达摩。而在看了这"许多的"老子、"许多的"钟馗、"许多的"达摩后，我便觉得无论他的衣饰的纹路、肌肤的肌理（这是中国画无法跨越的障碍）以及一些小饰件、小背景，怎样地变化，但看来看去，只有一种感觉，就是"大同小异"。于是，我试着把譬如老子、譬如钟馗的两幅或多幅重叠着一起看，不但没有新意，而觉得走到哪儿都似曾相见——也许连小技巧都在 COPY，都似曾相见。线条本作为中国画的重要元素和重要构件，同时是国画与西洋画相较最为不同之处的东西，本来应在人物画里体现（如唐人的《八十七神仙卷》）毕至，但我在范先生众多的老子画、钟馗画、达摩画里看不出有什么精细微妙的变化。

国画到了清末时的陈陈相因，让有识之士痛陈其害。于是才有了近邻东渡日本、远游西去巴黎的中国人专心致志地学习西洋画（众所周知，日本近代的画也是学西洋的）。通过学习西洋画法、画技、画意（即理念）来改造已是死意沉沉的国画。无论是风景，特别是人物，使得中国国画长出了生机。在让中国国画长出生机的众缘原由里，有一条是至关重要的，那就是创新。虽说，"创新"一词，也是仁智各见，譬如理念、途径、技法等。其实这是一个"普世"的常识，用不着这则小文啰唆。确实也是如此。就拿范先生自己的话来结束这则小文所涉及的话题：

> 中国画创新这个永远存在的课题，依然摆在中国的面前，这不只是一个具体实践的问题，同时也是一个美学领域里需要不断深入探讨的问题。……我们所要谨防的是艺术上的欺世，所决不苟同的是打着新的旗号的骗术。（《范曾谈艺录》）

失去的工业与工业画

　　工业化是人类历史进程中极大改变世界的重大事件，同时是一件从十八世纪英国工业革命起到现在依然波澜壮阔的历史事件。在这依然不断变化着场景、变化着价值观和变化着艺术观的重大事件里，艺术家们并没有固守其传统，而是勇敢地接受、适应并挑战。建于十九世纪1889年的埃菲尔铁塔，当时许多人因为在一个典雅且历史悠久的巴黎修建一个钢铁怪物而坚决反对，但后来表明，埃菲尔铁塔的修建和建成是工业化胜利的象征。这一象征则成了当今巴黎最重要的地标（甚至可以说是世界工业革命成功的地标）。建于1977年的蓬皮杜国家文化艺术中心，其外形如"市中心的炼油厂"的设计，也遭当时许多人的反对，而现在，蓬皮杜国家文化艺术中心则成"高技派"——高新科学技术——的代表作！对二十世纪现代艺术最有影响之一的法国画家杜尚，一生与工业化有着不解之缘，如著名的装置《大玻璃》《旋转的玻璃盘》等就把工业化的元素用到了极致。我们知道，中国的工业化比西方至少晚了三个世纪，但进入二十世纪五十年代、六十年代，中国的艺术家们对工业化题材同样兴趣盎然。这一举动，不完全是紧跟意识形态，而是艺术家们发自内心的自觉行为。如"烟囱"这一中国五十年代、六十年代的工业化元素，就多次进入中国艺术家们的视野。无论油画、国画还是版画，我们都能看到烟囱（饶有意义的是，2012 年伦敦奥运会就有烟囱的元素）林立、铁塔高耸的场景与画面，连民间的剪纸都曾出现过烟囱的元素！

　　但是，当世界进入到后工业化时代即信息化和当下的生态化时代时，传统工业的没落成了不可逆转的事件。这一时代，"烟囱"再不是五十年代、六十年代中国工业化成长岁月的骄傲自豪的标志，而是 PM2.5 罪魁祸首之一！以抗日战争和三线建设两个重要时期，宜宾其现代工业历史和规模在四川的工业化版图里，显然有其重要一地！不仅有传统的酿酒、造纸、化碱等，还有八大家军工企业。不过，随着新兴产业竞争和升级换代竞争，以及生态的要求，宜宾工业面临的是我们已经看到的某些窘境。笔者的这则小文不是探讨宜宾工业的历史和现状，而是因为宜宾画家的工业题材画而写。宜宾的酿酒业、宜宾的纸业、宜宾的化工业是宜宾工业既具传奇也具辉煌的标志，特别是制造出中国第一张新闻纸的宜宾造纸厂，其当时的规模、机器的先进，在国内不是无足轻重的。但这些却因所谓"腾笼换鸟"即将成为过去时，曾经的厂址、曾经的厂房、曾经的机器，以及曾经的工业精神等很快就被成为记忆。宜宾画家在这个关口，相约于此，以其各自不同的艺术观念和不同的画风，为我们留下了这样一组宜宾"工业叙事"的记忆。

　　张继渝以其大胆抽象、以其异样块状、以其鲜丽色彩，把画家对宜宾工业的辉煌涂于自己的《逝去的辉煌》系列。成泽文的《光辉岁月》系列，以其重彩把自己对宜宾工业的理解，当成了自己心中的山水。吴良永的《寂寞阳光》是否就是1918年美国画家尚贝格《上帝》的翻写，因为两者对水管的处理有着惊人的相似！葛燎原的《中国第一张新闻纸诞生地》之一，则以摄影写实主义的手法，还原宜宾纸厂机器曾经的神韵，特别是在一片钢铁冷色之中，那褚色的两个烘干滚筒，让人们记起了工业曾经的火红。胡岚的《韵律》《晨曦中的造纸用材》以女性艺术趣味，把现实中干枯的机器和幻影里的诗意，混搭成了别一图景。以人物见长的邓昌裕的《焦点》，面对众声喧嚣、物欲横行的当下，曾经的主体阶层和主流人物，一个工人却在茫然、无奈，当然也有丝丝愤怒中独立人群！这幅图，让笔者不能说就是万端感叹。但我相信，凡看过这画的，心中决不会没有一丝涟漪！

　　艺术家除了技巧本身，其艺术的良知，显然也是艺术家的必备项。当代画坛巨擘吴冠中（1919—2010）曾说过让当代艺坛争说不一的话"笔墨等于零"。无论吴先生这话有什么特定所指，但在我看来，吴先生这话至少是针对现当代中国画坛中一些无思想或无良知的画家和画作的。宜宾画家于2013年集体发声的"工业叙事"，不仅仅是对宜宾传统工业的记忆，在我看来，还是宜宾画家对一种传统的凭吊，满怀深情、满怀敬意的凭吊。杨卫民的《昔日辉煌》把曾经阳光下的宜宾工业，还原成因为有了宜宾工业，阳光才有那般的迷人。吴良永的《汽笛》，让我们在已经荒芜了的厂房和杂乱不堪的机器，以及迷茫的色彩背后，仿佛听到了曾经让工人豪情万丈的汽笛声。邓昌裕《记忆》里记忆碎片，让当下的人们，与其说是浮想，不如是一种哀悼。樊朝哲的《青藤》，则把记忆和凭吊化成了湿漉漉的青藤，布满在厂房的所有空间，也布满在历史的深处。笔者作为一位门外人，还不太懂得画家技艺方面的成就，但是，从画家们的心境以及对画中对象的记忆和凭吊，我似乎读懂了画家们这次"工业叙事"的苦心和真诚：不经意的和经意丢失的，我们很难找回。倘若只能在艺术家（还有作家、诗人、历史家等）的线条、色彩（文字）中去寻找的话，那么历史是会伤感和伤心的。

"文人画"的缺陷

　　文人画，既是中国画的传统，也是中国画的精髓，而且被人看作是国画的最高成就。那么文人画有没有它自身的不足，或者变一种说法来讲，文人画有没有它天生的缺陷？宋、元（十世纪到十四世纪）是文人画的滥觞，也是文人画的第一个高峰。来自宋，是因为宋对文人士子的宽松（中国历代唯一没有杀戮文人士子的朝代），让文人士子有尽情抒发自我的天地；来自元，由于元的异族（相对于汉族）统治，文人士子（有着艺术禀赋的"南人"仅是元代四等人中的最末一等）很难"入世"而只好退避山水之间。虽然，这样的文人画有其在中国画史的巨大进步意义，但它天生的不足和缺陷也因此而生。它们缺乏比它们稍晚的意大利文艺复兴（十五世纪）时对人的关怀。大多数人物画作，从晋顾恺之起，我们看到的是，要么菩萨（后来的仕女也许大都从这一模具中转化），要么高僧，要么神仙，要么隐士，或者另外一面极端的"春宫画"。由宋元开启的山水画，虽然极大地改变了中国绘画的面貌，但其精神指向大约也只是"隐"以及由"隐"转化的文人情怀和文人情趣。特别是元山水，由于元代（1271—1368）长时间不能正常科举，元的文人、会画的文人，无仕途可进，或者还具有"遗民"情怀而拒绝与新朝共事，便把崇山峻岭、瀑布溪水、枯木老藤、茅舍野径当成了自己的胸襟和块垒。而在这些山水的缝隙里的渔人、樵夫和隐士，更成了文人画的表征和标志。即使是像近现代大家黄（宾虹）、潘（天寿）、傅（抱石）、李（可染）、张（汀）等极具创新精神和极具现代意识的国画家，其精神指向或许也未能超出中国文人画的范畴。

　　什么是中国文人画呢，在我看来，一言以蔽之：自恋。文人画把作为个人的自己封闭起来，只关心自恋的山水，或者把自己囿于山水之间，放大逃避现世文人"隐"的意义，即或规避、或出（遁）世。早在十八世纪中后期，一个进入中国（清王朝）的叫安生的西方传教士就指出："可以肯定地说，这种艺术（即国画，笔者注）上的缺陷，是由于他们的个性造成，因为他们缺乏崇尚与精神层面的东西"（史景迁《大汗之国——西方眼中的中国》）。也许，这位叫安生的传教士并非艺术专业人士，但并不妨碍这位肯定知道文艺复兴的洋人，如何把西方绘画与中国画的比较，以及比较后得出的认知。尽管，这位洋人很可能不了解中国画，但是这个洋人则看到了国画缺乏"精神层面"的东西。无论中外，文人都是自恋的，但把自恋放大成以"隐"为主要表征的中国文人画，则是另一种价值观与价值体系，以及适应或放大这种价值的表达方式。因此，国画把"文人画"当作最高成就的代名词，同时当成艺术家的艺术标志和艺术标杆。"文人画"的出现以及得到承认，从历时与共时的来看，"文人画"相比于"院体画"的官方色彩，无非证实文人的艺术地位和社会地位；相比于民间绘画的草根，无非表明文人画的高雅以及相符合的精湛技艺。但它缺乏更宽阔的胸怀，对这样的指证，并非诬蔑和贬损，尽管有如黄公望《富春山居图》、王蒙《太白山图》等那样的巨制，可以傲视中国艺术史，甚至可以独居世界艺术史一隅。作为世界艺术史中独具中国艺术元素，并取得辉煌成就的国画，但其陈陈相因地拘于文人自恋的心境和姿态，以及所谓自诩的"文人笔墨"和"人文意境"，则是文人画难以创新的痼疾所在。

从《蒙娜丽莎》（十五世纪末至十六世纪初）的神秘之笑（《蒙娜丽莎》又名"永恒的笑"）开始，文艺复兴时期无所不能的全才达·芬奇，知道并懂得，人自身肉体的重要，以及由这一肉体焕发出来的生命的光辉和力量。在身后的山川、森林、原野的背景前，蒙娜丽莎会说话的双手、细腻的胸、直视他人的双眼，作为个人被唤醒的写意及象征，表达了人文精神的力量。中世纪文艺的终结者、文艺复兴的开启者但丁写道："自然和艺术向你呈上的欢乐，莫过于我在人世时所裹着的，现在已委身于尘土的艳丽的肉体"（《神曲·炼狱》）。对于启蒙者来说，人不再是神的附庸和祭品时，如但丁的"艳丽肉体"所呈现的欢乐和感性。这不只是对艺术的标榜，也不仅仅是对神的挑战，重要的是对人自身肉体的唤醒。艺术家对人自身肉体的关注，是艺术史划时代的转折和表征。本来宋有可能带来这样的革新和转折，因为宋对文人的宽松（也包括宋徽宗这样极富艺术才华帝王的倡导和推波助澜）有可能带来文人的解放。不幸的是，南宋开启的新儒学即程朱理学，却禁锢了人性。本来，由于明的中后期帝王的懈怠（如正德皇帝、万历皇帝常年不上朝），诱发了民间的宽松以及文学艺术的宽松（如明代的戏曲和小说就可能是这一宽松的结果），但不幸的是，由于文人画家们的奢华（画家如唐寅，文学家如张岱），也断送了文人画的革新。也就是说，中国的文人画从来没有过如意大利式文艺复兴这样的转折。无论山水还是人物，尤其是人物，都未遇到过从佛罗伦萨到佛兰德斯—荷兰绘画现代绘画的奠基与重大艺术成就的重大转变，也很难说就赶上了十九世纪后期、二十世纪中期现代及后现代浪潮。同时亦可见，中西艺术史的精神取向是有差异的。或许这种"不伦"的类比，有崇洋媚外之嫌、有欧洲中心主义之嫌，但有一点我坚信，中国画是"文人"的而不是"人文"的。"隐"于中华文化，传统悠久，而且来自儒家正典《论语》，"天下有道则见，天下无道则隐"。在孔子看来，如果天下政治清明就应积极入世，如果天下昏暗，那么就当隐而不现。这一传统，被后来的道家继承并发扬光大，也为中国化的佛教所发扬光大。"隐"，从此作为这个传统里面一个根深蒂固的文化而存在。这一文化存在不仅深深地决定了"隐"的政治态度，也深深地影响了中国的文学艺术，或者说正是因为"隐"才极大地改变了文学艺术的面貌。它的积极面与它的消极面，同样的巨大。文人画，作为一门中国文化特征的艺术，历史贡献是巨大的。但是，文人画在放大"隐"的同时，一方面把自己圈养在个人自恋之中；一方面则放弃对他人的关怀即人文关怀，换言之放弃了"天下为公"的胸怀。文人画，除了它们本身缺乏力量之外，重要的是，文人画里的人物（包括其灵魂和肉体）是悬浮的、山水是与世相隔的。事实上，文人画没能像欧洲文艺复兴的转折和转型，也是源于缺乏人文精神和人文关怀。文人画在其发展中，把重笔墨、重才情、重出世的传统和趣味，一步一步推向极致，却在推向极致的同时，消解了对历史进步和人文价值的担当。我们知道，佛教对中国绘画艺术的影响，深刻而巨大，国画里众多佛教题材的人物绘画，除了宗教本身的表达，其实与中国的文人血脉和文人传统密不可分。无论如朱耷、石涛的菩萨及高僧人物造像，还是如黄公望、吴镇、倪瓒、王蒙的山水写意里的隐士符号，共同建构了一幅文人画出世"隐"的图像。"隐"既是文人画的核心，同时也是文人画逃逸现实的标签。对此，当代杰出画家陆俨少在中年时，就反思过"一千年来，山水画中颓废出世思想，与今时代精神宁有些子凑合否乎?"（陆少俨，1961年《古今人物山水册》之十二款识）。对文人画的天生缺陷，陆可能是清醒的一个。在其晚年，陆在《方岩胜境图轴》的款识："以北宋人法写之，稍参己意，当不相径庭耳。"吴冠中在晚年敢冒天下之大不韪地说了两句话，一句是"笔墨等于零"——王鲁湘就认为此话是"妄语"，一句是"一百个齐白石抵不了一个鲁迅"。在我看来，就是对重笔墨轻思想、重文人轻人文的"文人画"的一种抗议。文人画自宋元以降，奠定它的历史地位和历史标高，文人画作为中国艺术里的一枚瑰宝，无疑是值得自豪的，再从毕加索与张大千的酬和看，还表明了西洋画对国画的技法意境的尊敬。但是，文人画的先天不足，却让一千年以来文人画陈陈相因，难有"哗变"与巨变。在我看来，国画的胸襟与出路也许也在这里：突破与超越文人画的自恋。

秋 · 研经

《论语》如果只有第一节就好了

按照宋人开始的章句框架，《论语》第一章第一句即：

> 子曰：学而时习之，不亦说乎？有朋自远方来，不亦乐乎？人不知而不愠，不亦君子乎？

三句话，都为孔子的自言自语。其实三句话有着极为终极的东西在里面。一句完全的自省，即末一句；一句是半自省半教育（孔子不是万世师表吗？）别人，即第一句；一句是人与人的友善交往是人的幸福，即第二句。

先说自省的第三句。按照后人的理解，这第三句是说，"即使是人家不了解我，但自己并不因为别人不了解自己而怨恨别人，做到了这一点，不就成了君子圣人了吗？"这当然是孔子的伟大。一个人活于世上，一定会让别人来了解的。如果不是这样，那么人类作为一种社会即相互关系的彼此你我，就不能成立。这是大前提，然而在这一大前提下，孔子认为，作为一个君子不应以他人之忧视己忧，也不能以他人之喜视己喜。作为一个独立的个体，人需要保持一种必要的矜持。

这不是自尊心和虚荣心的问题，而是人作为人的一种骄傲。再者，对他人不怨恨，也希望自己在类似的状态下不怨恨他人。这样，除了自己成为君子外，也希望他人与自己一样成为君子。于是，"修身"就有了立足之地，"修身"也变得似乎有了"普世"的意义。

再说第一句。按照孔子后人的一种理解，第一句说的是"学了，就应按照学了的去见习，真这样，那不是一件很高兴的事吗？"这是孔子对自己的诘问，也是对自己的终极要求。"为人师表"就得从自己的"学"与"习"，尤其是"习"上下功夫。历史也是这样的。孔子周游列国就是想把自家学过的"周礼"到列国去发扬光大。无论孔子在周游列国中吃了多少苦，以及吃了多少闭门羹，孔子似乎"痴心"不改。因为孔子坚信其自家的这种自省的理念会成为感动他人的锐利武器。当这种自省的事件一旦为他人所接受，那么以此为平台的"治国"便有了理性的框架，也便有了"治国"的人心基础。

第二句的"有朋自远方来，不亦乐乎？"是最具深意的一句话。这句话不仅奠定了中国伦理学的最高境界，同时开启了"平天下"的国家理论。"志同道合的人，从远方而来，不是一件值得愉悦快乐的事吗？"那是多么幸福的事！问题是，什么是志同道合？哪些人是志同道合？志同道合存不存在分歧，或者说分歧会不会成为志同道合的破坏者和离间者？在什么样的时间里或什么样的空间里，志同道合有可能成为志同道合或非志同道合？一系列的问题都不容易回答，但这一系列的问都在孔子的这一句并不是非此即彼的"是"或"非"里得到当时和后世的人的认同。这就是只要一方认定是志同道合，那就是志同道合，那就会因为来了这样志同道合的人，一定会高兴愉悦。至于说，"平天下"是不是仅仅只通过志同道合就可以解决。显然，至今没有太成功的事例。这句话的开放意义在于，"志同道合"不仅是人心，也可能是一个需要某种法界定的判断。这种人心和某种法理上界定，显然是想通过社会的交际，包括交际时必要的组织来获得的。而不是个人自省便可以获得的。对于一个积极入世的孔子，对于一个连学生（曾子）都懂得需每日"三省吾身"的孔子，把有无志同道合的朋友看成是高兴与否、愉悦与否、快乐与否的标准，显现出中国文化在两千多年前就有了自己不同于西方文化的最为别致的理论和对世界对人心的态度。"平天下"大约是不能依赖暴力（是"王道"而非"霸道"），而应依托于一种可以让人与人之间高兴的志同道合。这是孔子的理想和期冀。但是不管怎样说，我们看到的是，"自我陶醉""自我满足"成为中国人的安贫乐道，成为在中国最具社会认同和伦理意义的文化基因。

只是，我们却非常遗憾地看到，这种期冀志同道合"乐"的文化，却没能在此后的两千多年间开出艳丽的花朵，更没有结出丰硕果实。我们更多看到的是：人情的冷暖、宫闱的变故、王朝的更迭，无不充斥嫉恨、阴谋、诡计、暴力和血腥。孔子一厢情愿地为人心和人心构成的社会所设计的"美妙蓝图"，并没有在全民读经中让全民成为志同道合者。

于是，我便想，如果《论语》只有这第一句，是不是就更具普世意义呢？也就是说，《论语》中大量的对事对人的评论以及由此开出的治乱的药方，究竟哪条哪款，帝王们落实了？

而且哪条哪款又是读书人落实了？或许，终极的东西就只是终极的，终极的只存于理想之中，而永远不会在现实里存在。

学生可以在背后骂吗？

提出过"有教无类"，又提倡过"诲人不倦"的至圣先师孔子，应当是而且也必须是一谦谦君子。但是，孔子毕竟不是神仙，孔子本身也是人。是人就可能有人的一切缺点。譬如惹急了时老师孔子，也会破口大骂。小孔子几十岁的学生樊迟，某天不知哪根筋搭错了，突然想起问孔子如何才能学好种庄稼的事。没想到，待樊迟提问后，子曰：

> 小人哉，樊须也(《论语·子路》)

暂把孔子大发雷霆之事先放一下，先来看看孔子的君子小人观。在孔子看来，万世万物的一个终极伦理是非标准，就是君子与小人。且看：

> 君子周而不比，小人比而不周。(《论语·为政》)
> 君子怀德，小人怀土；君子怀刑，小人怀惠。(《论语·里仁》)
> 君子喻于义，小人喻于利。(《论语·里仁》)

女为君子儒，无为小人儒。(《论语·雍也》)

君子坦荡荡，小人常戚戚。(《论语·述而》)

君子成人之美，不成人之恶。小人反是。(《论语·颜渊》)

君子之德风，小人之德草。(《论语·颜渊》)

这是君子、小人观中的君子与小人的差别，在《论语》里，专讲君子的道德、操守、行为、理想等的话还多得很哩！有一点是可以肯定的，那就是：君子是孔子崇拜而提倡的；小人呢？自然就是孔子讨厌而坚决要摒弃的。

现在问题是，孔子为什么以"小人"一词破口大骂自己的学生呢？而且小那么多岁数的学生？当然是事出有因。某年某月某天，樊迟心血来潮请教老师孔子，如何种粮食如何种蔬菜，孔子很不高兴地作答，我孔子一不如老农民，二不如老菜农，你问这些干啥？学生见老师生气后就退出了课堂。就在樊迟退出课堂后，孔子便骂道：真是的，樊迟这个学生怎么就跟小人一个样子！

在孔子以后，地球人都知道，"小人"是孔子最瞧不起最讨厌的一类人。那么，孔子为什么会在学生问如何种庄稼、如何当农民的问题上如此借题发挥、如此生气、如此破口大骂呢？孔子在骂完樊迟以后，对此作了一个解释。在孔子看来，到他这儿来的学生，是来学礼求仁问义尽善平天下的。他孔子哪儿是教种庄稼教当农民的老师呢？在孔子看来，只要"好礼""好义""好信"（去做通了统治者的思想工作而让四方百姓归顺），哪儿还用得着自己去种庄稼呢？（子曰："小人哉，樊须也！上好礼，则民莫敢不敬；上好义，则民莫敢不服；上好信，则民莫敢不用情。夫如是，则四方之民襁负其子而至矣，焉用稼？")对于孔子的崇拜者来说，孔子骂樊迟是骂得对的。孔子隔（若干）代的忠实弟子朱熹的《四书集注》对此就给孔子打了一个"圆场"。朱熹说，这里的"小人"之义，与其他的"小人"不同。这里的"小人"主要是指"细民"。何谓"细民"？朱熹引《孟子》"小人之事者也"。也就是说，这里的小人不是"比而不周"的小人，也不是"喻于利"的小人，更不是"成人之恶"的小人。这儿所指的"小人"仅仅是做小事的小人（不存在伦理缺陷）。所以，作为儒家集大成者和先师，或作为汉之后的帝王之师孔子来说，种庄稼和当农民与做统治者或可做统治的教师和谋士来说，熟轻熟重，一目了然。一个不谙世事、不懂明理的樊迟，怎么会问这么低级的问题？

你是来学种庄稼吗？你是来学做农人的吗？不！不！不！你是来跟我孔子老师学驭帝王之术。你是来跟老师孔子学修（身）、齐（家）治（国）、平（天下）的。难怪孔子不高兴，难怪孔子要大发雷霆。

不过问题又生出来了。《论语·子路》写得明白"樊迟出"时，孔子才骂人的。那这是一个什么样的场景呢。解读一，孔子给自己的学生留一个面子，让师生都不至于为此事难堪。解读二，孔子在学生离去后才骂人，是不是表明孔子也是一个当面一套背后一套的"两面派"？解读三，孔子压根儿就没有准备想去当一个农民，孔子生来就是大任在身，除教书育人，还有就是领袖群伦。什么狗屁种庄稼的事，而且还拿它来烦人！自然，孔子不悦了，自然，孔子要破口大骂了。

由此看来，孔子也是人啊！

真诚与伪饰同飞

孔子是真诚的，有时真诚得叫正人君子们面红耳赤。

众所周知，孔子爱讲"三"，诸如"三友""三益""三损""三愆""三戒"，等等。说到"三戒"（《论语·季氏》），孔子特有意思。哪"三戒"呢？戒色、戒斗、戒得。何谓"戒色"？自然是戒女色，也就是说人在年轻时，不要贪恋女色。倘若贪恋女色，在君子的成长过程中就会留下疤痕疵点。进一步说，从年轻时就可以不会成为君子的。这还不是孔子最直白的。孔子最直白的是下面这句话：

子曰："吾未见好德如好色者也（《论语·子罕》）。"

孔子说："我从来没有见过喜欢道德胜过喜欢美色的事（人）！"

也就是说，从孔子的历史观和孔子的现时观都认为，喜欢美色是人之本性，但喜欢道德就很难说了。至少，即使是一大德高人，也不会比喜欢美色更重要的。这就从根上披露和揭穿了一些自命道德楷模、道德至尊的人的虚伪。同时，也揭露了这样一桩历史事实：在中国任何一个帝王都有想用"德"以及"德"的衍生品如"孝"之类的来治理国家，也就是说在中国许多帝王看来，德治是其根本，法治是其皮毛。而且帝王往往也自居自己就是道德之范懿，而且号召并要求其子民必须如此这般地遵守，不得有误。如野史称，中国第一清官海瑞，因自家亲生五岁女儿接了自家一男仆的点心，于是在"男女授受不亲"的道德伦理指导下，逼迫其亲生女儿宁肯饿死，五岁的亲生女儿后来真的就死了——这种道德、这种伦理，已经不是伪饰的问题，完完全全地是夺人性命残人心智的利器。孔子说过"惟女人与小人难养也"（《论语·阳货》）这样混账的话，但孔子也决不会是像海端这种没有丝毫怜惜丝毫变通的"混账人"！

话说回孔子的真诚来。所以，像这种不能完全做得到的，孔子便以为不要太强求。因为在孔子看来，其实孔子自己也未必能做得到。孔子就对人说过：出门时要好好服侍王侯公卿，进门就服侍好自家父兄，办丧事时不仅要勤勉，而且还不能乱喝酒（孔子一生中，除当老师为职业外，孔子还曾是一丧葬师）。这些事，难道我都做到了吗？（子曰：出则事公卿，徽则事父兄，丧事不敢不勉，不为酒困，何有于我哉？《论语·子罕》）作为一个有志于天下大事的人，也作为一个曾是职业丧事者的孔子来说，这段话真是说得醍醐灌顶。自家都做不到的不要去要求别人了（"己所不欲，勿施于人"《论语·颜渊》）。不过，就在自汉"独尊儒术"的2000多年中国文明进程中，哪一个帝王，或哪一位教师，有孔子这样的自知之明？当面一套背后一套，当面君子背后小人，这是2000多年帝王的共性。谁真的按孔夫子的去做了？

为什么会这样呢？

这是人性的弱点所致，这是我们无法改变的人心历史，也是孔子本人埋下的祸根。

在《论语·阳货》篇里，讲了一个有关孔子想做官的故事。说是实际把持鲁国大权的季氏家臣阳货，欲寻高参与大德。于是想起了孔子，但孔子不为。却没有料到就是这个曾是季氏家臣的阳货，一眼就看出了孔子欲官欲推欲就的心理。阳货先送"礼"，再说孔子每天都有唱高调的"仁"，看还是不行，就对孔子一直都有时间恐惧症（孔子在河边上说："逝者如斯夫不舍昼夜。"《论语·子罕》）给予直说：

日月逝矣，岁不我与。（《论语·阳货》）

当阳货此话一出，孔子便不能逃遁了。于是孔子只得老老实实地说道："诺，吾将仕也。""好吧，"孔子无可奈何地说，"那我就打算去做官吧！"

这就是《论语·阳货》开篇时讲的一个故事。这个故事，对于"大成至圣文宣王"的孔子来说，还真是一幅绝妙的戏噱图。一方面，我们这些后人看到了孔子真诚的一面；同时，我们这些后人也看到了孔子虚饰的一面。周游列国，为其志向抱负，时刻准备着入仕的孔子来说。当别人请其入仕时，难道不是一种欣喜的情景——这符合人性的基本——但是，面对阳货请仕，孔子却扭扭捏捏。虽说最后答应了，但是与敢于说"吾未见好德如好色者也"的孔子却判若两人！作为一个当时还没有被后人亲尊称为"文宣王"的孔子来说，其实孔子就是一个凡人。而且是一个跟当时的凡人和后来的凡人一样的凡人。在《阳货》篇里，孔子还给自己学生开起了玩笑，而且是一个不小的玩笑。子游报告老师，说仁爱需要教育，孔子不以为然，认为"丁点大"的邦国、子民也很少的地方用得着教育吗（"杀鸡焉用牛刀"）？当子游说这原是老师所教时，孔子才说，那不过是开的一个玩笑罢了（"前言戏之耳"）。

孔子敢开玩笑，表明孔子童心未泯，不像以后用他思想治国的那些帝王们装腔作势、人模狗样，当面一套背后一套，说的比唱的好听。孔子敢开玩笑，还表明孔子没有被权力熏黑。尽管孔子本人与跟凡人一样要犯那么一些伪饰的错误。只是，平民们的这种虚饰不会对社会有太大的伤害。但是这种伪饰一旦让权力放大，那就说不清它究竟有多大危机了。道德神话，孔子并非肇事人，而是自以为是孔子学生的帝王；而道德强迫，更是帝王们治国治民的武器。

神的重建与大众的消解

　　与其说是大学教授于丹的《论语》，不如说是国家电视台即习惯所说的央视的《论语》更确切。其理由不言而喻。倘若，就算于丹教授有过硬的《论语》童子功（即科举时代的读书人所下的功夫），我想，一册薄薄的《于丹〈论语〉心得》，没有央视的"讲坛"作为平台，无论如何也不会像曾经有过的"红宝书"爆炸性地销售到上百万册。为此定义为"央视《论语》"也许更确切一些。本来作为现代向后现代过渡的大众媒介，电视并不适合构建"宏大叙事"。正如保罗·福塞尔（Paul Fussell）在其《恶俗》一书里说，"电视大体说来是一种贫民传媒，最善于宣传假牙清洁剂、不能自控时使用的尿片、啤酒、通便剂、汽车以及洗刷用品"。但是，这个美国人不太了解中国的文化传统和中国现行的社会管治模式。中国从秦开始建立起来的中央帝国，以及从汉开始由儒家文化为核心建立起来的文化传统，千变万变不离其宗的一个指向，就是以等级的划分来决定与维护秩序，以及官民分野构建统治。所谓等级划分就是孔子对季氏所说的"八佾舞于庭，是可忍也，孰不可忍也"（《论语·八佾》），就是齐景公问政时，孔子所说的

"君君，臣臣，父父，子子"（《论语·颜渊》）；所谓官民分野就是"民可使由之，不可使知之"（《论语·泰伯》），就是"君子喻于义，小人喻于利"（《论语·里仁》）。于是，在中国无论什么时候都要分出个等级来，站在这个等级金字塔塔顶的，就风光八面，就享有以下等级不能享有的话语权或控制力。就是说，本来作为大众媒介的传媒，本不应有一个上、下等级区分，但中国的事实是，什么都有一个上、下等级，即有县级、市级、省级、国家级（或中央级）之分。报刊如此，电台如此，电视亦如此——还好的是，唯有最新兴的媒介网络还没有像传统一样地分出个等级来——因此，站在高端或站在顶部的媒体所搭建的平台便是下级所不能拥有的话语资源，以及这些资源本身对下一级的控制力和影响力。也就是说，不要说于丹在县、市级电视台或省电视台上开讲，她不可能暴得大名，即使是在首都北京电视台开讲《论语》，恐怕，于丹也不是今日之于丹，于丹的《论语》也不会是今日之于丹的《论语》。也就是说，断然不会成为今日之央视《论语》。于是我们才会看到，当中国的一名原本普普通通的教授，于央视一站，而且频率亦高，一个本来是仁者见仁智者见智的读书心得，便演化成了官方文本，即演化成了国家话语样式和国家文本（这正是《论语》和孔子学说成为官方文体曾经历过的过程）。

因此似乎就有必要展开这则小文的话题。

于丹在这个文本里开宗明义地自问自答，"为什么说孔夫子是圣人"？因为孔夫子的意义就是"在这片土地上，他是那些最有行动能力的、有人格魅力的这样一些人"（天地人之道——这是于丹之心得题目，引者注，下同）。虽说这是于丹的话，但听起来却很耳熟，那就是好多年前就一直说起的"天不生仲尼，万古长如夜"。这就不得不叫时下的人联想到，"于丹《论语》"即"央视《论语》"一开始就把两千多载树立起来的超级偶像即神在央视上重新要树起来（事实上本身也没有倒）。在此之前，我见过一套清末民初刊行的《新注四书白话解说》（上海六艺书林印），其中有一帧孔子画像。画像顶端五个字，依次是"至圣孔子像"，画像右边八个大字"德配天地、道冠古今"，画像左边也是八个大字"生民未有、万世之师"。至于说笔者十年前到曲阜游览"三孔"时，那里面的楹联、牌匾、题词、碑记、造像、帝赐等等的记不起了，不过感到满眼都是。现在听到于丹重新来说孔夫子"为什么说是圣人"的来由时，虽不觉得是一种新鲜，倒觉得是要急急地诉说：孔子好像离我们远去，孔子的伟大意义也离我们远去。因此，于丹于央视，当下首要的任务是要把孔子请回来，而且是要在央视覆盖的空间和时间里请回来。请回来做什么呢？按照于教授的意思，请回来行"君子之道"，请回来履"理想之道"，请回来治"心灵之道"，当然最重要的请回来践"修身齐家治国平天下"的"内圣外王"的"天地人之道"。先看看什么是于教授的"君子之道"吧。何谓于教授之君子，于说有三个标准，一是善良，二是高尚，三是不争（于丹释为"会处事"）。且不说这样的注解符不符合孔子的原意，只是我们在这里看到了，这样的三个标准正如于教授"心灵的鸡汤"的比喻一样，并无鲜义。早在二十世纪初，一个绝世聪明的辜鸿铭在面对第一次世界大战的混乱时，辜鸿铭一是说现在（即当时的现在）该由中国的

"好公民宗教"儒教出面来拯救末落的基督教世界了（见辜鸿铭《好公民宗教》）；二是辜认为只有孔子的学说才能"教导人们如何成为一个好的社会性公民"（见辜鸿铭《孔教研究之二》）。可见于教授"心灵的鸡汤"的比喻是一盘中国文化传统里陈旧得不能再陈旧的残羹和剩汁。这样的话不知说了千遍，还是说了万遍或万万、万万万遍。像这样的说教，在本来就不知所措的社会心态和国民来说，有什么意义？顺便说一句，"不争"并不是孔子的原义，倒像是老子的东西了。这还不打紧，要紧的是。于教授为了佐证经"君子之道"到"天地人之道"的乌托邦之中，孔子为他的后世以及为我们今天提供了无与伦比的"道"。于教授说，孔夫子治理国家的理念一共三条，就是"第一强大的军队"，"第二足够的粮食"，"第三人民对国家的信仰"。于教授接着注释说"只有三条就足矣"。这三条是孔子的原义吗？来看看这段话的原文吧。这段话原文出自《论语·颜渊》，原话是：

　　　　子贡问政。子曰：足兵足食民信之矣。

按照通常的注法，这段话应是：

　　　　子贡问如何去治理国事（政事），孔子就说：只要有了强大的军队和充足的粮食，老百姓对国家（政府）就有信心了（老百姓就会服从国家的管理了）。

接下来，子贡继续问孔子，说三者之中去一时先去谁，孔子先说"去兵"；倘若再去一时，孔子再说"去食"。为什么孔子要留下"民信"呢？孔子斩钉截铁地说："去掉食物，不过就是一个死，而百姓如果对政府（国家）失去了信心，那么政府（国家）就站立（威信）不起来了。"（"去食，自古皆有死，民无信不立。"）

　　不知为什么，于教授把"民信之矣"注为"人民对国家的信仰"。我不相信，于教授或央视连这样"民信之矣"的一个常识性的东西说成是"人民对国家的信仰"。那为什么会这样注呢？在我看来，这便是于丹《论语》和央视《论语》的价值所向。即对偶像的制造和对迷信的重建。我们知道，中国的现代化进程是一个由半殖民半封建开始的充满着屈辱、血腥，又不断学习国外先进、努力抗争外来强敌的进程。在这个进程中，无论是洋务运动，还是孙中山的驱除鞑虏、重建中华，抑或由于"民主"与"科学"引进的"五四"狂飙猛进运动，以及中国上个世纪五十代起于今继续一直为之的现代化（或工业化）进程中的"西"化（先苏后欧美），我们都会看到一条脉络，那就是试图与传统决裂。西方现代化理论认为，由于十八世纪开始的启蒙运动，现代性就是相信通过与历史和传统的决裂，"使人类从愚昧与迷信的枷锁下获得解放"，"从而获得进步"（转引自《后现代主义与社会研究》，2006）。而我们则是反其道而行之，重拾"已经唱了两千多年"的"昌明圣道的那套老曲子"（见刘半农《奉答王敬轩先生》）。一句"人民对国家的信仰"把原本孔夫子还有点"亲民"的思想，着着实实地改造成了国家主义的"忠君"思想。在央视《论语》的这个文本里，这种与个性、法治、民主、宪政等当代理念格格不入的东西充实其中，而且从于教授生花口中滔滔不绝："翻开《论语》，所有朴素的句子里面全都闪耀着一种隐约的理想"（理想之道）；"一个有德有仁的人，才能够真正做到心灵的勇敢。是因为你的内心有美好的东西，所以你看到外在的世界，才能气定神闲"（心灵之道）；"他的内心非常的庄严，他的内心里面有一种强大的力量，是什么力量呢，那就是信念的力量"（人之道）；"最高的境界在于一个人能够安于贫贱，并且能够乐在其中"（天地之道）；"心灵的力量是无穷的，面对复杂多变的社会环境，面对各种各样不同的人，我们往往感到无力应付，其实只要我们自己有一颗从容镇静的内心，有一种心灵的勇敢，我们就可以变得坚强"（心灵之道）……这儿估且不说于教授是这样醉心于"六经注我"式地讲《论语》的方式，遭人诟病，是否妥帖。而是我们在这些貌似华彩又貌似亘古不易的心得体会中，不仅仅看到中国文化中一个藏匿很深的东西，即"为人师"式地对大众"诲人不倦"的说教；而且看到，由于如这样一些"为人师"知识分子的参与，更重要的是国家最顶端的国家电视台的参与，清楚地让我们看到偶像塑造过程和迷信重建过程的脉络。

中国文化里有一个根深蒂固的基因或永不变动的元素，那就是植根于所谓"一统"的"独尊"。山要封禅，书要称经，人要称圣，皇要万世。不这样，君将不君，臣将不臣；父将不父，子将不子；夫将不夫，妇将不妇；朝将不朝，国将不国。于教授的《论语》当演化为央视的《论语》时，我看到的就是这种景象。"半部《论语》治天下"的旨义在于教授与央视共铸的话语平台上，不仅仅是逐步达成了共识，而且让这一偶像和迷信走近当下的现代生活和现代政治。何谓做出这样的判断，即我们在这一事件中，我们只注意了是某一个个体的文本和符号，而我们却忽略了的是这个《论语》的电视文本是在央视所形成的事实。《论语》于央视，毕竟不同于《红楼梦》于央视，也不同于《三国志》《史记》等文本于央视。这是由于《论语》于中国文化、中国社会以及中国政治制度的特殊意义，从汉的董仲舒到宋的朱子、两程，以及"五四"前后的风云际会。《论语》文本的"能指"和"所指"的沉浮以及其植入中华民族骨髓的话语权力，是任何一个汉语文本所不能及的。于是我们便看到，《论语》在央视的开讲，"所指"显现出《论语》对于现代性的一种颠覆，也即对统治了中国两千多年的儒家文明的再一次定位。《论语》于中国文化传统和中国的政治制度的影响，以及对中国文明的形成，虽说仁智各见，但其意义和价值，却是共认的。但问题不在这里，问题在于凭着华彩，凭着动听，而且凭着"圣"的图腾，以及凭着偌大空间和持久时间，麻痹着社会神经。让偶像与迷信伴随所谓"宏大叙事"的方式，促使读者和听众的被强制接受。

不过，正是这种试图构建的宏大叙事，以及这种所谓的宏大叙事与当下的天然性冲突，让当下"现代"或"后现代"的社会对此产生了不信任。保罗·福塞尔指出，电视"尽管时不时地企图掩饰其羞耻……但是一碰到书籍、思想、历史，以及人类文明对话的复杂、精微和讽刺性就死了"（见福塞尔《恶俗》）。我们已经看到，由于央视《论语》即于丹《论语》的火爆，一些非主流非国家的媒体（譬如网络）称于教授为"学术超女"。这个称呼源于一选秀的大众娱乐节目。娱乐节目的出现，来自电视媒体（现在延伸至网络，而网络更过之不及）的接受者感官的新奇与刺激，来自电视媒体抢夺平面媒体的策略，实质上来自电视媒体自身的利益。这种娱乐方式也许一开始是想挑战一成不变的陈词滥调，但是很快我们遗憾地发现，正是这种娱乐节目让陈词滥调和平庸变成了电视媒体的一种惯常。如果还有些变化的话，那就是不断地寻找出一些"新"的话题。拿深刻而长久影响中国文化和中国历史的《论语》来说事，正是这一电子时代的怪异产物——从电视的央视来说是其利益的商品。于是它从诞生起就注定了，它不可能承担起"治天下"的重任，而只能靠貌似华彩填充着看似绝对真理、实则谎话满纸的电视《论语》。

而我们还看到，当"学术超女"成为一种时尚或满城都说于丹心得时，这一"学术超女"还不仅仅是对此的一种后现代的嚎语。其表象的后面，我还清楚地看到，是对于丹《论语》即央视《论语》的大众化消解。由于中国在一个"现代"与"后现代"的混沌交织中生长和前行，"现代"性的启蒙还没有完成，"后现代"的消解以及由消解引发的"后启蒙"已春草萌动。但一个事实是，无情的商品主义所引发的破碎以及瓦解正面临着我们每一个生活于世间的人，还有就是处于其间的这个社会。对孔子的认同和朝觐，对孔子的批判与反动，对孔子的复古和现代改造，已经有了一百年的历史。尽管从后现代的视角看，八九十年前的《奉答王敬轩先生》差不多也算得上是一篇解构主义的力作，但就其社会功能和意义上说，仍是一篇对不满旧东西而发出抗争的诙谐文本。由于当下商品化诱发的破碎以及产生的利益和文化的多元，当下的社会已经不再是非此即彼的时代。面对央视《论语》，社会已经展示出了宽松和多元。通俗些说，就是面对这一文化和政治混杂相伴的事件，整个社会并不太在意（或娱乐式的太在意）。因为，电视媒体的种种伎俩，都已在它的接受者的认可范围之内。在这样一种认可的范围里，多元的对待与处置也就不会被认为是异端，而是认同于当下社会合理的一部分。譬如说，重新拿起《论语》的元文本，看一看，其间对当下的人、当下的社会，以及当下人于生存空间有无更大的影响；再譬如，于教授那样读《论语》以及那样注《论语》，还有就是央视为什么只选择了于的《论语》心得而没有选择他人的《论语》心得，初衷为了什么、实际又带来了什么；又譬如，在这一事件中，一些人挺于，一些人抑于，一些人对此无所谓，而一些人就只当它是一件当下电视媒体的娱乐节目而已——自然也就不像笔者费这么多精神来辨析它的社会学意义，以及试图考证它的文化谱系——按照后现代主义的阐释，我们对破碎的认可，也就是对现有规范的质疑，以及对宏大叙事的不信任。进一步说，正是由于有了这样的质疑和不信任，大众才可以在一种强势的约定和规范中对此消解。法国哲学家福柯就是站在这样一种立场上，对现代社会中实际存在着的"训诫社会"给予了剖析和批判。基于此，一开始可能看成的一件学术（大众娱乐）事件（或掺杂了点政治话语），竟然会让大众在不经意中获得消解。而消解后的于丹《论语》即央视《论语》，用不了多久，也许就会让另一个话题所代替。

子曰：觚不觚。觚哉？觚哉！（《论语·雍也》）

文末了，竟引《论语》一句作尾。何种缘由呢？以我的读法，早年的平民思想家而后来成为官方代言人的孔老夫子这句自言自语的话就是一句消解方式的典型话语：

孔子（某年某月某日突然仰天）说道："觚不像个觚。这是觚吗？这是觚吧！"

建议学生娃娃不要读经

从"国学"成为吸引眼球的词汇时起——大约已有十年的历史吧——与之相关的产业也就诞生了。譬如兴办复古学堂一类的事，譬如编纂所谓"国学"初级读本的事，譬如花尽心思弄出些这样那样论坛的事，等等。最重要的是，在一些提倡"国学"、复读"经"的先生女士们看来，不仅要在成年人中间补补课，而且要在咿呀学语或刚刚识点汉字的稚子孩童间发蒙。"发"什么"蒙"呢？大约就是让娃娃们读点《三字经》《弟子规》等之类的蒙学老书。此两书前些时候就登陆央视的高端讲坛了。真是肥了先生的腰包，又赚了开坛者的名声，一举多得，"国学产业"真是不得了！问题当然不仅在于此，问题还在于倡"国学"复读"经"的先生女士们还真把此事当成千秋万代的事，当成一种舍我其谁的事。倡"国学"复读"经"关键的潜台词是，由于中华文化已在某一时期（或时代）断裂或湮灭，因此，它不仅需要在某一时期或某一时代或某些大人物手里恢复，而且还得从稚子孩童时就开始培养。在这些方家眼里看来："一百多年来，中国文化遭到了毁灭性的破坏，首当其冲的就是儒家经典"（见蒋庆《读经是中国文化复兴的开始与希望》)。因此专门就中国近现代史上的一个旧案予以谴责。这一旧案是民国元年（1912）1月的事。1912年元旦孙中山就任民国临时政府大总统，1月3日，任命蔡元培为教育总长，仅仅半个月之后，也就1912年1月19日首任蔡元培颁布了《普通教育暂行办法》，在这《暂行办法》里有一条规定，这条规定是"小学读经科一律废止"。因此，提倡"国学"复读"经"的先生女士们针对这一"规定"，建议当下要从稚子孩童起就开始"为往圣继绝学"的读经宏大工程。因为"要复兴儒家经典，第一步就只能是读经，而读经的第一步又只能是少儿读经。所以说少儿读经是中国文化复兴的开始或者说第一步"（《读经是中国文化复兴的开始与希望》)。不如此，文将不文，化将不化，国将不国。

其实就是这部民国初年颁布的《暂行办法》(同时颁布的还有一部叫《普通教育暂行课程标准》)，废小学读经科只是其中之一条。《暂行办法》大约有七条：一、原有学堂均改称学校，监督、堂长一律通称校长；二、初等小学，男女同校；三、各种教科书，务合乎共和民国宗旨，清学部颁行的各种教科书，一律禁用；四、民间流行的教科书凡内容与形式具有封建性而不符合共和民国宗旨者，即予改正；五、小学读经科一律废止。小学手工科，应予注重；六、中学校为普通教育，文实不必分科；七、废止旧时奖励出身制度。此七条的主旨很清楚，就是要坚决废除以"读经"为主贯穿了两千多年来的"尊孔"和"忠君"（从政治学角度上，自东汉始，"尊孔"和"忠君"从来就是绑在一起的，或者说是合二为一的中国政治文化生态的经典表述）。反封建、反专制是肯定要从它的根上即思想基础和文化教育基础反起的。正因为如此，蔡元培、吴虞、鲁迅、胡适等民国初至五四期间的这些响当当的名字一定是与中国文化史和中国文明史连在一起的。这正是民国初建时的新气象、新气魄。虽然今天看来似乎有些"矫枉过正"，但从历史的角度看，不如此"矫枉过正"，就没有之后不久的五四新文化的狂飙猛进和激扬文字，也就不可能有中国近现代中国最为华彩的文化转身，当然也不可能建立起来以"科学""民主"为主旨的共和国，特别是不可能形成"共和（republican）"的社会心理。如果这种推论尚有些符合历史的真实的话，那么是不是可以说，民国元年在小学生中废除读经便功莫大焉？是的，在我看来，这是中国文明史和中国文化史的划时代的事件！

　　当下提倡"国学"复读"经"的先生女士们，极力鼓吹从稚子孩童始读经的理由主要认为，从民国起，特别是自"五四"（还得加上"文革"）始，中国的传统文化断裂或湮灭了。因此只有通过全民的补课和从稚子孩童发蒙就开始读经，才能继承。在"国学派"眼里的"国学"果真断裂或湮灭了吗？其实这大约也不是事实。事实是，从中国当下的文化元素看，先秦儒家、汉儒、宋儒或清儒以及他们的影响并没有因为五四新文化的反孔，或"破四旧"而灰飞烟灭。无论是当下的"道德治国"的政治理念，还是"小康社会"的社会实践，都与中国传统文化最为核心的"仁""礼""中庸""大同"等有着千丝万缕的关联，以及内在的传承和逻辑关系。不能因为没有全民读"四书五经"，没有进行科举（光绪三十一年即1905年废除），没有了一些原来的礼数、祭祀（包括"祭孔"在内的其他祭污七八糟神的大典不都一一恢复了吗，岂止恢复，一些地方早就有过之而无不及了）等就认为中华文化已经断裂或湮灭。像这种"国学"图腾以及"读经"迷信所认定的观点，既否认了中国近现代的历史，也缺乏对中国传统文化深厚的穿透力和潜移默化力的认知，更不要说对新文化所取得业绩的肯定了。

当然此话题还有另一种言说。大约给稚子孩童读点《三字经》《千字文》的蒙学读物，给已发蒙的学生们读点《论语》《孟子》选读本，或者进一步再读点诸子语录，其实这对于任何一个中国人，接触这些东西，或学习这些东西，本不是什么难事，也不应具有多么特殊、多么重大意义的事。既然是在母语的背景下生存生活和学习，旧的、古的、老的，无论怎样都会多三少二地接触。至于说，对于发蒙一开始的学生娃来说，选一点四书五经的文字，选取一点从先秦到明清的文字，那有什么了不得的呢，那有什么值得大张旗鼓来炫耀的呢？更别遑论"国学"的中兴或"读经"的要旨是多么多么的重要。

但是现在问题刚好出在这里。一方面倡"国学"复读"经"的先生女士们把读经看成是继不继承中国传统文化的大事，一方面却花里胡哨地将读经看成是一门产业。譬如这样一种学堂，要让学生娃娃进校时，穿点什么不三不四的古装——也其说是古装，还不如说是戏装；搞点什么不三不四的仪式——也其说是仪式，还不说是秀场。譬如连《论语》都还只是半罐子水的竟说《论语》是现代人的"心灵鸡汤"——与其说是读经，还不如说是为了读经产业的兴旺。可想而知，这样的复古学堂和这般的读经迷信是个什么东西了。在我看来，当下倡"国学"复读"经"的有志之士，大约是打着这样一面"复兴汉文化"的旗帜，行与中国快步走进世界相背之实以及壮大读经产业。再者，我一直想不通的是，为什么二战后的一些欧美国家发展那样快，对人类文明有那么多的贡献？抛开制度不谈，在我看来，就是那些国家没有背上所谓"灿烂"、所谓"辉煌"、所谓"悠久"的包袱。即使像法国、英国这样有着悠久历史和灿烂文明的国家，都把眼睛盯向远方、盯向未来。譬如法国对自己的文化的痴迷或曰文化保守是全欧洲著名的（譬如它坚决拒绝和抵制英语对法语的伤害，并认为法语是欧洲最优秀的语言），但是法国近现代却是一个生产思想巨人的国度。从孟德斯鸠到卢梭，从加缪、萨特到福柯，他们一直在关注时下的社会和时下的时代，以及关注时下社会和时代的变化以及变化时对制度特别对人本身的影响。而不像我们当下的一些人那样，一是抱着我们古老得不能再老的东西不放；二是总认为只有中国古老的东西才是世界最优秀的东西；三是认为在全球金融危机后只有中国的传统文化才可能承担起二十一世纪发展的使命和责任。于是，"向后看"成为"复古读经"引发的所谓"兴国学"的主旋律。我们可以以中国传统文化和今天取得的成绩自豪，但是我们不能以倡国学复读经来打压新文化和新思想，更不能变成产业来让学生娃娃们受煎熬。现在的娃娃进学校念书本身就是一件不轻松的事。据单位同事讲，现在一个小学二年级的学生，每天的家庭作业要做到晚上 11 点（仅一个"田"字、"土"字就得抄上 100 遍）。倘若再叫这些学生娃娃读点"学而""宪问""告子""尽心"的篇什，那么当下的学生娃娃恐怕就不要睡觉了。

关键在于，摇头晃脑地读了这些"经"后，学生娃娃们就真的知道和懂得了中国的过去，预知中国的未来了吗？

因此，笔者极端地建一个议：在辛亥革命100周年这一年，学生娃娃们——包括成年人——最好不要读经。

莫名其妙想起庄子

读了一本美国人写的《全球通史》(The World Since 1500 A Global History)，见到了这一句"自由探索的精神，民主政体的理论与实践，多种形式的艺术、文学和哲学思想，对个人自由和个人责任心的强调——所有这些构成了希腊留给人类的光辉遗产"时，我一下子就想到了我们中国的先哲庄子。为了确认读书时刚刚冒出来的一个想法是否对，也就是那位美国人评述的古希腊时代，与中国的先秦时代会不会大致同一时期，于是，我就在书架上找《庄子》，看看庄子的生平，结果就是找不到。我想先翻翻工具书，先知道庄子的生卒年月吧。结果一找又出了问题。我一直翻的一本1977年出版的《现代汉语词典》也没有这位哲人生平，"庄子"一词到有，但是这样释义的："村庄"。就是这本词典里的"庄子"不是庄周的那个庄子，而是中国广袤而又比庄周历史更长远的农村农户集散地。我这人一旦觉得要刨根问底时，我就不会这样轻易放过。反正互联网也方便。于是打开电脑，打开谷歌，一查，便不得了了。"庄子"一共有114000条！耐心地翻了几页，英文的、日文的《庄子》，或以庄子为名的网页、网站，就是没有庄子生于哪年、死于哪年的记录。于是，再在我的书架上找，不过还是失望，我的书架上就是没有《庄子》这本书。不过可以欣慰的是，在厚厚的《辞源》里，我终于找到了庄子的生卒年代。庄子大约生于公元前369年，卒于公元前286年。

于此，我便一直纳闷，我想我是一定读过庄子的，哪怕是没有读好，哪怕就只有那么一丁点皮毛，但肯定是读过的。不然，我不会在若干年前的小文里写道：

> 有人以为庄子是自然的箫声，其实在庄子看来，当名利物欲给人的冲动和冲动后的不知所措时，于是回到自然，让其异化的身心走进自然之中。但是，庄子的痛苦并没有因走进自然而熨平。相反，面对鹏之展翅庖丁之解牛大树小树之叹，更大的不安和焦虑却走进了庄子的心田。自然，并没有拯救庄子的灵魂。拯救庄子和他同类灵魂的只有一种方式：死亡。"山木自寇也，膏火自煎也；桂可食，故伐之；漆可用，故割之；人知有用之用，而莫知无用之用也。"看破红尘就是庄子的宿命吗？皈依自然就是庄子的宿命吗？庄子说了那么多石破天惊的话，但是庄子还是告诉自己和同类："吾生也有涯，而知也无涯，以有涯随无涯，殆已。"庄子这些看似呓语的东西，真的"可以养亲，可以尽年"吗？……天知道！

这样看来，我还真是读过几句庄子的。不过，那时读庄子的心情心境与现在看来不大一样，而且我就是没有想明白，我的书架上为什么竟然没有这样一本真正中国意义上的典籍？

郭沫若的《十批判书》却是有的。

《庄子的批判》在郭沫若的《十批判书》中，几乎可算得上是一篇最短的文字了。但是，《庄子的批判》里的主人公庄子则是作者的赞美多于批评、肯定多于否定，这在《十批判书》中也是少见的。下面几条便是作者持肯定而且是给予了极高赞扬的意思。庄子因说："天下有道，圣人成焉。天下无道，圣人生焉。"（《人间世》）于是在郭看来这是庄子"把王权看成脏品"。郭认为，庄子以一己之力对其现世的所有欺世盗名所给予的揭露和痛骂，是庄子之前罕见的，庄子之后与日俱增是鲜见的。郭为此还模仿庄子《胠箧篇》里的句式写了下面一段话：

> 为之虚无以静之，则并与虚无而窃之；为之因明以导之，则并与因明而窃之；为之荒唐以恍之，则并以荒唐而窃之；为之道德以统之，则并以道德而窃之……窃钩者诛，窃天下者皇帝。皇帝之门而道德存焉。

若干年前在读郭沫若的《十批判书》时，印象最深的当是《庄子的批判》。《庄子的批判》写于1944年的重庆，从"微言大义"看，郭的这些非常愤激的话显然是有所指，也就是指向当时的国民政府的元首。但是，对于历史来看，由于中国的帝制生生不息，中国的某一姓的帝王虽说长者三五百年，短者不足百年，但改朝换代是其铁律。而在这改朝换代的铁律中，得天下者不是百姓，而是帝王！而帝王得天下时和得天下后都有一整套"理直气壮"的道理。而在庄子看来，圣人的生存是建立在"乱世"之中，倘若（即按照庄子的设想）天下本身就是太平和清净的，那么，我们还要什么圣人呢？也就是说，我们不需要那些圣人板起个面孔来教导我们：这样是"仁"那样不是"仁"，这般是"礼"那般不是"礼"；或者教导我们：这样应那样做那样不应这样做，那是善举这是恶行……庄子讨厌所谓圣人们的虚伪，讨厌帝王们拿这些所谓圣人之言圣人之德的东西成为我们的枷锁，而以此窃天下的行径更是庄子所憎恨的。当然也是1944年郭沫若先生所憎恨的。庄子对其虚伪和以虚伪盗天下的帝王和帮凶们不仅仅一针见血地揭露，而且庄子在"画地而趋、迷阳迷阳、无伤吾行、无伤吾足"的自言自语后，还郑重其事地告诫我们这些芸芸众生："临人以德，殆乎殆乎（《人间世》）。"

尽管，郭沫若对庄子这套东西有所保留，也就是说，郭沫若认为庄子的这些东西有可能变成了后来适合统治者统治的武器，也可能会走向附丽于世故的油滑。不过，仅仅是上文所引的郭氏文字，我们其实是可以看见郭当时的真实心情的。这是一。其二，郭认为，道家的香火重燃和相传，完全得力于庄子。倘若（当然历史不可能有"倘若"）没有庄子，黄老学说和思想已分裂成名家、法家、术家而名存实亡了。在《庄子的批判》里有两处说到这层意思。一处是"道家本身如没有庄子的出现，可能是已经归于消灭了"；一处是"真正的道家思想，假使没有庄周的出现，在学术史上恐怕失掉了它的痕迹的"。郭认为庄子所倡导的修做"真人"就是"真正的人"，而"真正的人"就是庄子所说的"天地与我并生，而万物与我为一"（《齐物论》），而要实现这一切做到这一切，不是没有渠道的。那渠道是什么呢？渠道就是尊重个性。在庄子看来，无论北冥南冥，无论大树小树，无论有用无用，无论大知小知，只要依乎天理得乎自然，就能去实现"大道不称、大辩不言、大仁不仁、大廉不谦、大勇不忮"（《齐物论》），也就有了"一与言而二、二与一为三"（《齐物论》）这样亘古的规律。这样，郭沫若先生便指出，"尊重个人的自由，否认神鬼的权威，主张君主的无为，服从性命的拴束"，这是庄子发扬后的道家超越历史的贡献——中国思想史的最重要的一个贡献。

　　实际上，庄子在许多的篇目中有着大量关于生、死和常、异的描述，特别是在《人间世》《德充符》《大宗师》《骈拇》这些篇什里。为什么庄子要用那么大量的篇幅与古而怪之的比和喻来说明他的"天地与我并生，而万物与我为一"这样的思想和理想，无非就只有一个目的，那就是人的生存和发展，不应有与自然相悖和与生命相悖的意志和力量出现。一切扼杀自由和生命的外力都不应成为事实——无论它是怎样的理由。在《庄子的批判》一文中，郭沫若以他诗人的气质和历史学家的洞察力写道，倘若人符合了庄子所指示的那样的活法，那么这样的人"心是有主宰的，容貌是清癯的，额头是恢宏的；冷清清的就像秋天一样，暖洋洋就像春天一样，一喜一怒合乎春夏秋冬，对于任何事物都相宜……挺立特行有棱角而不槁暴，天空海阔像匏落而不浮夸……"今天读起这些话来，不仅让我们穿越历史的时空，去一睹两千多年前的庄子的风采和庄子理想的风采，同时也让我们穿越半个多世纪，看见了当年刚过五十岁的郭沫若先生的风采。对于两千多年前的庄子和对于 1944 年的郭沫若肃然起敬。想到郭沫若上个世纪五十年代中后期写的《百花齐放》的 101 首诗，更想到郭沫若上个世纪七十年代前中期写的《李白与杜甫》和稍后的词和诗，对于当下的人们来说，真是难以言说了。也许因为郭文，我对庄子更有了兴趣。

在我的记忆里，像庄子这样一个仅仅做了几天诸如什么漆园的小史，而把自己的独立精神融于蝶、融于虫、融于鲲、融于秋水、融于风，它让先秦诸子中有了最为不一样的东西，也让铁桶般的四书五经常常都面临被叫板的地步。如果说古希腊的文明是由像亚里士多德（前 384—前 322）这样的人来奠基和实践的话，那么古中国的像老子庄子们就有可能演绎出另外一番气象。遗憾的是古中国那一时期的诸国战乱格局和不久就开始的分封制，并没有像古希腊那样走进城邦，也至于由此走进民主和自由（顾准对此有深刻的体会和研究），而是一步步强化着中央集权和专制。于是由儒学奠定的纲常伦理成了中国文化的主流意识形态和国家形态。也难怪，后来的中国人读庄子的人就远不及读孔子的人多了。庄子当时的横空出世，与后来与孔子被奉为"大成至圣文宣王"的命运成为中国文明史的一种结。虽说古希腊的城邦只有二三百年的历史；虽说亚里士多德也未能终老，但是 1500 年后，亚里士多德们的复活、古希腊的复活、意大利的冲锋陷阵，成就了现代文明的辉煌与灿烂。中国文化从来就没有复活过春秋战国般的文明昌盛的时代。更糟糕的是，到了 1500 年后的中国明末，便在万历的懒惰和与抗拒朝臣、天启的高压与残暴、崇祯的外患内忧中走向不可避免的衰亡（不久后的所谓"康乾盛世"，在现在看来不过就是纲常伦理的回光返照而已）。而庄子就更没有亚里士多德那么好的运气，庄子的精神遗产只在一些士子和民间中苟延残喘，或者说在一些士子和民间，特别是一些士子某些时候获得的一种自慰。譬如说东晋似乎有过那么一段时光，再譬如说花大力气校勘嵇康全集的鲁迅。庄子显现出的独立、自在、自由，不被传统主流意识态所接受是一个不争的事实，宋明清后更是如此。文化的非多元性，戕害和桎梏了社会的政治民主进程，同时而且也最为重要的是，戕害和桎梏人的自由和对自由的追求。对于后者，我们似乎看得见，但是我们不正视。换句话说就是中国的士子通过科举与官方，或者说传统的士子通过儒学一门"正宗"与官方达成了一致，让庄子一类的"异教"更加疏远主流意识形态，让传统的士子更加与官方达成默契。如明万历的张居正、清光绪的李鸿章。这与西洋的知识的传统是大相径庭的。古希腊时期所形成的西洋知识分子就是以摆脱俗务，独立体制外而著称，也就是说，他们之间的关系不是皮与毛的关系。从古希腊文明的亚里士多德始，到工业文明和后工业文明的尼采、福柯（也许美利坚合众国的亨廷顿稍稍是个例外）便是较为极端的例子。稍稍有点科学史和文化史的人都知道，古希腊的阿基米德说过那句惊世骇俗的话："给我一个支点，我能撬动地球！"——在我看来，这不仅仅是科学的狂想，而是西洋知识分子独立于体制外最为自由的舒展和理想。其实，与阿基米德差不多同时代的庄子不是没有说过类似的话，那话我们也许都还记得："鹏之徙于南冥也，水击三千里，抟扶摇而上者九万里，去以六月息者也。"

边写这文边在书架上找《庄子》，终于找到。随手翻开，见有这么一段，抄上用作这则小文的结尾。庄周说："吾犹守而告之，参日而后能外天下；已外天下矣，吾又守之，七日而后能外物；已外物矣，吾又守之，九日而后能外生：已外生矣，而后能朝彻；朝彻，而后能见独；见独，而后能无古今；无古今，而后能入于不死不生。"

吉凶互移可知道德

知道《周易》时很早，大约是知青的时候，是从择地看吉凶的风水先生那里知道的（现在想起来，那时的风水阴阳恐怕也是看不懂的）。不过，那时晓得《易经》是一本与算命择地相关的书。直到中年后，才算认真地看了点《周易》。为什么会读起这书呢？大约前些时候，读了一册名叫《五十自述》的书。作者是牟宗三。牟宗三，与唐君毅、徐复观并称为当代三大新儒家。就在这本《五十自述》里，牟宗三说，他入北大哲学系后学问的起点是从《周易》开始的。实际上，在五四以降的新文化中，一批人如陈独秀、胡适、绍兴周氏兄弟等坚决地打倒旧文化，但也有一批人，而且是比新文化干将稍年轻的人，如吴宓、顾颉刚等人则回到了旧学。特别是顾颉刚等人的"古史辨"，则是从研究《尚书》《周易》开始的。如许多人提及的顾颉刚的《周易卦爻辞中的故事》，就是顾颉刚二十七岁（1919）时写的。到了顾颉刚的学生辈李镜池手里，《周易》成了其系统的研究对象。《古史辨》第三册就发表了李镜池的《周易筮辞考》，刊布该文时，李镜池才二十一二岁（1902 年出生）。从二十年代后期始到其终老，李镜池都与《周易》为伴。从介绍李镜池的文章和读到李镜池的年谱,李镜池几乎可以算作"五四"以后研究《周易》的集大成者。不过,牟宗三的《五十自述》里没有提及此人。从《五十自述》里,我们知道,牟宗三的学问也是从《周易》开始的。《从周易方面研究中国之元学与道德哲学》(重刊时,更名为《周易的自然哲学与道德函义》)成书时,牟宗三仅24岁(1934),还是北大哲学系的大三、大四学生。

对于像我这样"文革"初期才进初中且初中未毕业就下乡当知青的人,一没有童子功,二没有名师授,三又在"稻粱谋"中苦苦挣扎,四又遇到浮躁风尚侵扰。能坐下来,翻着天书一样的书来读,自我感觉还算不错的了。于是,能读懂一句算一句吧。就拿我们平常最见惯不惊的人的名字来说吧,原来不知道一些熟悉的字和词,不知出处,在读《周易》时,才知道原来出自《易》。如,国民政府的委员长蒋介石,一直觉得这名字很有些怪异。虽然感觉"介"不是"介绍"的"介",那"蒋介石"的"介"是一个什么"介"呢?《周易》"豫"卦里,写着"六二,介于石,不终日,贞吉"。这下才知道了"介石"不仅出自何地,而且知道了"介石"即"坚石",也可是"石坚"哟。由此,我也才读出,最终没有返回大陆客死他乡的早年抱负。紧接着,才又知道,"介于石"后有一"不终日"。那么"不终日"这一筮是什么意思呢?原来,文王演《易》时,发现石头过于坚硬,那是容易折断的,那是不能长久的。于是,才又懂了,蒋介石的字为什么叫"中正"了。那又何苦呢?既然知道坚石易折即坚石不长久的道理和天意后,又何必"中正"呢?人真是一怪物,文王所演"易"的吉卦凶卦,恐怕正是人这一怪物的无可奈何之举吧。"介石"一词，不仅知道了给人以名字的源头，而且也多少知道点坚柔、硬软相互间的关系。也才知道了点，无论儒家，还是道家，都从《易》里获得过营养。《论语·子罕》篇里有许多这方面相互联系相互转换的论述。在有人称颂孔子"伟大"时，却说孔子无名。这时的孔子就说，"吾何执？执御乎？执射乎？吾御矣"（"我干什么呢？赶马车呢？做射手呢？我赶马车好了"，杨伯峻译文）。也就是说，什么才能叫"有名"呢？对于他人，做君做师，是人最高目的也是最高境界（也因此带来了仇杀、血腥、阴谋以及追名逐利）。但对于平民孔子，孔子却一本正经又有点自嘲地说，一个人做一个马车手就不错了，或者说，就可以安身立命了。为何呢？先知孔子看得清楚：做君者时时惴惴，做师者日日惴惴。做马车手呢，会用得着那样成天提心吊胆吗？在凡人与伟大人间，别人（尤其是后人）讲孔子不是凡人是伟人，而孔子呢则认为选择做凡人才是正确的。在《老子》里面，这样的论述就不胜枚举了。如"有无相生、难易相成、长短相形、高下相倾、音声相和、前后相随"；如"生而不有、为而不恃、成功不居"；如"多言数穷，不如守中"；如"以其无私故能成其私"；如"视不可见、听不足闻、用不可既"；如"柔胜刚、弱胜强"……至于说到庄子的"桂可食故伐之，漆可用故割之"，更是把万事万物的转换推到了虚无的极致。

再就是，说到佛经中国化的过程中，《周易》也是起到过化西为中的作用。《金刚经》"离相寂灭第十四"有这么一段话是这样说的：佛对须菩提说："如是，如是。若复有人得闻是经，不惊、不怖、不畏，当知是人甚为稀有。何以故？须菩提，如来说第一波罗蜜，即非第一波罗蜜，是名第一波罗蜜"（是这样的，是这样的。如果再有人能够听讲过这部经典时，做到了不惊讶、不恐惧、不害怕，那这个人算得上是世界上少有的人了。为什么这样说呢？须菩提呀，如来说了，一等一的到达彼岸，就不是一等一的到达彼岸，所以说才叫一等一的到达彼岸）。在《金刚经》里，"是××、即非××、是名××"这样的句，以及由这样的话语方式的思辨，当然是西土佛陀的方式（也许还有唐人的话语方式），但是这里面所蕴含的对立两方的相互转换，则是东土《周易》里的骨髓。

众所周知，《周易》是一部上古（两周）时代的"算命"的书，即"贞吉""贞凶"的书，也就是占吉占凶的书。那么肯定是有关问天、问地、问人和问史的书。天象、天气、农时、农事、筑城、建房、起灶、婚媾、战争、封王、建侯、殷鉴、凶兆怪异……不一而足，无所不有，无所不包，都在文王的蓍草里，也都在文王的筮辞里。尽管《周易》里充斥着臆想和心理暗示，但它对中国文化和中国人有着不可抗拒的力量。或者说，像《周易》里的这些臆想、暗示充满着无穷的魅力。本来，贞（按高亨训，"贞"即"占"）吉贞凶，一般地说是要指具体物的，如天象、如地理、如灾难、如丰收等，不过，《周易》却对一种很难说得清的"德"发出了"贞"。在《周易》"讼"里，《周易》指出："六三，食旧德，贞厉，终吉。或从王事，无成。"什么意思呢？人的道德，也可能就像日蚀、月蚀那样，一定是有残损的。既然一定是有残损，那么就应该按照过去已经形成了的一套道德规范来约束、来管理自己，那样才不会有危险。如果不这样，那么无论做什么事（包括王事），都会一事无成的。于是，我们看到了一部占卜天、地、自然的书，对非具象的人的道德，原来也很关心。在《周易》里，我们清楚地是，中国文化中，即使在战乱频繁、灾难频繁的（几乎是）初民的年代，道德是十分重要的。而且由这么一句"取象之辞"，最初建立起了中国人的道德谱系（这也就给孔子的"仁"开了天眼）。在《易》里，"豫"里有"成有渝"；在"随"里有"官有渝"。"豫"里是这样说的："上六，冥豫，成有渝，无咎。"在"随"里是这样说的："初九，官有渝，贞吉，出门交有功。""渝"即堕落、败坏之义。也就是，在文王演此卦时，文王意识到：如果整个城市堕落了，败坏了，那不仅城市没有救，而且城市里的人也无可救药。不过，万物并非一成不变。也就是说，倘若我们先前就知道、就来认识、就来预防，那么，我们占得的卦就可能是吉卦。并且，我们还有可能"把坏事变好事"式地得到一个没有灾害的年份和城市。可见，在《易》里，有无道德，成了一个城市有无灾害、是否得利的基础和原点。而且，我们还有可能从中获得经验、教训，以及促使城市繁荣的其他方面的启示。

那么对于统治者和管理者来说，以德服人（那些当面理想当面主义背面贪赃背面枉法的不属此文所及范围）是重要的。"临"中得卦：一、"初九，咸（感动——引者注。下同）临，贞吉"；二、"至（信服）临，无咎"；三、"敦（敦厚）临，吉无咎"。"临"作管理、管制、统治讲。在《易·临》里，文王所演的卦，几乎全部与管理者的道德相关。也就是说，用能使人感动的、用能使人信服的、用能使人敦厚的管理、管制和统治的方法，社会和人才能让其管理和统治。当然，作为王或立志成王和即将成王的文王的卦书，仅有道德是不够的。就在《周易·临》篇里，还有两条这样的筮。一条是"九二，威临，吉，无不利"；另一条是"六三，甘（严）临，无攸利，既忧之，无咎"。这两条说的是，对于一个管理者和管制者来说，要"以威管理"，要"以严管理"。只有这样，天下才无咎，天下才会大吉。即使如此，《易》里这些"威"也好，"严"也好，都不是从制度上讲的，都是从管理者的道德角度上讲的。拿后来的话说，在《周易·临》这一章节里，讲了中国几千帝王驭民驭臣的道理。这是一个什么道理呢？就是"恩威并举"。粗读《易》时，只觉深奥玄古，细读《周易》时，才看到了中国文化的一些源头原来在哪里。

《周易》里的道德观到了孔子的《论语》处，成了中国文化后来的主流和传统；在《老子》里，则成了天地自然的生成生长规律。一个孔子，一个老子；一部《论语》，一部《老子》，从《周易》处发墨。前者在仁在礼，后者在天在道。前者规范行为，后者揭橥事由。《易》显现出来的许多玄而又玄的卦，看来不仅仅是上古先人们的处事态度和方法，而且还把中国文化浸淫后的后人（自然包括了今人）的处事态度、方法，以及心理等都先知先觉地看见和规定了出来。

"死"于"礼"的秩序

弥尔顿《失乐园》（朱维之译）里的"生"与"死"的话题，引发了这则文字。这句话出现在第二章：

一切生者死，一切死者生。

原文是：Where all life dies，death lives.

在原文里，第一个"死"是动词，第二个"死"是名词；反之，第一个"生"是名词；第二个"生"则是动词。朱译很好地把握了这一区别——当然是本质的区别。那么原文 death lives 的意思是"死后方为生"，"死"依然有动词的意思。不管怎么说，无论原文还是译文，都要告诉生着的人们，"生"是"向死而生"（Being-towards-death）！在《失乐园》的这句话的语境（context）里，在冰冻的山峰、火烧的高山，还有那湖、洞、泽的宇宙里只有"恶"活得好，于是在那里 Where all life dies，death lives。因为这是由于反常的自然（Nature breeds，perverse）所为。因此，在《失乐园》，在撒旦（Satan）的世界里，生原本从一开始就是罪恶的，死是生的必然，没有死，也就没有生，生源于死。而"死"则是对生或者说对"恶"的惩罚和救赎。

中国文化里没有"原罪"与"救赎"的元素，但对于"死"的思考历史悠久且源远流长。"死"于汉字是一个古老的字，甲骨文作 𣦵，篆文作 𣦸，到了大一统的秦汉时，隶书已作今天都识的死。可见"死"一字在汉字中的地位。《说文解字》，许慎释"死"为"澌也，人所离也"。段玉裁注："澌"，方言"索"，索，"尽也"；"离"，"形体与魂魄相离"也。拿今天的白话说，"死"有两义，一义：人命尽头就是"死"；二义：肉体与灵魂分开即谓"死"。其实，两义就是一义：生命的肉体到了尽头，"死"就成了"存在"。"死"在汉语语境里，并不是一个需要避讳的字，或者说"死"在汉语语境里并不是一个不吉的字。儒家正典一开始就不避讳"死"的。《周易》豫卦有"贞疾，恒不死"；《尚书·尧典》有"舜生三十征庸，三十在位，五十载陟方乃死"，第一次把"生"与"死"对用（《尚书》还提到另外一些人的"死"，如《洪范》"鲧则殛死"等）。连旁门左道（相比于儒家正典）、"环伟瑰奇"（袁珂语）的《山海经》里也出现"死"（如《中山经》里就有"伤人必死"等）。到了《老子》《论语》时，"死"不仅已经广泛使用，而且作为伦理术语以及有可能的哲学术语正式登堂入室，成为中国文化里的重要概念和范畴。《老子》第六章，"谷神不死，是谓玄牝，玄牝之门，是谓天地根，绵绵若存，用之不勤"。在老子看来，只要守住了清心寡欲，也就是清心寡欲长存（不死），生长万物的大门永远张开，而且永远生长着万物，生生不息，无穷无尽。在此，老子作为中国文化里的第一位自然主义者，把"不死"看成是"天地之根"的关键，看成是"绵绵若存，用之不勤"的平台。换言之，作为哲学的命名，"死"与"生"想对，在老子处是明白无误的。到了"知人者智，自知者明；胜人有力，自胜者强；知足者富，强行有之。不失其所者久，死而不亡者寿"（《老子》第三十三章）时，"死"与"不亡"便开始有了转还的意味了。到了老子的"出生入死"（五十章）时，（如果以西方"向死而生"作为坐标）差不多已经接近现代西方死亡哲学的旨义了，或者说开启了西方死亡哲学的思考。所谓"出生入死"，便是"向死而生"的中国说法，或者是"向死而生"的前现代说法。仅从这一层面看，即哲学的角度，老子的"死"远比孔子的"死"更具形而上，也更具"死"的本质。"死"作为中华典籍里重要构件，向来显眼。最早最全的大型类书《艺文类聚》（〔唐〕欧阳询），虽然没有"死"的专章，但在"礼部"的"谥""吊"等中多有涉及。更早的《诗经》里的"风"与"雅"，也多有关于"死"的话题。

不过，到了孔子这里（姑且认为老子在前孔子在后），"死"不仅是一生物学概念，重要的是一伦理学概念。据治《论语》的杨伯峻统计，"死"一字在《论语》里共出现38次。最著名的当是"未知生，焉知死"。此句出自《论语·先进》。仅《先进》篇里就10次之多。原因即是，此章记录了孔子最得意学生颜回的死，而由颜回的死诱发了许多话题。在此章里，"死"，于生物学的即"有颜回者好学，不幸短命矣"和"颜渊死，子哭之恸"；"死"，于社会伦理学的"子在，回何敢死"；"死"，于哲学的即"未知生，焉知死"。孔子，作为一位资深其德厚的"殡葬师"，深知"死"对于生即对于活着的人的重要性，更有对后人的重要性。于"死"，孔子当然不像两千多年后的西方哲学家们那样去思考"死"的哲学命题和"死"的终极真理，但是，孔子在他所处的礼崩乐坏的东周（公元前七世纪至公元前一世纪），"死"不是一件简单的生物学意义上的话题，而是一件与礼直接相关的话题。《论语·为政》记录了孔子对此最重要的讲话"生，事之以礼；死，葬之以礼，祭之以礼"。孔子的这个观念，决定了孔子之后的中国文明在"死"与"葬"方面的规定，而由此丰富了中国文化。没有厚葬即没有中国文化里的重要篇章"墓葬文化"以及由此的"墓葬文明"。得益于厚葬，中华的重要文明因子，包括显的和隐的，不经意地得到了传承和张扬。譬如自殷墟发掘以降的一百余年，墓葬及地下文化不仅补充了纸质文化和修正了纸质文化，而且极大地改变了纸质文化的面貌。于是，我们看到厚葬作为一种伦理即对生命的尊重的"后仪式"，不仅让"死"于"礼"的秩序占有重要地位，而且衍生的（"副产品"）厚葬文明保留和保存了中国文化的重要物质材料。从孔子始，中国人对死的观念从此打上了伦理的"元规定"。或者说，"死"于中国文明里，已不再是生物学的概念，而是伦理学的概念。"死"的神秘和"死"的伦理，天生地注入在中国文明的基因里。倘若不是这样，作为一位睿智的且又见多识广的孔子来说，决不会说出极具悲观主义又极具虚无主义的"未知生，焉知死"的话。

在通向死亡的旅途中，"濒临死亡（Near-death）"，是一个比"死亡"更富哲学意义的词。死亡是已经结束的存在，濒临死亡则是一个即定而未结束的存在。死亡本身已经或许已经不再构成恐惧，但是濒临死亡是恐惧的另一种说法和另一种即定。"垂死乃是人生的核心机密，它历来传播着敬畏之情，也时时激起恐惧之感"（《向死而生》〔德〕贝克勒）。人对于死的认知，中外有相当大差距。欧洲文艺复兴以降，"死"一直都是医学、生物学、哲学，特别是哲学里的重要话题。在中国，虽有"死生亦大矣"（《庄子·德充符》）之谓叹，但更多的则是"修短随化"（王羲之《兰亭集序》），任其自然，不知老之将至，也不知何日再生。近人黄季刚谈生死的也放在了《礼学略说》里讲："今是大鸟兽，即失丧其群匹，越月踰时焉，则必反巡过其故乡；翔回焉，鸣号焉，蹢躅焉，蹢躅焉，然后乃能去之。小者至于燕雀，尤其有啁噍之顷焉，然后乃能去之。故有血气之属者，莫知于人；故于其亲也，至死不穷。"尽管黄侃是欧风美雨西来后的学者，但黄作为一文化保守主义者，依然将"死"置于"礼"的框架里来谈。黄以为"将由夫患邪淫之人与？则朝死而夕忘之，然而从之，则是曾鸟兽之不若也，夫焉能与群居而不乱乎"？"死"与伦理，对于中国，无论如何都是绕不过去的。

死之于礼，在《礼记》（共四十九篇）里，不仅篇幅最多（共七篇，计《丧服小记》《丧大记》《祭法》《祭义》《祭统》《奔丧》《问丧》等），而且分量最重。特别是《丧大记》一篇，极为详细地记载和规定了"国君""大夫""士"等不同阶层、不同身份人的葬礼的规格与礼仪秩序。东汉郑玄认为《丧大记》在《礼记》诸篇里"言其委曲、详备、繁多"，从而显示出死及死的丧礼的重要性。清人孙希旦进一步看到，由于《丧大记》除了详备记叙了丧礼的仪规、仪程，而且"兼有君、大夫、士之礼，所记之广，故曰《丧大记》"。也就是说，《礼记》凡四十九篇，唯有记叙死及死之丧礼的记才能配得上"大记"来记。可见在此，往往丧礼的重要性大于生命活着的重要性。

这是因为丧礼不仅是对死的隆重纪念，其实也是对生的隆重纪念，进一步讲，其实是对再生（或永生）的开启。不知这可不可以与天主教的弥撒（Mass）联想起来看，弥撒作为对"圣体圣血"的祭祀也就是对"死"的祭祀里显现出在世者的感恩。儒家看重"死"，是不是也有感恩的成分？事实上，"死"之于礼，或者反过来讲，"礼"之于死，显然不只是感恩。"礼"作为伦理的重要范畴，它的基础即为"序"。段注说文引《礼经》释"序"为"阶上"，即它的元义为尊。尊前卑后，尊上卑下，老前幼后，老上幼下，尊卑有序老幼有序，同理，以生命本身来看，生在前死在后，生为上死为下，但从礼的视角和礼的纬度来观照，生与死的秩序就可能成为死在前生在后、死为尊生为卑的转还。作为儒家正典里的一个伦理元素，恐怕比弥撒更重要。因为它不再限于"圣体"与"圣血"，而是承继先人"礼"的必备仪式，进而演绎及衍生为整个社会的伦理。"生"与"死"相比，为什么"死"如此重视，"生"反而不及？大约在于，"死"作为伦理时间与空间里的秩序和权重，显然优先或重要于"生"。因为"生"是一个已经在场的秩序和权重，而"死"则是一个永远在场的秩序和权重。在这一伦理构架里，"生"属于现在和过去的"在场"，而"死"则属于未来和永久的"在场"。与西土对"死"形而上的思考，中土则在抽象与具象之间寻找一个可以重合的点：那就是以死与生的秩序所揭示的伦理，来观察和认知我们当下和当下之后的世界和人生。尊重死，便是对生的尊重。因为对未来和对永久的尊重，并不比对过去和现在的尊重，在权重方面要弱。

复繁弃简与汉文化正统

本来，恢复汉字繁体字和抛弃已经用了半个多世纪的简化字的声音时起时伏。争说此事，本无多大新闻效应。不过当读到《金融时报（中文版）》的一篇倡议复繁弃简的文字，笔者还不得不重拾这一旧话题。这篇题为《陌生的汉字》是为诗人流沙河先生新著《文字侦探——一百个汉字的文化谜底》所写的书评。恕笔者还没有读到流沙河先生的大作，只就书评所涉及的复繁弃简的观点，谈谈个人的看法。此文认为，简化字"撕裂人的正常认知活动，极其残酷地阉割了中华文化"，而逐步形成是"出于消灭汉字目的"。而且进一步号召："让正体字变成唯一的文字，将非驴非马的简化字驱除出我们的文字系统！"这是笔者至今为止所看到的关于简化字言论中最激烈、最严厉，也最为声嘶力竭的批评和声讨。

简化字真这般罪大恶极吗？"汉文化的复兴"真这般地与汉字的复繁紧密相连吗？汉文化真的会在简化字的推广和使用中湮灭吗？

复兴汉文化是进入二十一世纪的时髦话题，而且不知从什么时候起，把恢复繁体字作为了复兴汉文化"马前卒"。这便让笔者特奇怪的事。什么是"汉文化",恐怕就是一个很难说清的东西,更何况还与汉字挂上钩。一般地讲,"汉文化"的"所指":一是关于汉民族(包括从北魏拓拔氏大规模地汉化开始,一直到清代的多民族汉化与同化的历史)特有的生产方式所形成的物质与精神的集合体;二是关于以中原(东起山东西到陕西)为主体形成的精神符号(包括本民族特有的文字、语音、绘画、艺术、建筑、礼仪、祭祀、巫术、宗教、哲学等),事实上,我们都很难对此给出一个准确的界定。即使冥冥之中有"汉文化"这一如神灵般的物件,但是,文字并不是"汉文化"的全部。尽管,汉字包括和传递着汉文化的基因和密码。但我们似乎不可能做出如下一个判定:文字可以决定某个文化的一切。事实上,由于英国工业文明以来,特别是欧美的现代化(十九世纪、二十世纪)以来,全球化早已经把原来封闭的各个民族当成了一个大家庭。上个世纪欧盟的兴起足以证明这一事实。特别是,当有人(蒙代尔)提出货币与国家的主权并无"质的"(或曰"一定")联系时,欧盟通过了几十年的探索,让原来近400年一直战乱的欧洲诸国不仅在政治上走向了联盟和团结,而且让一种原来想都不敢想的统一货币欧元成为了现实。众所周知的是,欧洲的两大语系即拉丁语系和斯拉夫语系在近现代中扮演了推进世界文明的重要角色。也就是说,英语(尽管英国还没有加入欧元区)、西班牙语、葡萄牙语、法语(也许还要算上俄语和德语)等在世界现代文化的进程中的历史作用。但是,就在这样一个有着多语种的欧洲,却没有让这样一个多语种的现状所束缚,而是以一种更加开放、更加创新、更加宽容的姿态走进了欧盟的一体化、走向了货币的一体化。而且，我们还知道，即使英语的强大势力（二战之前是英国本土的英语、二战之后是美利坚的英语），并没有让欧洲诸国的文化失去自己的传统（尽管法、德诸国为了保护本民族语言对英语的"侵略"和同化正进行着斗争和抵抗）。当我写下这些文字时，我想要表明的是：一、某一文字并不完全决定那一文化的全部；二、民族的历史、文化的历史（自然也包括文字的历史）是一个永远"向前看"的历史，而不是一个"向后看"的历史。也就是说，我们不能总是沉溺在汉字曾经对东亚影响的辉煌历史上。

于是，我们就会看到当下所提出的要恢复繁体字的主张是多么的偏激和狭隘，至少说提出汉字要全面恢复繁体字是多么的无趣。

为了表明我的这一观点，我想有两本书是值得我们去读的。一本是1980年出版的由吕叔湘主编的《现代汉语八百词》（666页，下面引文凡未表明出处的均出自该书），一本是1983年出版的由陈原独立完成的《社会语言学》（382页，下面引文凡未表明出处的均出自该书）。这两本书的作者都是中国现代汉语的大家，都是对现代汉语的近现代进程有过深入研究并做出了杰出成就的语言学家（陈原还不仅仅是语言学家）。自然，这两本关于现代汉语的书不是讲汉字的，更不是讲汉字史的，这两本书是讲现代汉语词汇的，是讲现代汉语词汇的现状与发展的。但是，两位先生在各自的书里关于现代汉语发展的观点，却向我们在面对汉语及汉字如何生成如何发展上指出了一条路径。吕叔湘先生说，"由于语音的历史（实际不是汉字的繁简引起的障碍，而是各地方言的语音有时确实成了交际的障碍——引者注）演变，汉语里面的同音字（同音语素）很多。这些同音字有的可以作为词单用，有的只是构词的成分，还有的越来越少用，成为生僻字，正在被淘汰"。尽管"这些同音字写成的汉字是可以辨别的"。但是吕先生的这段话再明白不过了，就是汉语的演变，无论是语音，还是其形状即汉字的演变本身就是一个趋势。自然，我们不排除二十世纪五十年代所颁布的第一批简化字方案有人为的因素——甚至也许还有政治因素——但是我们都知道，秦始皇的"书同文"那可是中国汉字发展史最大的人为和政治因素了。不过，直到今天，我们除了指责秦始皇是暴君外，历朝历代有哪个去指责秦始皇的"书同文"的壮举呢？其实道理不言自明，那就是汉字的发展一定是一个有利于民族共同体的发展。换句话讲，汉字的发展除了它自身的自然演进（如汉字简化方案前，众所周知的是，汉字的简化在中国的无论官方文本还是草根文本里早就有了）外，它可能面临某些特定时期的政治和经济的选择。而且我们还看到的是，当这一选择通过使用的共同体逐渐接受和认同成为事实的话，其实就已经不可逆转。当时的这种选择，大约是出于大众化的原因。因为，繁体字的难认难写不是中国五十年代才有的认识，而是在新文化运动中就开始了的（至于说新文化运动初期有人认为干脆取消汉字那则是另外一码事）。这一开始便使汉字朝着有利于大众接受的目标向前进。而我们看到的是，这一初衷以及由这一初衷形成的简化字方案所取得的业绩是有目共睹的，即让更多的汉族（包括生活在这一文化领域内的其他民族）民众通过简化了的汉字获得知识。再换句话说，正是得益于简化字，中国的更多的民众才（或者"才有可能"）知道了这一共同体的历史和文化。哪儿像《陌生的汉字》所说的"只要恢复了繁体字，中国人的精神家园才得以建立"这种危言耸听、蛊惑人心的话语？

所以吕先生在一本本不是讲汉字史的皇皇巨著里说道："汉字虽然有一部分已经简化，但是总的说起来，写起来还是比较费事"，而且"往往口语"与书面语不尽相同而带来交际和书面语使用的障碍。如果我们从电子时代这一当下最为重要的时代精神看，一是从技术层面上，计算机差不多完全解决了以简化汉字输入的所有障碍，也就是说，简化的汉字已经成了（世界范围）电子时代的标准化符号；二是从民族共同体的使用习惯上，简化汉字已经成了整个民族共同体的共同标志。至于说到，由于古籍因为是繁体字让今人读写带来了一些不方便是一事实。但是这一不方便并不等同于，汉字就会消亡，更不等同于汉文化因为使用了简化字而消亡。道理是太简单不过了：就正如，从甲骨文到秦始皇时期的文字，那已经是发生了多大的变故。历史已经告诉我们，汉字并没有因为秦始皇的"书同文"让这一共同体的文化消亡。或者说，并没有让"四海一"的"统治"与"专制"让各地（各民族）不同地域文化消亡。

汉字的演变本身应是汉字的规律所在。说到汉字的繁简演变，也应是或必然是其规律所在。如果汉字妄图固守某一程式，或坚守所谓某一信条，那么它就可能已经不是我们今天所读到的汉字以及由演变后的汉字组成的词汇、联成的句子和写成的书面语。在这一点上，陈原的《社会语言学》里是看得十分清楚的。陈原写道:"本世纪(二十世纪)三十年代以来,由于社会政治经济条件发生了急剧的变化,加上科学技术比前几个世纪有了很大的突破,所有这些变化和变革往往冲击了人类社会的某些认识和规范,因此,传统语言学不能满足当代社会生活的迫切需要。"在我看来,陈先生这里指的"传统语言学"不仅仅只包含了词汇,同样它一定包含了文字。尽管汉字的变化在汉语系统里比语音和词汇的变化小得多,但它的变化却是一个不争的事实。这从后汉时期的《说文解字》由篆到隶到楷就可以知道:变化是一个亘古不变的冥冥之实。顺应这样的变化,不是要去否定前人的东西,更不是想非要去打破一种惯常才叫创新。恰恰相反,顺应变化,或者说在某一特定时期通过创造去顺应,这不是一种反动。说得明白些,就是汉字在二十世纪五十年代的一部分由繁向简的变化,不是要跟已经存在了至少 3000 年的汉字过不去,而是为了它自身的变化和发展所做出的非改不可的选择。这种选择诚然有些非自然的因素,但是考察汉字的发展史可以得知,汉字的变化并不完全是自然的,也就是汉字在它的演变历史中早就有人为的因素。再就是我们知道汉语里的汉字作为与印欧语系相对相成的汉藏语系里的重要一支,其特点是它的"象形"的能指(符号)与所指(概念)。我们已经看到,随着交流的扩大,汉字里的其他"五义",尤其是"会意"和"指事"等能指与所指大大地放大和扩张了。也就是说,从这一角度上讲,汉字原来的"象形"的能指便逐渐地弱化(流沙河先生还固守汉字"六一"之一的象形,显然有些本末倒置的味道)。"象形"之义也就是繁体汉字原来所显现的能指的符号学意义，由于其他"五义"的放大和扩张逐渐地弱化了。于是，汉字的简化便从"根"上成为一种趋势。因此，我们看到的是二十世纪五十年代中国大陆汉字的简化方案大都是从偏旁开始的。从偏旁部首开始，其实是顺应了汉字从"象形"到"指事"与"会意"等方面的演变。顺便说一句，由于汉字天生和固有的"象形"，它要真正成为语音文字大约是不太可能的。虽然如此，但作为交流的"本"和"工具"，它的语音系统同样是重要的。而这一汉语有着先天的特征，50000—70000字的汉字仅有400多个音节，即使加上声调，也不过2000个左右的声音。因此交际出现的歧义要靠汉字的"能指"来传递。这跟为什么在电子输入时的"五笔"比"拼音"要快许多倍。即它不在同音节里的多个汉字里选某一特定要选的汉字。

　　于是，我们就自然地要与当下的电子时代联系起来谈汉字的简化。倘若我们从今天电子时代的变化看，汉字在二十世纪五十年代的由繁向简的变化，不仅仅是顺应了潮流，而且可以说，是一种超前的革新。这一革新与美语学的中坚布龙菲尔德的"刺激—反应"有着不谋而合的关联。而且，这样一种革新，我们还会因电子时代的多领域不断扩张，以及电子时代技术层面的不断升级，汉字简化所带来的便捷更加需要。因此，在汉字还没有完成电子输入的二十世纪八十年代，陈原等一批有见识的语言学家，就已经预料到"传统语言学不能满足当代社会生活的迫切需要"。这里指的"传统语言学"自然也包括汉字以及汉字学。于是，汉字的简化就成了"与时俱进"的对象。尽管我前文已经说过，汉字的演变没有语音和词汇尤其是词汇的演变快。但是它由繁向简的演变却是一个不争的事实。而在这一演变中，它与汉文化质的规定并没有必然的关系。就正如，汉语系统里的词汇（当然也包括汉字在内）从《说文解字》到今天所发生的翻天覆地的变化并没有改变汉文化质的特征一样。这样，我们看到了呼吁汉字向繁体回归，以及把这样的"回归"与汉文化的所谓"复兴"联系起来的"深层次话语"（套用结构语言学派的一个观点）所指：思想上要求"读经"与汉字上要求恢复繁体，其实是同出一辙的。也就是"复古"思潮或文化保守主义在当代中国的另一变种。稍有不同的是，让汉字恢复繁体的话语比呼吁全民读经来得更隐晦一些，或者更"民族主义"一些。

弘扬国学应在常识上下功夫

弘扬国学，成为文化强国宏大叙事里的重要章节，差不多包括所有层面的教育、文化及文化普及，这对于中国走向文化现代化过程，显然是不可缺少的时尚。不过，在这一时尚中，我们的一些所谓国学文章，常常在不经意之间露出马脚。现举两例，一例是关于文字的，一例是关于经典的。

关于文字的，见《中日书法教育谈》（欧阳启名，《人民日报》2013年6月2日）中的这么一段话：

> 从现存的史料可知，日本最初只有口头语言，没有书面文字，大约在3、4世纪，特别是应神天皇时代，随着从中国和朝鲜半岛移居到日本的"归化人"增多，中国文化和汉字开始传入日本。据《日本书纪》记载，应神十六年（285年），应应神天皇之邀，百济博士王仁携带《论语》、《千字文》到日本，教授太子学习中文典籍，同时在日本皇室推广汉字，汉字和儒学经典正式传入日本。

在这段话里，笔者认为至少在三个方面有错。一、汉语（主要指汉字）在日本的传入，据出土物件证实是在公元一世纪初（即日本弥生时代中期），而不是"大约在3、4世纪"。二、《千字文》成书大约是在梁代中期即公元六世纪初，怎么会在公元三世纪就被王仁带到了日本？三、任一民族的语言都是从口语开始的，换句话讲，口语在前，文字在后，是文化史和语言文字史的规律——这本是常识——不能认为今天的日语的文字可能迟于汉语，更不能认为日语里的平假名与片假名（大约成于八世纪至十世纪）后于汉字，就认定日语的非自生性。日本学者井上清（《日本历史》日文1963、中文1974）、中国学者叶渭渠（《日本文化史》中文2010）等，无论是从历史角度还是从文化角度，中日学者都认为日语大约有3500年的历史。而且，就世界两大语系即印欧语系和汉藏语系来看，日语的归属至今还是语言学和语言学史里悬而未决的学术问题（日本战后著名历史学家坂本太郎认为日语近似乌拉尔—阿尔泰语系）。于此得引出另一个话题。我们知道，汉文化（当然包括承载汉文化的汉语）对东亚有着极深极远的影响，但是不能以汉族主义的身份和姿态来看待这样的话题。另外我们还知道，今天的汉语与一百年前的汉语有了重大的变化，特别是晚清外来词的引入，仅上海辞书出版社1984年出版的《汉语外来词词典》就收录了古今外来词一万余个。我们不能因为有这么多外来词的介入，而认定汉语的非自生性和自主性遭到破坏，或失去了自主性。相反，正是因为这些外来词的引入，包括近现代由日语的大量引入（如"干部""阶级"等词汇），丰富了中国现代汉语的词汇量。同理，不能因为从东汉初年一直到唐的八百年间，汉文化对日本巨大的影响和汉字对日本的传入，就认定日语的非自生性。这不只是学术问题，还是由民族主义派生出来的东西。就像欧阳启名这段不清不楚不明不白的话，就很容易造成误会。什么误会呢，对于不太了解中文、日文发展史的，还认为日语是汉语的直系后裔呢！

关于经典的例子见于《〈周易〉的前生今世》（周山，《文汇报》2013 年 3 月 11 日）。《〈周易〉的前生今世》在指出《周易》与《周易大传》不是"两名一实的重同关系，而是种属关系"的常识时，周先生却说：

> 春秋末期，"善为《易》者不占"成为风气；孔子晚年喜《易》，以致"韦编三绝"；为学生讲《易》，留下解读《周易》的数篇文字，与前人留下的几篇数据性文字一起，合编成《易传》，遂使得《周易》如虎添翼，进入每一位读书人的书房，并进而成为后世科举取士的"统编教材"。

这段话虽然似是而非，但有一点则明显告诉今人：《周易大传》即《易传》"十翼"为孔子所编。但是，"十翼"真是孔子所编吗？先人欧阳修（宋）、崔述（清）已经陈述《易传》非孔子所有。治《易》后人如李镜池、高亨、冯友兰等辈若干年前，就坚信《易传》非孔子所有。譬如高说，欧阳修崔述所论"皆可信从"，而且不必"详论"（见高亨《周易古经今注》中华书局 1984 年）。详论的是李镜池的《易传探源》（见《周易探源》中华书局 1997 年）。这篇写于 1930 年（同载燕京大学《史学年报》第二期和《古史辩》第三册上编）补记于 1962 年的两万余字的长文，详尽周全地论述了《易传》非孔子所有。李先生说，不能以《论语》里仅有的一句"加我十年，五十以学易"就断言《易传》为孔子所作。之后，李先生用胡适的"剥皮主义"（见《胡适自选集·古史讨论的读后感》）的方法，以大量的内证和《易传》可能产生的年代，斩钉截铁地说《易传》非孔子所做。不仅如此，李先生还认为《易传》为孔子所有的肇事者刘歆班固之流"未必见到过"《十翼》的真迹（因为在李先生看来，《易传》非一人所有、非一年代所创是有定论的）。《易传》是否为孔子所有，其实在二十世纪初期的国学大争辩大讨论中，已经有了定论。这个定论就是冯友兰、李镜池等辈完成的。

随便说一句，《易传》非孔子专属的这一本不是问题的问题，成了《〈周易〉的前生今世》的问题。为什么会这样呢？李镜池说得好：我们是孔庙里的香客，给孔子送点礼是人之常情，但是"古今来假冒伪圣人之名贪财夺产者太多了"；因为他们"迷信的尊孔的好古的背景"所致。因此，在李先生看来，不要把"捡来的烂铜废铁带在身上，硬说是他老人家所佩的宝剑"。其实，当下这种认铜为金的人和事，何其多矣！

"儒家"之"家"是自称的吗？

余秋雨先生在《黑色的光亮》（见《解放日报》2007年7月27日）一文中，对墨子的"兼爱""非攻""尚贤""尚同"给予了高度的肯定和评价。这对于在所谓新国学中的、由于强势媒体介入的、使得有些独尊地位的儒学，遭受了点别样的打击。毕竟，我们知道，《墨子》五十三篇中，有一篇是专门难儒的文字，这篇文字叫《非儒》。在《非儒》里，墨子就鲜明地指出，儒者的"亲亲有术"所呈现的尊卑有序，实则"伪亦大矣"。不过，我的这则文字，不是为了重复墨、儒两家的孰是孰非，而是在读了余先生的大文后，觉得有一点东西是值得商榷的。在余先生的这篇文章中，有这样一段文字：

> 诸子百家中，除了他（即墨翟），再也没有用自己的名号来称呼自己学派的。你看儒家、道家、法家、名家、阴阳家，每个学派的名称都表达了理念和职能，只有他，干脆利落，大大咧咧地叫墨家。黑色，既是他的理念，也是他的责能。

这段话，余先生想从墨家的文本符号上来表明，墨家与诸子其他家相比，是有优势的，即余先生解释的"墨，黑也"。按照余先生这样的解释，其"墨"是可以直逼符号的能指与所指。尽管，我们很难说，"墨"就是"黑"这一解释准不准确。不过，就在这里，由于余先生的先入为主地认为诸子百家中的"家"是这些"家"的自我认定，所以，余先生认为"墨家"一词与他家相比，就符号学上也显现出了其特点（在余先生看来，这是优点）。不去说这种为了扬其写作对象而做出的这种界定是否合乎学术上一般规矩，就本身问题来说，我要说的是："诸子百家"的这些"家"是不是由他们的创始人或奠基者自己命名的呢？从我们公认的话语角度，"儒"及"儒家"是诸子百家里最先出现也最早成型的学派。这当然得归功于孔子（前551—前479）与孟子（前385—前304）。但在《论语》和《孟子》中，涉及"儒"的一共只有四句。巧合的是，《论语》两句，《孟子》两句。至于说到"儒家"，无论《论语》还是《孟子》都不曾有过这样的表述。《论语·雍也》说："女为君子儒，无为小人儒。"在孔子看来，不仅仅是没有学派，连"儒"还有可能分为"君子式"的"儒者"和"小人式"的"儒者"。孔子这里，"儒"仅是"读书人"的指称，并无后人将"儒"看成是学术派别或政治派别。当然，在孔子看来，读书人也许是由两类人组成的。一类从于学，一类从于仕（《论语·子张》："仕而优则学，学而优则仁"）。这就更谈不上孔子对自己这一套学问、政见、方略等的自我命名了。到了孟子手里，其中一句中的"儒"，有意思的是，正好是与"墨""杨"等派别相提而论的。孟子在《孟子·尽心》说："逃墨必归于杨，逃杨必归于儒"（离开墨子一派的必然会跑到杨朱一派来，而离开杨朱一派的又必然要跑到儒家一派来）。如果说，某一学术团队或学术总体指向有了某一名称指代的话，在这里的"墨""杨朱"和"儒"有点近似了。即使这种认定有其合理成分，但我们不能忘记的是，孟子是离孔子过去了近200年后才发表这种高论的！在200多年间，某一学术的发展和壮大，并不是它的创造者和奠基人所能看得到的。也就是说，始作俑者并没有在生前封"家"命"派"的责任和职能。同样，在《墨子》里，也没有自封的"家"出现。而我们还知道的一个事实是，在诸子百家中，至少是《汉书》里提及的"九流"即"九家"中，除《论语》外，大多数的著作（即流传于世的）的书名都是以作者名来命名的。如《老子》、如《庄子》、如《墨子》、如《韩非子》（法家的主要代表之一）。倘若不是这样，凭什么叫"诸子"呢？也就是说，我们很难将用书名来判定某一学派的旨义的。

再者，诸子百家的"家"是何时命名的呢？

最完整成型地将儒墨并列称家的是司马谈（？—前110，司马迁之父）的《论六家要旨》。司马谈第一次将"阴阳、儒、墨、名、法、道德"等六家同题并论。虽说，对"儒"和"墨"还没有完全称家，在《论六家要旨》里称"儒者""墨者"。儒者"以六艺为法"；墨者"尚尧舜道"。不过，司马谈文章篇名的《论六家要旨》里的"六家"，"家"（及"派"）的概念也十分清楚。也就是说，"家"的文本符号正式成立。在此之前，已有人将儒、墨并称。韩非子（约前275—前221）在其《韩非子·显学》里说道，"世之显学，儒、墨也"。并对当时两家显学的谱系作了一个至今都影响着学界的界定。韩非子指出，"儒

风月原本两无功 | 239

之所至，孔丘也"；"墨之所至，墨翟也"。而且进一步把"儒"分为八派（子张、子思、颜氏、孟氏、漆雕氏、仲良氏、孙氏、乐正氏），"墨"分为三派（相里氏、相夫氏、邓陵氏）。战国时，将儒、墨并称，一是显示出了儒、墨的影响，二是从文化的"基因"看，墨也是从儒那里发根的。刘向（约前77—前6）的《淮南子·要略》就说过，"墨子学儒者之业，受孔子之术"。可见，儒、墨同源（至于最终的分野，那是另一回事）。为什么在这里对儒、墨说了些不太与本文相关的话题呢？因为还有一个重要原因涉及这些学派命名的由来。我们知道，在诸子百家中，尤为司马谈所指的六家中，只有《论语》《墨子》，也就是儒、墨的开山鼻祖的著作的体例是大约一致的。也就是《论语》系孔子门人所录，《墨子》为墨子门人所记。而且，这种词录体的文本样式只存在他们两者中。这是与老聃的《老子》、庄周的《庄子》等完全不同的文体样式和文本符号。

《论六家要旨》称法家为"法家"，称道家为"道家"，却依然称"儒"为"儒者"，称"墨"为"墨者"（也许"家"当时并不是一个褒义词）。直到《汉书·艺文志》里，春秋战国时的诸子百家的说法才真正定了型。班固（32—92）对其诸子给予了"九流十家"（"诸子十家，其可观者九家而已"）的界说。即：儒家者流、道家者流、法家者流、阴阳家者流、名家者流、墨家者流、纵横家者流、杂家者流、农家者流、小说家者流。《艺文志·诸子略》里，班固还对"九流十家"的源流给予了简明扼要的考证和诠注。如儒家者流，"盖出於司徒之官。助人君、顺阴阳、明教化者也"，且"宗师仲尼"；如墨家者流，"盖出於清庙之守"，且"兼爱""上（同"尚"，引者注，下同）

贤""上同"，等等。在班固那里，最让今人奇怪的是，除儒家标明宗师外，其他九家均没有标明该"家"该"派"的祖师爷——这当然与西汉中后期实施的"罢黜百家，独尊儒术"的国策密切相关。但可见当时对某一学术流派或政治派别的尊敬，毕竟是有尊卑和亲疏指向的。另外，"诸子"一词已见于文字是在春秋战国以前，但"诸子百家"则后得多。《史记·贾谊传》中说"廷尉乃言贾生年少，在颇通诸子百家之书"，可视为是最完整的表述。从西汉的司马谈父子到东汉的班固，对其先秦至汉初的典籍给予了系统的耙梳、整理和归类，并且给予了从先秦到汉对其诸子学派的命名，以及奠定了对其基本的评价体系。

如果，上面的文字还有一点历史真实的话，那么，我们就可以看见，余秋雨先生关于先秦诸子学派自我命名的断定，是很值得商榷的，甚至可以说是谬误的。至于说到余秋雨先生关于"墨"者是"黑色之光"的解读，那只能说是余先生的一家之言了。

冬・习史

从喧嚣到质疑

新近，文化圈子里的两件大事，莫过于：一、黄庭坚的书法长卷《砥柱铭》以 4.368 亿元人民币拍出高价；二、2009 年发掘的曹操墓又有了确认是曹操墓的铁证。但两件大事却出现了天壤的社会认同与质疑。

一件从来不见于明、清，特别是不见于《石渠定笈》等宫廷记载的宋朝四家之一的黄庭坚早中期的书法 15 米长卷《砥柱铭》，被认定为真迹高价拍出。而在河南省文物局信誓旦旦认定的高陵墓是曹操墓时，却引发国内从专家到民间的一派质疑。《砥柱铭》与"曹操墓"本风马牛不相及，但是一肯定、一质疑，却有许多话让世人来谈及。为什么《砥柱铭》从存疑得到了肯定？为什么"曹操墓"却在认定的情况下总被质疑？这当然得从这两件事的来龙去脉说起。

关于《砥柱铭》从存疑到肯定，不仅仅是因为有了 4.368 亿元人民币这样的中国收藏界迄今为止第一高价作为支撑，而是因为文、史、藏及现代科学技术等领域长期特别是近 40 年来学术研究的成果所定。为此，《人民日报》6 月 13 日在《收藏》专版里发表了一篇《何以天高云淡——从黄庭坚〈砥柱铭〉

天价谈起》的记者述评和一篇《从存疑到肯定》的学术文单。第一篇记述了《砥柱铭》经宋、元、明、清到近代该书法长卷收藏的来龙去脉的历史；第二篇则是为此书法长卷持之以恒35年研究的台北故宫专家傅中的学术文字。两文都指明一个事实，原本不见清宫藏目的宝贝经民间世代相传被文、史、收藏专家一致地认定，《砥柱铭》是真迹！《人民日报》的该文记者称，为什么可以从存疑到肯定，这是因为"学术，是可以四两拨千斤的"。学术是什么？英文academic一词指"专门的学问"和"知识的积累"。既如是，为什么从民间到专家的公众对"曹操墓"的真伪会发出那么大的声音？难道说，发现高陵的考古专家没有专门的学问，难道一些专业的记者没有相应的知识积累？这好像都说不过去。但就是在关于高陵的报道里，怎么看怎么都让人觉得疑窦丛生。这不能以今人有怀疑一切的癖来解释，而是事出有因。

就拿新近的关于"曹操口含翡翠价值千万"消息来说吧。"曹操口含翡翠价值千万"这一消息的吊诡处：一、高陵发现一串似翡翠珠子；二、此串珠子是一高价的珠子；当然最吊诡的是，这珠子是"曹操口含"的，也就是说，这串珠子证明了高陵是曹操墓。但是，只要稍作思考，这条消息的问题就出来了：一、谁能证明珠子是"口含"的；二、谁又能证明这是"曹操口含"的？难道说这话的人有史书的依据，或者已经从珠子提取了口含者的DNA？抑或其他物证？倘若这些都是臆测，发布这一消息的专家或媒体便是信口雌黄。果然在这条消息在大众传媒（如辽宁卫视等）发布几天后，由河南省文物考古研究所曹操高陵文物考古队于6月15日发表声明称

"'曹操口含翡翠价值千万'消息不实"。而且进一步表白说，"考古工作人员从未说过出土的珠子是墓主人口中的口含物，关于其质地问题，还要进一步请权威部门进行鉴定"。——这真像好莱坞的大片！情节突兀、悬念丛生、生死不明。

就在《人民日报》关于《砥柱铭》从存疑到肯定的同一天，即6月13日，《新华每日电讯》发表了题为《曹操墓再现铁证，许多谜团仍待解》。先不说这个标题的吊诡，先来看文中所说的铁证。说高陵考古队在墓中发现一柄刻有"常所用长犀盾"，并说这是在高陵里第一次见到"盾"的字样。未必史书记载过凡"盾"只曹操所用——这还不是最蹊跷的。最蹊跷的是"考古队员根据以往的经验推测，残缺部分（三分之一）应刻有'魏武王'字样"。"应刻有"这就是这篇报道的铁证！哪本史书记载、哪条规定这柄残缺了三分之一的"常所用长犀盾"上"应刻有"魏武王的字样？这哪儿是铁证，简直就是天方夜谭之类的杜撰！现在再来说《新华每日电讯》的这篇报道的题目，既然"诸多谜团"仍待解，那么，凭什么就说高陵就是曹操墓？而且"诸多"是多少呢，三个、三十个，还是三百个、三千个？倘若从概率论的角度，既然还有"诸多"，仅凭现在不多的证据，凭什么就说高陵就是曹操墓？

像这样的报道，哪儿还有一点点学术的味道？这简直与周正龙拍华南虎和藏羚羊假照片有异曲同工之妙！事实上，"学术"一词除了指"专门的学问"和"知识的积累"之外，更重要的是"对存在物及其规律的学科化论证"。现在，对于高陵，连许多存在物（如与女尸相关的男尸）都不存在，遑论对其的科学论证。从现在披露的资料看，大部分都属于推测性的结论。在《砥柱铭》证伪过程中，别人可以穷其经年来研究一幅书法作品（这还不包括之前的许多先人的证明），而我们的考古队为了去赢得什么"年度十大发现"或者去获得其他说不清道不明的荣誉和商业利益，又以这种"急就章"的方式，坐不下来、沉不下来，以似是而非的所谓"常识""经验推测"，来论证高陵就是"曹操墓"。而且我还看到另一奇怪的现象，即凡见与此相关的报道，都一口一个"曹操墓"。好像这样一来，高陵就被确认为"曹操墓"了——这跟"谎话重复一千遍谎话就成了真理"何其相似乃尔。

即使高陵很可能就是"曹操墓"，但就现在所提供的证据看，我们见不到学术的力量，更不要说"学术，是可以四两拨千斤的"。由此，我们也许离真正的学术还有很远。至少我从高陵的发掘和相关确认为"曹操墓"的报道中，看到了这一本不应是事实的现实。

从容与仓皇

——读鲁迅先生两件手稿兼谈手稿研究

1936 年 10 月 19 日，先生归天以降，倏忽就是 80 年。自识先生文字，先生的文字便一直伴我。新近重读先生手稿《鲁迅手稿选集三编》（文物出版社，1972 年 9 月初版初印），有两手稿特别让我感叹。两篇手稿一头一尾一始一终（此本共选先生 29 件手稿），一篇是《写在〈坟〉后面》（下简称《写》），一篇是《关于太炎先生二三事》（下简称《二三事》）。

我们知道，《坟》是先生从小说创作转向杂文的重要关节，也是先生的第一部杂文集。《坟》共收先生 17 篇文章（包括一"题记"一后记即《写》）。17 篇文章的时间从 1918 年即《我之节烈观》（《新青年》1918 年 8 月号）到 1926 年 11 月的《写》，将近十年。这十年，正是鲁迅破空而出、霹雳山响的时代。先生的两部小说集《呐喊》（1923）、《彷徨》（1926），不仅开启了新文学的航道，而且奠定了先生在中国新文学史上奠基者地位。先生两部小说集所开启、创造的中国现代小说的文本样式，足以让中国的新文学在亚洲后来居上。但似乎依然狂飙猛进的姿态，却以《彷徨》画上了一逗号。不过，先生没有放下自己的笔，更没有放弃"救国救民需先救思想"以文学疗救人心的初衷。小说暂时放下（后又著有《故事新编》1936），操起了（并一直坚持）更能一针见血的文本杂文。《坟》的大部分文章（共 10 篇）主要刊发于《语丝》，《写》一文的稿纸便是《语丝》的专用稿纸（行 18、格 23）。《写》主要说明先生写杂文的由来，拿先生的原话说就是"使偏爱我的文字的主顾得到一点喜欢；憎恶我的文字的东西得到一点呕吐"。别看这一句有些自嘲，但先生写杂文的心境却是非常悲怆的。先生是这样来描述这心境和这一情状的："这虽然不是我的血所写，却是见了我的同辈和比我年幼的青年们的血而写的。"可见，先生的第一部杂文集便奠定了先生以后的杂文风格，包括它的批判指向、白话运用、文章趣味、文本品质等。

而读手稿，却能感受到读印刷体没有的感觉。手稿是一种有别于印刷体的独特文本。从作者的书写（习惯）到作者的增删，虽说我们不能就此断然判定作者这一文稿的写作初衷，但是我们可以从作者的书写到增删的过程中，了解作者的彼时彼地的心境。或者说，研读手稿，我们可以从中管窥我们在印刷体里读不到的信息。事实上，我们对现代重要文学家手稿的研读与重构，似乎还在"初级阶段"。世界文学艺术批评史及美学的重要著作之一《荷尔德林诗的阐释》（〔德〕海德格尔著，孙周兴译，商务印书馆，2015 年），其中重要的成果就是哲学家海德格尔在研读荷尔德林的手稿后写成的，譬如对荷尔德林《希腊》一诗的手稿研读，就写成了世界诗学里重要著作之一的《荷尔德林的大地与天空》。《写》"语丝"专用稿纸共八页半，字约3300。在手稿上，可以触摸到先生握笔时的温度和力度，可以想见先生与纸、笔、墨、砚的关系犹如密友，可以想见先生一行一页时的专注与娴熟。顺带一说，先生并非执意的书法家，但先生手稿所展示的书法技艺与风度，当今那些把字写错、张冠李戴的"国家级""世界级"的书法大家，一定会汗颜的。《写》干干净净，3300字文章，共有48处改动。这48处改动，包括漏、误、是否更准确。漏，如"这其（实）是过誉"；误，如"做着做着"，"做"先稿写着"还"；追求更准确，是《写》增删最多的地方。"不过还好，但也为我所十分甘愿的"，"但"是在划掉"却"而后定的。这里，原"却"有文言遗痕，而"但"则是白话文的通写。可见先生与新文化运动的其他先驱与同道，反对文言文坚持白话文的主张于先生的潜意识。就是这个"却"，先生一再慎重，"就不必更在旧书里讨生活"，"就"是在划掉"却"之后改定的。"思想上且不说"，"不说"之前先生用的是"勿论"。"不说"与"勿论"的文白分野，在先生面前可谓斤斤计较。关于白话、关于鲜活的语言，正如先生在《写》里写道："大概也还能够博采口语，来改革我的文章。"有几处增加的文字，更可以看见先生对于白话文的实践与尊重。"但自己却正苦于背了这些（"些"为新增）古老的鬼魂，摆脱不开，时（"时"为新增）常感到一种使人气闷的沉重。""这"与"这些"，"常"与"时常"，一字之增，可见先生的运用语言的准确以及于使用白话双音词的趣味。再如"而人们有时却极容易得到安慰"，手稿中，"安慰"

一词，先生先写作"慰安"，然后以"安慰"改定。显然，"安慰"一词更符合口语的意味。连"大概也还能够博采口语，来改革我的文章"中"大概也"也是新增的，而这一增，又表明了先生"博采口语，来改革我的文章"于此的谦卑。先生在《写》中说自己"就是思想上，也何尝不中些庄周韩非的毒，时而很随便，时而很峻急。孔孟的书我读得最早，最熟，然而倒似乎和我不相干"。尤其是"孔孟的书我读得最早，最熟，然而倒似乎和我不相干"，这样的坚定，表达了一位新文化奠基者的使命。哪像当下一些言必复繁、言必孔孟的国学大师们那般对所谓古董的做作与矫情。《写》里，先生为此庄重地申明："当开首改革文章的时候，有几个不三不四的作者，是当然的，只能这样，也需要这样。他的任务，是在警觉之后，喊出一种新声；又因为从旧垒中来，情形看得较为分明，反戈一击，易制强敌的死命。"这一段，除"改革"一词的"革"为新补的外，先生于此的手稿极为流畅和从容。先生坚信他自己的这些杂文会给他的读者（以及整个使用汉字的国民）带来"新声"。同时，先生还坚信，他的这些杂文如投枪与匕首可制"旧文化"的"死命"。

　　著《写》时，先生客居厦门。但先生著《写》时的从容似乎没有因为客居所打扰。因为那时的先生精力最为旺盛。《写》完稿两个月后即翌年一月便离开厦门到了上海。从此，先生在上海生活了十年，在上海走完了自己仅五十六岁的一生。据《鲁迅书信集》《鲁迅日记》等记载，先生生命的最后十天，并不曾想到就要走完自己的路。先生依然战斗着。尽管病"纠缠"日久，以致"本年作文殊不多"（鲁迅致台静农1936年

10 月 15 日）。即使这样，我们在鲁迅书信、鲁迅日记以及许广平 1937 年编的《且介亭杂文末编》看，从 10 月 9 日到 10 月 19 日，先生共写有书信 9 通，共著文 3 篇（不包括十月这期间刊发的 3 篇《立此存照》）。这 3 篇文稿即《关于太炎先生二三事》《曹靖华译〈苏联作家本人集〉序》《因太炎先生而想起二三事》。《鲁迅手稿选集三编》的最后一件手稿即《二三事》。此文日期落款为"十月九日"，查《鲁迅日记》1936 年 10 月 9 日无记做文之事，10 月 10 日记有"夜为《文艺周报》作短文一篇，共千五百字"。不知《二三事》（此文最先刊行于 1937 年 3 月的《工作与学习丛刊》，后收录于 1937 年 7 月出版的《且介亭杂文末编》）是否就是先生日记 10 月 10 日所记的这篇"千五百字"的文章。如果不是，会是先生哪一文呢？如果是，先生此稿的日期落款不是"十月十日"而是"十月九日"。未必然，先生会把日期记错？《鲁迅日记》在随后几天里记有著文的事还有：一、10 月 14 日记"得端木蕻良信，下午复，并还稿一篇"；二、10 月 16 日记"午后得内山君信，即复。下午为靖华作译本集序一篇成"。《曹靖华译〈苏联作家本人集〉序》落款最为完备。先生的落款为"一九三六年十月十六日，鲁迅于上海且介亭之东南角"。《且介亭杂文末编》最后一篇文稿即《因太炎先生而想起二三事》则没有时间落款。依许广平先生认定《关于太炎先生二三事》《因太炎先生而想起二三事》两文"似乎同属姊妹篇"，但许广平先生也无法确定具体的时间。事实上，先生在此最后十日，在病的纠缠中煎熬，如先生日记所记，一会儿"又发热卅八度"（10 月 10 日日记）、一会"热又退"（10 月 15 日日记）。因此，不能排除先生在日期上的错记。

那么我们会在"千五百字"的《二三事》的手稿中,读到先生怎样的心境?《二三事》用的是432字(行12,格36)的通用稿纸(从《鲁迅手稿选集三编》看,鲁迅先生在上海所使用的稿纸大都用的是这一规格的稿纸),共4页,1500余字(符合日记10月10日所记"千五百字")。这文虽短,但此文所涉所写人物以及此文的指向和旨义,特别是鲁迅先生对章太炎先生后期的"既离民众,渐入颓唐,后来的参与投壶"的情状颇有微词,历来有诸种解读。但有一点是我们今天可以肯定的,那就是,鲁迅先生到他生命即将油枯芯尽时,没有忘记他的老师,没有忘记章太炎先生为民国草创所付出的劳动和所建立的功勋。如《二三事》中开宗明义地指出:"我以为先生的业绩,留在革命史上的,实在比在学术史上还要大。"手稿,作为有别于印刷体的另一种文本,它的独特性与重要性,往往是印刷体不能取代的。或者说,手稿这一文本它所提供的信息多于印刷文本。印刷体是公开了的公众符码和完整的文本。这一符码和这一文本,一旦公开便不能更改;也就是说,这一符码和这一文本一旦成立,它的能指与所指便已经铁定。但读手稿不一样,你可以在作者的增删(包括手稿中的书写急缓、工整、了草等中读到作者流动着的、复杂的心境。我们从《写》至《二三事》的手稿中看到了这么一个历史和事实:如果说在读先生10年前(1926年11月—1936年10月,正好10年)的《写》时,读到了先生的坚定与从容,那么在读先生10年后的《二三事》,我则异常的沉重。上海10年,先生经历了友朋的背叛和同派的攻讦,经历了出门不带回家的钥匙的恐吓和病的折磨，还有此前北平的兄弟失和……但是，先生初衷不更，而且似乎愈战愈勇。再加上先生一生关心的事太多：国民劣根性的剖析、与异邦的交往、异域文化的引进、旧文化的批判、旧籍的整理、青年人的成长、现世的关切与关怀等等。但先生的生命已经走到了尽头，于是我们便在《二三事》里手稿中读到了先生此时此地的犹豫、踌躇和焦灼。甚至别的。

《二三事》1500余字，共4页，有改动45处，最末一页竟有21处之多。有标点符号的，有字写误的，有写漏的，有先前考虑不周校正时改动的。一篇1500字的短文，其所记之事，又都是先生的亲历，竟有如此之多的改动。这在一向干干净净的鲁迅手稿，实为少见。"先哲的精神，后 × 的楷模，端在于此"，最后改为"这才是先哲的精神，后生的楷范"。让我来揣度一下先生，当时为什么写出"后 × 的楷模，端在于此"却随后改定"后生的楷范"，显然，"端在于此"句有些莫名其妙（是否对太炎先生晚节有所微词）。"后生的楷范"这一改，除了从文本上照应上下文之外，我们看到了先生的另一面：仁厚。先生确实说过"一个都不饶恕"，而且对政敌对文敌，也的确不留情面。嘲讽一技，也是先生常用的。但于此，先生显然觉得嘲讽于太炎先生是不妥当的。于是，划掉"端在于此"一语，我们在这里便看到了先生是真懂"恕"的。除了病，"烦事多"（鲁迅致叶紫，1936年9月8日），先生这期间看来十分的焦虑。10月15日致台静农的信中说："我鉴于世故，本拟少管闲事，但因一些小丑，竟乘风潮，相率出现，乘我危难，大肆攻击……此辈虽猥劣，然实于人心有害。"10月

17日致曹靖华信中说："此地文坛，依然乌烟瘴气，成名立业者多，故清涤甚难。"因此，在《二三事》里，先生一方面坚守自己的价值和信念，一方面又要为在晚年与自己渐行渐远的老师辩诬，真是一件难事。倘若先生没有一支如椽大笔、没有超越个人恩怨的大智慧，这样的文章，大约是写不出来的。即便如此，先生写此文时，似乎也有些力不从心了（10月9日、10月10日，先生高热38摄氏度，且先生体重仅有40公斤）。先生10月17日致曹靖华中称："病医疗多日，打针服药并行，十日前均停止，以观结果，而不料竟又发热，盖有肺尖之结核一处，尚在活动也。"先生此时似乎也还乐观，并一如既往地坚韧坚毅，认为自己"于性命当无伤"（鲁迅致台静农，1936年10月15日）、"已不危险，终当有痊之一日"（鲁迅致曹靖华1936年10月17日）。但是，两日后，先生已经无法与十年前那样的从容了。如先生《二三事》一文中新增的"仓皇"一词那样，去了天国。

这一走就是整整80年！

靠人力不靠巫术

在人类文化学的皇皇巨著《金枝》里，G. 费雷泽指出，由于"水是生命之源"，"而在许多国家里水是靠下雨提供的"，因而"祈雨法师是位极其重要的人物"（《金枝·巫术控制雨水》）。就在这本巨著中，费雷泽引用了中国关于"龙"以及"求龙祈雨"的例子。费氏说，由于"中国人擅长于袭击天庭的法术"，所以当需要雨水时，就"用纸或木器里头制作成一条巨龙来象征雨神"作巫术祈祀。对于中国的民间（或 50 年前），"龙王（君）庙"还广泛地存在于乡间的事实和历史，我们清楚地知道，费氏的这个举证相当的准确。也就是说，在人类文化历史和心态中，于中国民间尤其是中国乡间，由于水的极端重要性，作为雨神的"龙"——"龙"在中国还有王权的象征。按照费氏的理论，实际上于此君神是一体的——便在民间享有崇高的地位。在这一基础上，祈龙便必然成了民间尤其是乡间最为重要的巫术之一。因此费氏进一步指出，"龙是中国古代神话四灵之一，唐宋以后，人们开始认为龙王之职就是兴云布雨"，"龙王治水则由此成了民间普遍的信仰"（引文均见《金枝》）。

华人的巫术不仅历史悠久长远，先民对巫术确也信赖有加。《礼记》就说"殷人尊神，率民以事神"。据中国人自己的考证，信巫以及巫术相关制度、心理、工具一直到了唐还很盛行。以致大周重臣狄仁杰才不得不下决心予以对与此相关的庙、宇、祠进行强制撤除和捣毁。不过，当我读了《天工开物》后，中国的民间尤其是乡间对此并不尽然，而且，面对农耕这中国农业社会最重要的生产方式和生产力，中国的乡间更多地是依靠人力本身——这当然包括人的智慧本身。宋应星（1587—1663），因其著作《天工开物》（1637年初刻）出名。在湮灭了两百来年后的清末民初，识汉字的人又终于能读到这部汉字写的百科全书了。在《天工开物》"乃粒第一"里，除了介绍其中国南北粮食主要作物时，专门辟了一节"水利"。在这一节里，宋应星说，由于水对稻来说是"独甚五谷"，因此"防旱藉水"便成种植水稻农耕中的重中之重。于是宋应星为此专门介绍了与水利相关的"牛车""踏车""拔车""桔槔""风车""辘轳"等机具，还介绍了人工修建的"浅池""小浍"（"浍"即田间水渠）等小水利工程（不知为什么，宋应星没有介绍到秦筑的都江堰）。在《天工开物》里不仅有这些文字介绍，而且还配有与此相关的白描图谱。共计有"辘轳""踏车""桔槔""水车""牛车""筒车""高转筒车""拔车"等机具，计有"堰"和"陂"（"陂"即"池塘"和"水库"）等工程。在我上个世纪七十年代初在乡下当知青时，这些被宋应星介绍的水利机具和水利工程，好些都是我亲自得见的。如水车、筒车和高转筒车。再如"堰"，我就更熟悉了。在我们住有7个知青的房屋面前坎下，就是一条长约蜿蜒五六华里的山堰。

这条堰穿过楠竹林，一直要去灌溉下半个生产队的稻田。我们几个知青的吃水大多数是靠这条山堰所提供的。至于说到"陂"即川南一带特有的"山平塘"，可以说，哪个村哪个组都能看到！

我们已经看到，无论是水利的机具，还是水利的基础工程，都不是龙王所赐，也不是民间尚存的道士、端公、风水先生所予，而是农人们在与自然和在与水稻生产过程中自身的人力所为。《天工开物》对此人力所为的记述：

关于"筒车"：

> 凡河滨有制洞车者，堰陂障流，绕于车下，激轮使转，挽水入筒，一一倾于枧内，流入亩中。昼夜不息，百亩无忧。

关于"风车"：

> 扬郡以风帆数扇，俟风转车，风息则止，此车既可"救潦"（"潦"即积水），又可"济旱"，"去水非取水也"，"以便栽种"。

这些很有些动情的记录和描述，显示出《天工开物》作者对农耕的艰辛和农人的劳作由衷的尊敬，同时也显现出了《天工开物》作者对其人力和智慧的尊重。

所以宋应星果敢地说道："天泽不降，则人力挽水而济。"

公民、政府与法律的互动

　　偶然发现网上有哈佛和耶鲁的公开课，一试便爱不释手。其中耶鲁开放课程（Open Yale Courses）的"古希腊简史"，我认真地写下一些感想。

　　授课者是耶鲁 Sterling（斯特林）教席的教授唐纳德·卡根（Donald Kagan）。唐教授是专治古希腊史的专家，在古希腊史方面有着多方面的成就和独到见识。在维基百科上得知，唐教授著作有《雅典的伯里克利与民主的诞生》（Pericles of Athen sand the Birth of Democracy）、《战争的起源与和平的维护》（On the Origins of War and the Preservation of Peace），最新著作是《伯罗奔尼撒战争史》（The Peloponnesian War），很多观点来自他早期的四卷本希腊战争史。因治古希腊史卓有业绩，卡根先生从 1989 年到 1992 年担任耶鲁大学经典和历史学院的院长。开放课程之一的"古希腊简史"第五节讲了两个方面的事，按唐教授的话说是讲了古希腊城邦的政治变革和经济变革。不过在我看来，前者讲的是古希腊城邦的价值观和政府与公民的关系演变，而后者则讲的是古希腊城邦的由来和大概模式。

在唐教授的第一节课里，已经声明了当代政治史里最重要的一个观念，即近现代的欧洲文明也就是西方文明的源头来源于古希腊。具体就是来源于古希腊的城邦制，以及城邦制里孕育和洋溢着的自由和理性（中国当代政治变革的先知顾准，其《希腊城邦制度》对此有过深刻的论述）。准确地讲，就是今天西方国力之所以强大，文化之所优越，全得力于古希腊文明。在第五节里前半段，唐教授就古希腊人关于个体和整体、关于人与政府、关于政府与法、关于人如何制定法，唐教授给听课者讲了两组关系——这是我原先读古希腊史特别是读古希腊艺术史里从来没有读到过的——这是让我最感兴趣的。

第一组是关于希腊人的价值观。唐教授认为希腊人的价值观首先是独立于基督文明的（关于这一点，我会在我随后的听课笔记里谈到），再后就是独立于基督文明关于人本的价值。唐教授说希腊人的价值观（Greek Values）来源于希腊人对人自身的认知，也就是说，不是从神本位（尽管他们尊重神，也向往成为神）来认知人于这个世界的地位和作用，而是以人作为认知世界的本位。于是唐教授向听课者展示了这一价值观——据唐教授说，这是由希罗多德（约前484—前425的古希腊作家）最先提出的：人对"生命"是最宝贵的——个人的生命不能永生，但可能通过优秀的儿孙辈传递获得"永生（immortality）"——这样的生命即个体的生命和子孙的生命与生活着的这个"城邦"共存共荣。

在这一关系或一链条里，希腊人对生命的认知和对个体的认知，不仅超越了对神的知识分子认知，而且最为关键的是，唐教授认为，希腊人最伟大之处在于个体于整体即人体生命脉与城邦的关系不是割裂的，而是可以合而为一的。唐教授为此举了大暴君（Great Tyrant）克罗伊斯（Croesus）与梭伦（Solon）的问答。梭伦告诉克罗伊斯不是因为财富多和权力大就是最幸福的人，而是英俊和善良的人（beautiful and good）才是最幸福的人。接着，唐教授说，怎样才可以让人成为"英俊和善良的人"呢？实现这一目标，就是要让一个政府成为"廉洁的政府"，而不要成为一个"贪腐的政府"。唐教授举梭伦（前638—前559，古代雅典的政治家，立法者，诗人，是古希腊七贤之一）的诗篇中的一句诗说明。这句诗是这样写的：

A city suffers from bad government!
贪腐的政府不可饶恕！

于是，唐教授给听课者列出了第二组关系：公民（citizen）、政府（government）、法律（Law）。这三者应是一种什么样的关系才是随时随地的关系呢？按照唐教授的意思，这三者的关系应是互动的关系。那么怎样构成互动？唐教授认为，公民应是一个良民（goodmen），政府应是好政府（good government），法律就是大家都要遵守的法。那么怎样才能使这三者达到最优或者说是和谐的呢？良民一定要担当起促合政府成为廉洁的政府，而政府要培育公民成为好人。而要达到这两者的最优，就只有一个办法即要让最优秀的人（如梭伦）制定出法律。这样一来，三者彼此互动，彼此既担当起促使的重任，又担当起培育（制定法，也是一个培育法的过程）的重任。而要实现这一切，还需一个重要的场景。这就是希腊于世界上独有的城邦（polis）。这就是古希腊对世界文明进程的最大贡献。

为此，唐教授还对今天西方文明社会里的一个重要政治术语"公民"一词的语源进行了梳理。西方文明里的重要术语"公民"一词就来源于希腊语的"城邦"一词，即来源于希腊语"politas"。这一词的词义就是说城邦里居住和生活的人。这里生活的人是独立的（哪怕是奴隶），更重要的是，城邦里居住和生活的人是自由（freedom）的。而且，"公民"一词与"臣民"一词是有区别的。于是我想到了中国自商周就形成的"溥天之下，莫非王土；率土之滨，莫非王臣"的观念、行为和制度，成了中国三千年的历史和中国文化传统不可逆的铁律！而且至今未有根本的质的改变！

就拿今天中国政府、中国人民、中国法律的三者关系看，无论如何都不可能像古希腊城邦那样。原因只有一个，即在这三者的上边，还有一个至高无上的东西。无论它是强硬的威权还是温和的威权，政府都很难成为好政府，公民也很难成为好公民，法律也就不能成为整个社会的准则。这是所有明眼人都能看出的历史和事实。

君权制下不可能有自由

在讲古希腊历史时，差不多每一个学者都会常常提到一个词：Free，或者是：Freedom。

唐纳德·卡根在他的《古希腊简史》的开放课程里，常常提到"自由"一词。其中一句话给我深刻印象——尽管我在西方其他书籍里，譬如十八世纪法国启蒙学派的书里已经有所了解：A free man may not live under a monarchy.（君主制下不可能有自由的人。）

"自由"对于西方文明来说，它有能指与所指都具有的基础性和基本性。它是西方文明不同于东方文明的价值观根本区别所在。我知道，自中国夏、商、周开始有管理者即统治以来，或者说自夏、商、周中国有国家组织形态以来，中国文化的传统里是没有，也不可能有"自由"的元素出现和存在的。即使是在孔子删节编著的《诗经》里，也就是说，即使像《诗经》里有过的某些"自由"的因子——譬如《诗经》第一首里的"窈窕淑女，君子好逑"那样的"开放"和"自由"——但是最终让以王为中心构建的"君臣"关系所取代。正是这种取代，"自由"就完全退出了中国思想史和价值观之外。至少可以说，即使中国思想史和价值观史里曾有过类似于"自由"的元素，但它决不像古希腊里出现并经过若干世纪之后（差不多2000 年后）在欧洲焕发青春的"自由"。

现在的问题是，为什么古代中国不出"自由"，而古希腊却出"自由"呢？

关于古希腊为什么会出"自由"，唐教授告诉他的听课者。"自由"源于"城邦"（polis）。那么"城邦"又源于什么呢？"城邦"源于"家族农场"（family farm）？"家族农场"源于什么呢？源于"家庭"（family）。"家庭"源于什么呢，源于"个人"（man）。于是在这种追根溯源（胡适之的考证理论称之为"剥皮"法）中，我看到了这么一段历史和这么一个事实。那就是，古希腊的"城邦"其实是建立在独立的个人之上的。倘若从财产所有权（具体地讲即每家、每一个人所耕种的土地）角度来看，个人对财产权（property）是具有所有权（ownership）的。这便是问题所在和关键所在。在中国——仅就土地的所有权来看——无论是夏、商、周的"诸侯"土地所有，还是秦汉之后"分封"的土地关系，土地大都集中于王与侯手里，当然在战乱等非平衡时期的一些"自耕农"手中也握有少量的土地，但土地高度集中是中国三千年历史上土地所有权的常态。有文字史的三千年历史的常态，并没有出现过像古希腊那样的农业家庭和家族农场。还有关键一点是，中国在"城市"过程中，没有像古希腊城邦那样，是由一家一家的"家族农场"来构建的，而是以王为中心——"盘庚迁都"即最有力的证据——来建构的。这样，我就可以看到：由于古希腊的城邦是由个人为价值取向、家族农场为基本单元所建成立起来的历史上第一种新型的"国家"形态。在这种组织层面上所形成的价值观以及国家制度设计，肯定的它要为"城邦"里的每一个人和每一个家族农场服务，而不是为君王服务，因此它不需要一个至高无上的"君王"来管制。

事实上也是如此。"自由"对于古希腊城邦里的每一个人和每一个家庭，除了显而易见的重要之外，其实，"自由"就像空气一样弥漫于古希腊的每个城邦。当然，正如顾准所研究——其实西方的希腊学者早有研究——的那样，也许这种充满着"自由"的空气最终让一个一个的城邦分崩离析，最终让君主的威权所代替。但是，西方最重要的启蒙学者都从这一段历史中得出两个结论——中国传统文化里没有也不承认并且加以排斥打压——的两个结论：

1. 所有君主都是暴君；

2. 君主下面没有自由。

第二个结论是因为有了第一个结论，而第一个结论则是君主制上千年历史长河中不断演绎着的一个又一个事实。有没有仁慈的君主？欧洲的如路易十四（Louis XIV）算不算？中国的如乾隆算不算？还是如没有杀一个士子的北宋王朝算不算？自我始读欧洲启蒙思想，特别是法国的启蒙运动的著作后，我坚信，由启蒙学者所形成的这两个结论具有与太阳一样照亮黑暗的力量。面对中国帝制的历史，当听到"A free man may not live under a monarchy"时，我心里为之一悸。

中国自1911年推翻君主制一百年以来，多少具有西方思想（当然包括最为重要的马克思思想）的仁人志士，为了国家的独立、民族的独立，特别是作为人的独立，前仆后继。但是，直到今天，当下的中国还有没有 monarchism？就在我听唐教授的开放课的近日，读到另外一则可以让人联想的消息。据CNN（美国有线电视新闻网）近日播出了访问中国总理温家宝的专访。中国总理温家宝指出："言论自由不可或缺，民主渴望不可抗拒。"

对于中国总理来说，这不啻是一句惊天动地的话——尽管这话中国共产党在二十世纪三十年代，特别是二十个世纪四十年代中后期，更具体一点是抗战胜利后的 1945 年至 1949 年放声地讲过类似的话。

孝文之"仁"与孝武之"功"

　　清末民初史学家夏曾佑对于"中国"一词有一界说："中国之教，得孔子而后立。中国之政，得秦皇而后行。中国之境，得汉武而后定。三者皆中国之所以为中国也"（《中国古代史》）。夏所说的"中国之境"，按《中国历史地图集》（谭其骧主编）"西汉时期全图"所示，西汉时的中国疆域西至今乌兹别克斯坦塔什干、哈萨克斯坦巴尔喀什湖，东至今俄罗斯符拉迪沃斯文托克、韩国首尔，北至今俄罗斯贝加尔湖，南至今越南顺化。从西汉到当下两千余载，中国的疆域大致保存了这一"雄鸡"的模样——当然是缩小了许多的模样。因此，夏说中国之所以能成为中国的三要素之一的疆界"中国之境"，为汉武（前140—前87）所为所得，汉武开创的疆界大业，居功厥伟，当是至论。

　　如果以东至山东，西至甘肃，北至河北，南至两广的统一六国的秦疆域看，北方诸民族，从秦到清，一直都是这一秦始皇形成的疆域的高危邻居（后来的一些邻居成为"中原"的主人，如蒙、满），从汉始的匈奴、西夏、辽、蒙到十七世纪中期的清。汉武得"文景之治"后形成的"京师之钱累钜万，贯朽而不可校；太仓之粟陈陈相因，充溢露积于外，至腐败不可食"的大好局面，却一改文景时期和亲匈奴的国策，拉开了长达（汉武元光二年即公元前 133 年至汉宣神爵元年即公元前 60 年）七十多年的汉与匈奴的战争。《汉书·武帝纪》里有较详细的战争记录。仅飞将军李广一人就"自结发起与匈奴大小七十余战"（《资治通鉴·汉纪》）。在西至天山东自辽西广袤而漫长的疆域上，连年烽火，财力人力縻集，生命几若草芥，城市田野荒废。《汉书》所录汉征匈奴大将们的业绩有：卫青一次战斗（下同）下来斩首三万余级、霍去病斩首三万余级、李广利斩首万余级、李陵斩首三万余级等。出动的军队少则五千人（李陵因五千人出击匈奴战败被俘投降，还引来了司马迁为其叫屈而遭受汉武宫刑的重大事件），多则三十万人。其中卫青、霍去病带的军队常常是数万人以至十万人之众。元封元年（前 110）汉武亲率十八万大军出长城、至朔方（今内蒙古乌拉特前旗）、临北河（今天内蒙古北河）。武帝亲征，气势是卫青霍去病等辈不能比的。汉武亲征，仅"旌旗径千余里"（《汉书·武帝纪》）。其实，汉武不仅仅只是在战争方面好大喜功，汉武帝在任何一个方面都好大喜功。譬如泰山封禅，两三年就是一次，每次都兴师动众，直到征和四年（前 89），也就是汉武"驾崩"前两年（后元二年即前 87），汉武依然"还幸泰山，修封"（《汉书·武帝纪》）。譬如筑建章宫、修茂陵等都耗费甚大。譬如汉武广修淫祠，访仙求长生（《史记·孝武本纪》）。历史还提供了一些看似与政治军事无关的细节——有趣的细节——汉武平时极喜战事外，还喜欢一种体育运动，这运动名叫"角抵戏（拳脚相交的搏击运动）"。某年某月，汉武不仅率一干皇族贵胄文臣武将观看"角抵戏"外，还要求"三百里内皆来观"（《汉书·武帝纪》）。"三百里内皆来观"，今天的夏季奥林匹克运动会也不过如此。

反观汉武的父亲孝景和爷爷孝文两帝，则是完全不同的风格。文景"外交"，由文景奠定的汉与匈奴的和亲国策（虽说，孝文也亲率大军征战过匈奴，但文帝后期基本上以和亲当成与匈奴的国策了），在汉武手里不仅废掉，而且进行了长达七十余年的战争，直到汉宣帝才又恢复了与匈奴的和亲政策。现在再说"内政"。班固在文帝纪里，赞道汉文帝时作如是说："孝文皇帝即位二十三年，宫室苑囿车骑服御无所增益"（《汉书·文帝纪》）。不仅如此，文帝多次亲率天下农耕，薄赋轻徭，并在自己的遗诏里要求"厚葬以破业，重服以伤生，吾甚不取"（《汉书·文帝纪》）。所以，我们看到后人对此的考证与认知。在天子葬制上，清人王夫之在《读通鉴论·文帝卷》里写道，如依《礼》，天子应停丧七月而葬，王夫之算出"文帝己亥崩乙巳葬"仅"四十三日耳"。由此看来，文帝之葬，既不合"礼"（这可是孔夫子最看重的大事！），似乎还贬损帝王的九五至尊（这可是帝王们的底线！想想明、清两季帝王的坟就会知道的）。不过，班固却称赞道："至于孝文，加之以恭俭，孝景遵业。至五六十年间，至于移风易俗，黎民敦厚。周云成康，汉言文景，美矣"（《汉书·景帝纪》）。班固对文帝尤为敬仰。班固写道，孝文"专务以德化民，是以海内殷富，兴于礼义，断狱数百，几致刑措。呜呼，仁哉"（《汉书·文帝纪》）。而汉武则"上方面征讨四夷，锐志武功，不暇留意礼乐之事"（《汉书·礼乐志》）。对此，难怪宋人司马光在《资治通鉴》里写道："孝武内穷侈靡，外攘夷狄，天下萧然，财力耗矣！"

再来看汉武在北征、西讨而连年战争的厥伟武功时，其他方面的情形。据《汉书·武帝纪》，在武帝执政大宝的五十四年里，地震、天旱、水涝、蝗灾等天灾不少，几乎三五年就发生一次。武帝即位不久的建元二年（前139）黄河泛滥造成大面积饥民，甚至出现"人相食"的惨景。但就在这年，武帝仍出兵东瓯。元光六年（前129），天下大旱，蝗虫遍地，汉武对匈奴仍然全方位出兵：卫青出上谷，孙敖出代郡、公孙贺出云中，李广出雁门。由于连年征战，到了汉武中期时即元狩四年（公元前119），征战天下的马匹已经难以为继。作为大漠、草原战事的重器之一，已"天下马少"（《汉书·武帝纪》）。可见，战争消耗之巨大。事实上，战争带来的生灵涂炭和国力消耗，不只是旁人指出，连后期的武帝也有所认识。《汉书·食货志》写道："武帝末年，悔征伐之事，下诏曰'方今之务，在于力农'。"也就说，到了此等国情时，汉武才想起了自己亲爹亲爷的太平岁月了。这时，无比骄横无比自豪，也建立起无比战功的武帝，开始怀念起文景之仁和文景之治了。汉武后期所造成的颓势，直到汉宣帝时，才又出现"百姓安土，岁数丰穰"（《汉书·食货志》）的一派久违了的景象！为此班固是这样对汉武评说的："汉承百王之弊，高祖拨乱反正，文景务在养民，至于稽古礼文这事，犹多厥焉。孝武初立，卓然罢黜百家，表章六经，遂畴咨海内，举其俊茂，与之闻功。兴太学，修郊祀，改正朔，定历数，协音律，作诗乐，建封禅，礼百神，绍周后，号令文章，焕焉可述。后嗣得遵洪业，而有三代之。如武帝雄才大略，不改文景之恭俭以济斯民，虽诗书所称何有加焉！"

从文景到汉武，历史已成云烟。但从文景到汉武，历史却是一面镜子，并没有因为历史已成为云烟而可以视之弃履。孝文之"仁"与汉武之"功"，无论是从历史角度还是从道德角度，大约不存在"是非"与"功过"的价值判断。换句话讲，文景之"仁"带给百姓的是福泽，汉武之功带给历史的是开疆扩土，两者相比，似乎也并无高低之分。如果有，那也许只是角度的不同而已。但正是这一不同的角度，历史便显现不同的纬度，或者说，历史便有不同的走向。事实上，只要中国的文化传统没有变，不同的纬度与不同的走向，依然会成历史学家和政治家时说时新的话题。顺带说一句，中国之所以成为中国三要素之一的中国疆域的历史定位，回到文前，夏曾佑（1863—1924）认为中国的疆域为汉武所定。但是，夏曾佑的前辈王夫之则不是这样看的，在《读通鉴论》里，王夫之（1619—1692）说道："汉兴至文帝而天下大定。"

我们还有没有"德性"

　　唐纳德·卡根教授在讲《荷马史诗》（Homer）时，讲了一个重要的词：Masculine。这个词的原义是形容和描述男性体格和品质的词，既具有名词"阳刚"属性也具有形容词"阳刚的"属性。在唐教授的课中，这个词被唐教授认为应作"德性"讲。何谓"德性"——专指男性——即具有"德性"的人，才是具有"力量"（power）的、有"勇气"（courage）的、有"美貌"（beautiful）品格，而且是"勇于承担"（undertake）的。在唐教授看来，古希腊人，特别是那些在战争中的领军人物，大都是具有这种四合一于一身的"德性"的人。我们看到，对于"德性"，除了没有加入"善良"（good）一义外，人类给予个人的誉辞基本上全用上了。对于这个词 Masculine，唐教授举例说，在《伊利亚特》（Iliad）开篇就叙述到的一段重要争论，即王阿伽门农（Agamemnon）与"希腊第一勇士"阿喀琉斯（Achilles）的争论。争论的焦点是，战神阿喀琉斯劝统帅阿伽门农归还抢来的姑娘。但阿伽门农拒不听劝。阿伽门农蛮横地说了这么一句话：

　　No，I'm not going to give back my girl!（我绝不送还回我的

女人）

　　这里含有两层关键的意思。一是"决不送还"；二是"我的女人"。事实上，这些女人在城池没有被阿伽门农攻破时，并不是阿伽门农的。但一旦城池被攻破，作为战利品——当然包括女人在内的战利品——就理所应当地成为战胜者所有了。这是古希腊城邦制及城邦战争的一个极其重要的特征。不过即使是战利品，并不是就没有另外一种处置的途径。不然，阿喀琉斯不会劝阿伽门农归还抢来的女人。关于这一段争论，《荷马史诗》的一种中文译本是这样的：

　　　　拥有广大权力的阿伽门农从人群中站了出来，

　　　　他怒气冲天，内心充满烦闷，

　　　　双目如燃烧的火焰，凶恨地斥责这位先知：

　　　　"我拒绝了神的祭司克律塞斯的赎礼，不愿释放他的女儿。

　　　　确实，我希望把她留在我的家里，

　　　　因为我喜欢她胜过我的合法的妻子克吕泰墨涅斯特拉，

　　　　无论是身段或体型，无论是智慧或女工，

　　　　前者都不亚于后者。

　　　　……

　　　　我缺少战争所赐给的荣誉，

　　　　这怎么可能？

　　　　因为我从战争中得来的礼物马上就要失去。"

——这是阿伽门农的态度。那么阿喀琉斯对此是怎么看的呢？

> 捷足的神一样的阿喀琉斯回答说：
> "阿特柔斯之子，最尊贵的王者，最贪婪的人，
> 目前，心胸宽大的阿开奥斯人如何能给你礼物？
> 据我所知，我们已经没有丰富的库存，
> 从敌人那里得来的战利品已经配发完毕，
> 不可能再从将士那里收回战利品。
> 你唯一能做的是把姑娘交给阿波罗，
> 如果宙斯允许我们掠劫固若金汤的特洛亚，
> 我们将给以三倍、四倍的补偿！"

> 阿伽门农可不这么想，因此阿伽门农回答说——
> "神勇的阿喀琉斯，尽管你很勇敢，
> 但不要运用心机来糊弄我。
> 你既不能欺骗我，也不会说服我。
> 你打算让我把姑娘交出去，然后两手空空吗？"

争论的结果是"两败俱伤"。阿伽门农几乎臭骂了阿喀琉斯，但是作为阿伽门农的战将，阿喀琉斯在听完阿伽门农不愿接受建议时，阿喀琉斯便一走了之。《荷马史诗》是这样叙述这个结果的——

> 两人吵完了架，都站了起来，

他们解散了这次阿开奥斯人的聚会。

佩琉斯之子带领墨诺提奥斯之子

连同其他伴侣回到了营帐，登上平稳的海船。

同时，阿特柔斯之子命令把快船推下大海，

挑选了二十名水手，装上丰厚的百牲祭品，

带上美貌的克律塞斯的女儿。

精明能干的奥德修斯担任船长。

一切准备就绪，扬帆起航，

　　耶鲁的唐教授当然没有去引这么长段的诗。但在唐教授的授课里，唐教授认为，阿喀琉斯的劝说与一走了之，就是古希腊人的“德性”！在古希腊史上两位著名人物的一段对话，相当著名。这两位重要的人物是克罗伊斯和梭伦。克罗伊斯（前595—前546）是里底亚（今土耳其的前身）的最后一任国王，因其无良，被波斯居鲁士二世击败。唐教授称其为“暴君”，而且是“大暴君”。梭伦（约前638—前559），古希腊七贤之一。梭伦在前594年出任雅典城邦的第一任执政官，制定法律，进行改革，史称“梭伦改革”。这段著名对话是：

"Is the happiest," he said, "fortunate man you ever knew."

"Beautiful and good!"

　　克罗伊斯问梭伦："你知道谁是最幸福、最幸运的人吗？"梭伦回答到"最幸福、最幸运的人"应当是"英俊和善良"的人。"英俊和善良"正是"德性"最重要的特质。

那么时下的中国人，也就是由像我这样芸芸众生组成的中国人，有没有或者说具不具备像阿咯琉斯一样充满着 Masculine 的人？有没有梭伦描述的人？我看是没有的，至少是不多的。

政客（politico）们就不说了，因为政客，都不具有德性。原因太简单，政客要生存，须具有两种"本领"或叫两种"素质"。一种是听话，一种是翻云覆雨。既如此，当然谈不上是有"德性"的。那说说知识分子（intellectual）或"文人"（"文人"在英文里大约不太好找到它的对照物的）吧。当下的知识分子，既与创造了"intellectual"一词的欧洲（具体说来是从法国开始形成的）知识分子的来历和身份不同，也与宋、明、清三朝的"读书人"开科取士或者遗民身份有所不同。也就是说，中国的知识分子既缺乏欧洲知识分子的启蒙意识即公正、理智，又少了许多宋、明、清时的读书人的执着和良知（天启年间的读书人除外）。说到底，即没有了唐教授在指出古希腊人之所以成为人的"阳刚"之气。也就是说，中国知识分子的"被矮化"——自主的与他主的"被矮化"——不仅让阳刚之气雨打风吹，消失几乎殆尽，而且许多时候成了政客们的传声筒。

另外，唐教授说到的"德性"的另一层意思，对于中国的知识分子来说，更难做到。这句话的英文是：always be the best!

中文的意思大概是：事事为先！或者是事事都应做好！

"流浪官员"苏东坡的为官梦

"苦要为官去"出自苏轼众多《蝶恋花》中的一首。全词如下：

> 云水萦回溪上路，叠叠青山，环绕溪东注，月白沙汀翘宿鹭，无一点尘来处。　　溪叟相看私自语，底事区区，苦要为官去，樽酒不空田百亩，归来分取闲中趣。

苏轼（1037—1101），作为一代天纵英才，古往今来，臧多否少，但仍难定论。王夫之在其《读通鉴论·卷二·文帝》里就指责苏轼"酒肉也，佚游也，情夺其性者久也"。后人对其诗文、对其政治抱负、对其坎坷经历，时光虽隔近千年，依然不像青菜豆腐那样一清二白。但有一点，大约是可以肯定的：由于仕途的不顺，苏轼一直在入世与出世之间徘徊。不过，对于苏轼，出世是入世不能而生长出的副产品。不过，有时似乎也相反。譬如，在苏轼2000多首诗里，其中和陶渊明的诗多达135首，可见苏轼对其前辈避世归隐诗人陶潜"采菊东篱下，悠然见南山"的尊敬，几乎可以称得上是五体投地。

对于一个自诩甚高（诗、书、画、论无一不精）的人来讲，一生与陶渊明的和诗占了自己诗国版图很重要的地位，显然不仅仅是尊敬一词可以完全破解的。也就是说，苏轼对陶公的敬意其实源于自己的趣味、心境和人生态度。

苏东坡究竟是入世的积极分子，还是避世归隐（事实上苏从来就没有真正归隐）的达人？如果是前者，那么，为什么会在后者中写下了许多佳构怨句。在词里有："蜗角虚名，蝇头微利，算来着甚干忙……百年里，浑教是醉，三万六千场"（《满庭芳·蜗角虚名》）、"梦中了了醉中醒，只渊明，是前生，走遍人间，依旧却躬耕"（《江城子·梦中》）、"浮名浮利，虚苦劳神……几时归去，作个闲人，对一张琴，一壶酒，一溪云"（《行香子·清夜》）。在诗里有："十年生不到朝庭，欲伴骚人赋落英"（《次韵答孙牟》）、"功名如幻何足计，学道有涯真可喜"（《遂沈遘赴南广》）、"著书多暇真良计，从宦无功漫去乡"（《病中闻子由得告不赴商州三首之一》）、"我自归南山，山翠犹在目……归来写遗声，犹胜人间曲"（《和子由记园中草木十一首之十》）。顺便一说，苏轼、苏辙两亲兄弟，嘉祐二年（1057）同科进士，轰动东京，是好得不得了的亲兄弟，如此手足情深的文坛两兄弟，中国文学史上几乎绝无仅有，西晋的"两陆"也许也没"两苏"好的。"明月几时有，把酒问青天"的千古绝唱就是哥哥苏轼写给弟弟苏辙的。在苏轼2000多首诗里，或专寄或和之，很大一部分诗都是写给苏子由的。而这些与子由相关的诗里——当然不仅仅是，在整个苏诗、苏词里——除了怀乡思情外，东坡发表着自己对避世的想法，以及诉说着难与人言的牢骚。"悟此长太息，我生如飞蓬"（《颍州初别子由二首之二》)、"无事亦知君好饮，多才终恐世相縻"(《次韵王廷老和张十七九日见寄》)、"雅志困轩冕，遗恨寄沧州"(《水调歌头·安石在东海》)……

苏轼不仅仅在入世不得上有牢骚，事实上，苏轼一生都在为入世奔波和劳碌。《东坡乐府》共载《水调歌头》五首，其中两首是写给其弟苏子由的。丙辰（1076）年的"明月几时有"那篇千古绝唱，众人晓得，但就在第二年的同一地方（今山东诸城市），时任知州的苏轼又写了一首《水调歌头》。丁巳年（1077）的《水调歌头》的序写道："余去岁在东武，作《水调歌头》以寄子由。今年子由相从彭门百余日，过中秋而去，作此词以别……"就在这首苏轼认为是"过悲"的词时，苏轼写道"一旦功成名遂，准拟东还海道，扶病入西州"。可见苏轼的政治理想与入世的远大抱负。苏轼一生在若干地方任职、在若干地方流放，且几次往返朝廷（好像都没有进入过"核心圈子"），但最终由新皇帝从儋耳（今海南省儋州市）召回于途中以六十六岁去世。这样的经历、这样的坎坷、这样的磨难，并没有完全击溃苏轼入世的信仰（笔者不太赞成有些学者认为苏轼后期归隐是其主旋律观点）。就在从壮岁走向老年的元丰年间（1078—1085），43岁至50岁的苏轼，当起了"流浪官员"（请允许我杜撰此词），先徐州，再陈州，三黄州（最长时间近四年），后汝州，因给皇帝求请而改任常州。苏到常州后即上表两篇。其一开篇"臣轼言。先蒙恩授汝州团练副使本州安置，寻上表乞于常州居住，寻圣旨，依所乞，臣已于今月二十二日到常州讫者"；其二开篇"臣轼言。先蒙恩授汝州团练副使本州安置，寻上表乞于常州居住，寻圣旨，依所乞，臣已于今月二十二日到常州讫者"。两篇上表开篇表白一字不差，可见，苏轼当时对圣上的感恩戴德。苏在往汝州途中，到泗州后，苏觉得要到汝州太过艰难。于是在泗州给圣上神宗上表"乞常州居住"。理由是"资用罄竭，去汝尚远，难于陆行。无屋可居，无田可食，二十余口，不知归，饥寒之忧，近在朝夕"。神宗还真就答应了苏轼的乞求，准予常州谪居。苏轼这时正值壮年（44岁）。正值壮年的苏轼，因与王安石革新抵牾和后来的"乌台诗案"（1079），从此成为"流浪"官员。尽管其间也招回进庙堂，更多的时候则在流浪中度日：密州（1074）、徐州（1077）、湖州（1079）、黄州（1080）、常州（1084—1101年卒于此）、登州（1085）、杭州（1089）、扬州（1092）、惠州（1094）、儋州（1097）等地，在宋一朝，恐怕没有哪一位官员有过苏东坡这般流浪经历的。甚至可以说，在两千多年的帝制中，恐怕也没有哪位官员有如此多的流浪经历！不过，即使流浪，即使牢骚满腹，但是其经世入世的抱负却没有消减。流浪路上，几乎每到一地，苏轼都要给皇上有"谢表"（不知什么原因，皇皇七十二卷的《苏轼文集》里，竟没有到海南儋州任上的谢表）："伏念臣家贫至寒，性次其下。……伏遇皇帝陛下躬上圣之资，建太平之业以为人无贤愚，皆有可用"（《密州谢表》）；"知臣者谓臣爱君，不知臣者为臣多事。……顾力报之无所，怀孤忠而自怜"（《徐州谢表》）；"伏念臣早缘纲拙，屡致忧虞。用之朝廷，则逆耳之奏形于言，施之郡县，则疾恶之心见于政……恭维皇帝陛下，睿哲生知，清明旁达……知臣欲去一方之积弊"（《杭州谢放罪表》二首第一）；"亲适睿哲之兴，遂有功名之意……贪恋圣世，不敢杀身；庶几余生，未为弃物……指天誓心，有死无易"(《黄州谢表》)。别看这是写给皇帝老儿的信属于效忠式的官样文本，其实，这也是苏轼当时当地的真实心情：一是谢恩，二是认罪(至少是貌似认罪)，三是凡到一地认真做事。就在黄州，有了他自己的"雪堂"，有了他后来为此骄横"东坡"别号的地方。苏轼一面做着地方官员的大小事务，一面在自己的诗文里抒发着入世的情怀。流浪官员苏东坡凡到一地，并非坐等圣上再度垂青，而是在一地认真做事，认真诗文。在黄州，苏轼诗词文赋创作达到了丰产期。在杭州，留有千古的苏堤。在儋州，建书院以教化边壤黎庶，并把自己当成了儋州的人。可见，流浪官员并非流浪。如果我们认定这一历史事实，那么我们就会看到在黄州，苏轼的心境显然是相当不错的。即使是有些悲怆的前、后《赤壁赋》，但其"客喜而笑，洗盏更酌"的达观毕现无遗。黄州所做的十二首《临江仙》，虽然亦有避世求隐的心境，但更多的则是："应念雪堂坡下老，昔年共采芸香，功成名遂早还乡，回车来过我，乔木拥千章。"

有时，苏东坡还真是"隐士"中的达人。苏在惠州时，有一函致陈季常书中说："自失官后，便觉三山跬步，云汉咫尺，此示易遽言也。所以云云者，欲季常安心家居，勿轻出入，老劣不烦过虑，决须幅巾草屦相从于林下也"(苏轼尺牍《与陈季常书·第十六首》)。置自家被贬谪于身外，还劝朋友莫问国是，应安心居家，或者走出家居，着布衣草鞋与朋友相会于郊外。心情似乎并不坏的苏东坡，则在惠州"向在中山，创作松醪"，且"终日把盏"(苏轼尺牍《与程正辅书·第四首》)。可见，苏东坡有时还真没把做官仅当一件不算什么的劳什子事。其实，我们知道，在两宋，由于宋高祖的重文轻武，使得宋的读书人有鱼游大海的感觉和真实的场景（"党争"也许是另一种帝制下的士大夫世相）。"唐宋八大家"有六家出自宋，而六家之中都是官员，高至宰相如王安石，即使如终生没有科名的苏洵也在五十五岁高龄被授予"校书郎"一职。此种重文轻武国策，正如钱宾四的《国史大纲》中所说"宋朝优礼士大夫，极少贬斥，诛戮更属绝无"。今天看来，苏轼就属"极少贬斥"中的"幸存儿"。像"乌台诗案"，无论放在明朝或放在清朝，定是诛九族的大案。而在宋，苏轼最终只是贬为黄州团练副使而已。但是，苏的志向并没有因此而改变，再贬斥、再流浪，苏轼也要唠叨着"苦要为官去"的心曲。看来，古人的心境和抱负与今人的心境和抱负真有些不同的。面对物欲汹汹和官本位依然当道的当下，今人除了没有陶公那般归隐的决绝，连苏轼在入世与出世两端的彷徨和游离，不仅仅是古人的专利，而且是苏东坡的奢侈了。

功名岂能梦断

"功名"一说，历史悠远，见《庄子·外篇·山木》"削迹损势，不为功名"。后自隋唐科举始，功名便与读书人终身结伴，而且不离不弃。绝大多数的人都不可能像庄子一样的高蹈，恰恰相反，绝大多数士子都为功名所困。最精彩最极端的桥段出自《儒林外传》中的"范进中举"。在浩如烟海的唐诗（据说有四万首）和宋词（据说有二万首）里，我们都会找到功名以及它的衍生产品的踪迹，而且不用费太大的神，就可以找到。

在宋一代，我们可以看到庄子的传人，视功名为不屑。只不过，不像庄子那样遁迹山林、化于自然之中，而是徜徉于花街柳巷。大家都知道了，我要说的是柳永（980？—1053）。这首词应全录于此，让我们来重温这位"凡有井水饮处既能歌柳词"对待功名的决绝姿态和沉于花街柳巷的意气风发：

黄金榜上，偶失龙头望。明代暂遗贤，如何向。未遂风云便，争不恣游狂荡。何须论得丧？才子词人，自是白衣卿相。　烟花巷陌，依约丹青屏障。幸有意中人，堪寻访。且恁偎红倚翠，风流事，平生畅。青春都一饷。忍把浮名，换了浅斟低唱。

其实，柳永是取得过功名的。柳是景祐元年（1034）进士，当过中下级武官一类的职务，后官至屯田员外郎（相当于今农业部副司局一级的官）。但柳对这些东西不感兴趣，或者说——让我揣度——没有达到其仕途的愿景，也不像同代人那样认真，所以柳便把功名看得一钱不值。让我把柳词里涉及功名的诗句全数抄在这里：

驱驱行役，苒苒光阴，蝇头利禄，蜗角功名，毕竟成何事，漫相高。(《凤归云》)

浮名利，拟拼休。是非莫挂心头(《如在鱼水》)

利名牵役。又争忍、把光景抛掷(《轮台子》)

念利名，憔悴长萦绊。(《戚氏》)

在我所涉及的宋词里，还真是只有柳永才有这样的姿态。"疏隽少检不为州里推重"的周美成沉溺在"风老莺雏雨肥梅子"和"愁一箭风快"图景中感受和感叹人生，但一句"情景牵心眼，流连处，利名易薄"（周邦彦《一寸金》），却让我们看到了，即便这样，周美成也没有柳永那般对功名的决绝。不过，正是千古名篇的《鹤冲天》，正是"黄金榜上偶失龙头"里连皇帝老儿都可以打趣的《鹤冲天》，依然透露出中国传统读书人或士子重要心迹。这心迹，也许是植根于传统读书人或士子血液之中无论如何都无法绕过的。这就是功名！自柳永这词出来后，读书人士子们一直把"忍把浮名换了浅斟低唱"当成挑战功名最有力的武器，或者当成了功名不就或仕途艰辛坎坷最厚实的挡箭牌。但是"忍把浮名"中的"忍"字，却道破了天机。既然"浅斟低唱"可以换得浮名，既然"把酒听歌量金买笑"（柳永《古倾杯》）可以换得浮名，那为何要"忍"呢？这表明了，功名也好，浮名也罢，对于读书人或士子们太重要了！现世和现实中的欲望太多太纷繁，谁能把功名看透，谁会把功名看破。功名，一方面是读书人和士子们成功的梦想和标识，另一面当然也会起到促进社会的进步。更重要的是，在存在管理与被管理、存在官与民分野的社会里，因为要有了一定分量的功名，才有可能"致君尧舜上再使风俗淳"（杜甫诗《奉赠韦丞丈二十二韵》）的建议，才有可能为平民做一点"耕川凿井"（苏轼《到常州谢表之二》）的事，也才有可能"居庙堂之高则忧其民，处江湖之远则忧其君"（范仲淹的《岳阳楼记》）的情怀。

这样看来，功名对于读书人和士子们来说，是一种无论如何都放不下的情怀和抱负。所以，对于一个一生官做得不大但抱负巨大的陆游来说，功名是他的一生追求（虽然陆游晚年在乡村里如陶潜般的隐居）。陆游的《谢池春》，就是士子们追求功名而功名不得的真实写照：

> 壮岁从戎，曾是气吞残虏。阵云高、狼烟夜举。朱颜青鬓，拥雕弋西戍。笑儒冠、自来多误。　　功名梦断，却泛扁舟吴楚。漫悲歌、伤怀吊古。烟波无际，望秦关、

何处？叹流年又成虚度。

　　除了柳永，功名对于士子们来说，那是永远的梦。既是梦，
会断吗？

为魏忠贤修生祠是读书人的耻辱

从孔夫子开创的读书人传统——以《四书·大学》但主要以两宋大儒最终的解读——格物、致知、修身、齐家、治国、平天下的"内圣外王"的抱负，也就是读书人需承担起教化民众辅助君主的责任，而且就做社会的道德楷模。自隋唐始，来自于民间和草根的读书人，可能通过读书，进入到初级、中级和高级的"公务员"队伍，也就是如范仲淹老先生所言，可以成为"居庙堂之上"的言说者。这是中国管制系统和读书人间的伟大妥协。这种妥协既是中国文明史有别于古希腊知识分子与管制系统的关系的一个特色，同时也可看作是中国文明史上的一大进步。由此，读书人终于实现了由孔夫子积极入世的理想。而两者达到其"高度融洽"当是唐贞观年间和开元年间。这一时期，我们看到团结在李世民和李隆基身边的诸如魏徵、房玄龄、姚崇、宋璟等贤相能臣，不仅开创了大唐帝国的高度繁荣，而且还看到了读书人的骄傲和责任所在。

但是，当历史翻到公元十七世纪初的明天启（1621—1627）年间时，因读书人建议为宦官魏忠贤修生祠时，中国的读书人便集体沦陷了！

《明史》里有几个重要列传，今人读时最让人闭气、沉闷，也最让人震惊。即"宦官""阉党""佞幸""奸臣"。除"宦官"外，其余三者应都是读书人出身。我们知道，明朝是汉族建立的最后一个帝制，到了万历后期特别是天启年间，其黑暗无朝能比。而此时读书人（东林党是不是除外呢？）早忘了其祖宗孔夫子的教导，不要说什么担负起治国平天下的重任，连起码的"修身"也早抛九天之外。因为"助纣为虐"在天启年间已经成了时尚。一个重要的事实就是：在给宦官魏忠贤歌功颂德的浪潮中，读书人风起云涌，生怕自家比别人落了伍。

天启七年（1627）五月，国子监生陆万龄上书，称魏忠贤可与孔子相提并论，因为"孔子作《春秋》，忠贤作《要典》。孔子诛少正卯，而忠贤诛东林"。作为一位在中央最高学府（即"国子监"）就读的读书人陆万龄，难道没有读过《春秋》吗？难道不知道当下的东林党人为何人吗？像这种阿谀魏忠贤的无耻之尤的读书人，《明史》里还记有许多。万历进士阎鸣泰，颂魏为"民心依归即天心向顺"。督饷尚书黄运泰，称魏忠贤"尧天地德，至圣至神"。更有甚者，这些读书人还嫌以辞阿谀魏不能表白心迹，于是想出一个前无古人、后无来者的壮举，即为魏忠贤修生祠。修生祠的主意和第一个实践者也是一个读书人。这人叫潘汝祯。时任浙江巡抚的潘汝祯，在其管辖属地西湖首造魏忠贤生祠。其后，整个一个大明王朝造魏忠贤生祠"几遍天下"。《明史》沉痛记载，"每一祠之费，多者数十万，少者数万"，而且"剥民财，侵公帑，伐树木无算"！就是那个黄运泰，在造生祠迎塑像时，还"五拜三稽首"，并"率文武将吏列班阶下，拜稽首如初"。这一幕，让今人在觉得不可思议的同时，更叫令人作呕，也让历史为之唏嘘。

中国的读书人至此，已颜面扫地。岂止颜面扫地，这是中国读书人最耻辱的记录！但愿这种记录没有第二次。

学学屈老夫子发点牢骚

两千多年前的三闾大夫有一天突然闷闷不乐起来，想找人说说自己心中的话，可是又找不到——大约不是其他人不想给他摆龙门阵，而是有些"曲高和寡"吧。于是便自个儿发起了牢骚：天呀地呀，你怎么不像以前那么长久，而且还要有个春夏秋冬的更替，再加上本来生命就短短的草本很快便零落成泥，而美人就更不说了，"日月忽其不淹兮，春与秋其代序；惟草木之零落兮，恐美人之迟暮"，年纪轻轻的就没有了那么不多的日子。当然，我今天看来，屈夫子的牢骚发得真是有水平。一是不直接说某某人的坏话，二是不直接说某某政体的坏话，就是对我们大家的天、大家的地有些不敬，也是东拉西扯地说些香草美人的隐语。要不是在《离骚》一开始的骄傲——"帝高阳之苗裔兮，朕皇考曰伯庸"——的表述，要不是后来的自作多情——"指九天以为正兮，夫唯灵修之故也"——谁能认为一个原深受楚怀王赏识的诗人，通篇的"兰"呀"桂"呀原来是自比哟。再就，我今天看来，屈夫子的牢骚不但发得很有水平，而且发得成了后人们的一种说法，就是屈原是一个爱国主义者。为什么会这样说呢？大约是因为在这首叫《离骚》的诗赋里有一些句子很让人吃惊地成了名言。如"长太息以掩涕兮，哀民生之多艰"，如"路漫漫其修远兮，吾将上下而求索"等的宏大誓言。也许正是得益于这些后来成了经典之中的经典的句子，屈原也就成了爱国主义诗人。

事实上，爱国主义这样一个东西或这样一种意识形态，不过是近现代民族国家形成以后的话语。国家作为一种独立的政体形态，显然不是屈原那时就约定俗成了的。因为道理似乎太简单。那就是，屈原所谋生谋职的楚国，与其他诸国相比并不是一个弱国，谈不上爱国不爱国的。仅仅是因为屈原让楚怀王的"始宠终弃"而导致的郁闷，产生了牢骚而已。就在屈原表白自己的政治理想，诸如为民生为清明之类的同时，屈原也一样为自己的不再被楚怀王所"宠"（重视，重用也）而肝肠寸断，而牢骚淋淋。哎呀，这个世界怎么这般混浊不堪，连美好的人和事都要受人嫉妒啊（"世溷浊而不分兮，好蔽美而嫉妒"）；哎呀呀，这么偌大的国家竟没有一个人能够理解我，我又何苦去留恋它呢（"国无人兮莫我知兮，又何怀乎故都"）——你听听，你听听，我们的三闾大夫有多大的牢骚，有多大的怨气啊！真是，这真还谈不上什么国家不国家的，对于臣子来说，爱国与忠君是同一的，而且拿朱熹的说法"皆出于忠君爱国之心"（朱熹《楚辞集注》），也就是忠君在前、爱国在后。对于一个曾经非常非常受宠的臣子（管王族三大姓的"三闾大夫"嘛）来说，不让其忠君，不让其自己的理想得以实现，那就等于屈夫子什么也不是了吗？

其实，对于这样一种背反，其实是在说忠君不成牢骚而已。对此，鲁迅是看得最清楚的一个人。鲁迅有过这么一段话：

看《红楼梦》觉得贾府上是言论颇不自由的地方。焦大以奴才的身份，仗着酒醉，从主子骂起，直到别的一切奴才，说"只有两个石狮子干净"。结果怎么样呢？结果是主子深恶性膨胀，奴才痛嫉，给他塞了嘴马粪。其实是，焦大的骂，并非要打倒贾府，倒是要贾府好，不过说主奴如此，贾府就要弄不下去罢了。然而得到的报酬是马粪。所以这焦大，实在是贾府的屈原，假使他能做文章，我想，恐怕也会有一篇《离骚》之类。（鲁迅《伪自由书·言论自由的界限》）

鲁迅在这里，当然是想揭橥主子与奴才的关系（这是鲁迅批评国民劣根性时最重要的支点）。就像焦大这样仗着的不只是酒醉，也仗着先前与老主子的特殊关系（即救过老主子的命），所以乱说一气。但就是这样的胡说，也让主子不高兴不说，还让更多的奴才难受（这些奴才哪里敢如此放肆呀）。这是我们今天大多数对鲁迅这段话的正解。不过，我却看到了，为什么鲁迅把焦大的行为与屈原联系在一起，而且把焦大与差不多人说人好的《离骚》联系在一起。我认为，鲁迅以他洞悉世界幽冥玄机的超人与先知的力量，看出了：在一个非自由的制度或环境里，来自于非管制方的声音，如果符合管理方口味，那是可以采用的；如果是与管制方相左的声音，那是无用的，很可能还会导致杀身之祸的。中国两千多年历史里，虽说有过"武战死，文死谏"的说法，但真正要做到谈何容易。几乎可以说，是没有的。唐太宗与魏徵君纳臣谏的关系，可以说是"前无古人，后无来者"的孤例吧。何因呢？就是由中国管制体制里的君臣关系所决定所派生的；如果按鲁迅尖刻的话来说，即是主奴关系。倘若还可以有些例外的话，就像屈原这样还可以发点牢骚的事发生——而且是在允许发牢骚的前提下才能为之的事。

我们看到，屈原毕竟是屈原，屈原因为是一个敢于牢骚，而且发过牢骚的高级知识分子与高级官员，屈原才成为千古一人。也就是说，屈原所发的牢骚，不仅成就了屈原成为伟大的诗人，也让其牢骚成为两千多年汉文学史上永放异彩的诗篇！这一传统后又植根于中国知识分子的千年基因里，代代相传。但是，却在公元二十世纪的五十年代被斩断了！先是批电影《武训传》，接着批胡风的"万言书"。到了一九五七年的夏天，一句"阳谋"再加上一句更为恐怖的"引蛇出洞"，五十多万的知识分子就成了只有中国才发明创造的"右派分子"。不要说是知识分子的言论，就连彭德怀这样的战功赫赫"大将军"因对"三面红旗"发表了不同意见，也成了右倾机会主义分子。言路的关闭、自由的锁定、心灵的扼杀，成了整个二十世纪六十年代的时代梦魇。到了"文革"的十年，便更是只有一样颜色、一种声音、一本宝书、一个理论，连"一闪念"那飘忽无迹的所谓"私心"，也都成了残酷斗争的对象。何谈牢骚、何谈杂音、何谈异见、何谈建议？至于说有了点相悖的说法，或者反对的声音，那要么是林昭的下场，要么是遇罗锦的下场，要么就是张志新的下场。历史有时如魔鬼有时如天使如美人，或者说历史的另一面原本就不是美人。教宗、帝国元首或伟人强人，则让自己的某种信仰、某种理想、某种主义以及欲望，搅拌成如花般艳丽的胭脂，并把胭脂涂抹在美人的脸上或樱桃小嘴上。

虽说，鲁迅对屈原和对《离骚》是有微词的。但是，我们今天真正要做到"知无不言，言无不尽"，特别是要做到"言者无罪"，那也许还需要很长的时间。不过，面对一些不公、面对一些不明、面对一些不平或面对一些非法律的管制，学着屈原发发牢骚，大致是可以的。因为敢于发牢骚的屈原，让人们称之为"爱国主义"，而且还要为他因理想未果自沉汨罗的"爱国主义"壮举，而岁岁年年的五月初五吃着粽子划着龙船。

不过，我知道，当下吃着粽子划着龙船也不只是象征意义，而是大众的娱乐节目了！

但愿这则小文没亵渎屈平与《离骚》。

什么书让我读，什么书让我心动

　　课内的书不算，课外的书，我读的第一本书叫《三家巷》，第二本书叫《红岩》，第三本书好像就是《红楼梦》了。那时《三家巷》是禁书，"文革"初，也不知在哪儿弄到的，总之为那些少男少女向往革命、憧憬爱情、大浪淘沙的故事所感动。而读《红楼梦》时，同学们都认为我是一个怪物，想想"文革"中的初中二年级学生怎么就读起了《红楼梦》？事实上，那时也读不懂。同学们没有读的书我在读，有些自得的样子。后来当了知青，便有什么书读什么书，诸如后来认定是黄色的《少女之心》的手抄本（现在看起来，与时下的一些专司下半身写作的东东，《少女之心》算干净的了），诸如早已翻得不成样子的竖排《施公案》《彭公案》之类的东西。没有人教我该读什么书，不该读什么书，即使那时的梁效、罗思鼎、石一歌的文字要求全国人民要这样要那样般的读，但是，在一个天高皇帝远的山区做知青，除了挣工分、挣表现外，那些政治的要求对我来说，似乎还远了点。或者说，那样规定和那般的强求，对我来说，少了许多许多的约束力。而且，至今也不知道哪本书对我有什么了不得的影响（《法兰西内战》除外，这是一册让我知道马克思伟大的书）。或者极而言之，哪本书一读就改变了我的命运，好像也还没有过。对于个人来说，好像也没有哪一本书可以改变其命运的吧。至少我是这样过来的。

也许正是这样，一看见专门的什么"排行"、什么"影响"之类的推荐，我就有了一种不舒服的感觉，觉得是不是有人挖了个坑叫你往里跳（鲁迅先生、钱玄同先生诸辈二十世纪二十年代就反对给青年人开什么"青年必读书"之类的劳什子）。不过当下这类事儿却多着呢！像要求读《三字经》《弟子规》等蒙学读物、像要求读《论语》《大学》等所谓国学等读物，就是当下甚嚣尘上的"必读"理念和行为。由于"文革"的原因，也由于我们几十年的教育，我是有点"两个凡是两个反对"的叛逆。何谓"两个凡是两个反对"呢？"凡是敌人反对的我就拥护，凡是敌人拥护的我就反对。"因此凡是读经之类的要求我就反对，凡是杂书之类的书逮到我就读。不过，从知青到乡间教书的日子里养成了"书读得下去书读得进去"的习惯。甚至可以说，作为一个票友型的读书者，读书于我便是生活中的一部分。

不过，我依然固执地反感别人来为我开书单。但是这当下的这个社会显然并不是依我的意志而行进着的。相反，个人的意志却往往为当下的这个社会所左右。这不，现成的就有这么一张"必读"的书单：

1.《邓小平文选》邓小平著；2.《新概念英语》（英国）亚历山大著；3.《金庸作品集》金庸著；4.《美的历程》李泽厚著；5.《数字化生存》（美国）尼葛洛庞蒂著；6.《精神分析

引论》（奥地利）弗洛伊德著；7.《傅雷家书》傅雷著；8.《第三次浪潮》（美国）托夫勒著；9.《时间简史》（英国）霍金著；10.《丑陋的中国人》柏杨著；11.《经济学》（美国）萨缪尔森著；12.《百年孤独》（哥伦比亚）马尔克斯著；13.《万历十五年》黄仁宇著；14.《围城》钱锺书著；15.《哥德巴赫猜想》徐迟著；16.《平凡的世界》路遥著；17.《王朔文集》王朔著；18.《学习的革命》（新西兰）戈顿德莱顿著；19.《张爱玲文集》张爱玲著；20.《中国科学技术史》（英国）李约瑟著。

这是几年前《博览群书》杂志开出的一个书单，而且该刊主编还认定这个书单所列书目是"近20年中对中国社会影响最大的20本书"。这种认定，据说基于按国际惯例的问询或抽样得出的，并非这家期刊主编个人的"一厢情愿"。现在我就来说说这个书单所列书目与我"亲身"相关的话题吧。

《邓小平文选》列于第一，于职场，对我来说恐怕也应算作第一。这是我平时翻得不算少的书，而且还有一个故事可以拿来讲讲。若干年前，一位不满三十岁就提拔到异地做主管意识形态的县处级官员的朋友，行前来问问我如何当好差。我对他说，读好《邓小平文选》，特别是二卷、三卷，还嘱咐这位即将走马上任的朋友，一定要精读。本来我还想补充一句不要读之前某领袖的"选"，尤其是不能读1956年以后的书——但我不能说，一是生怕这位朋友真的听了我的话不去读，到时候讲话写公文时对此茫茫然，那我可是有罪之人，二是生怕误认为反动——现在把它写出来，也算了了一番心迹。事实上我还算得上读过点马列的人。"文革"中后期，从知青到师范，我读完了《马克思恩格斯选集》一卷至四卷，读了《列宁选集》一卷至四卷,《资本论》翻过,但没有读下去。不知为什么,没有接触到斯大林的著作(据说与马恩选集、列宁选集一样,世上也有《斯大林选集》)。不过还是读过一些斯大林的东西,如读过"联共布党史"(全称叫什么劳什子名字忘了)。为什么会是这样的呢,精读《邓选》而不要去读之前的"选"。原因特简单,是因为,在我看来,邓小平用极大众极实用的但却极有胆量的话改变了狂热且血腥四溅的中国,也改变了像我这样"红卫兵"不能加入、初中未毕业就下乡当知青人的命运。更重要的是,《邓选》讲的是人话,而不是神话,更不是鬼话。记得十多年前的1997年写过一篇《"贫穷不是社会主义"断想》的读邓心得、十多年后的2008年又写过一篇《论解放思想和冲破禁区——纪念〈解放思想、实事求是、团结一致向前看〉发表三十周年》的读邓心得。前文主论两个二十八年中国对社会主义认识的差异和根本区别;后文主论在思想文化领域里面不应设置禁区,更不能以所谓禁区来判断是非或认定敌我。前文曾获四川的一个奖,后文则有数十家电子媒体转载。这是我在职场里用本名写的应景文章中自我感觉尚可以的两文。

知道《新概念英语》这本书,但没有买。我时下接触的英文书,除了"哈佛蓝星双语名著导读"和"书虫·牛津英汉对照读物"两个系列中的一些书外,伴我最多的是商务印书馆与牛津大学出版社出版的《精选英汉–汉英词典》和韩国印制的《圣经·新约全书》中英对照读本。由于英文完全出于我在乡间教书时的自学,而且没有下足功夫,只能大致看点印刷物上的英文,可以说是彻彻底底的哑巴英语。没有下功夫是因为混了一个专科文凭后不再有考研的雄心壮志，所以也就没有必要再去把英文当成敲门砖来看待。说来也奇怪，我至今没有读过一篇金庸的小说，更不要说是《金庸作品集》了。不过在我的读书经历里，武侠小说却是我较早接触的一类书。二十世纪七十年代初，也就是我下乡当知青的那段时光里就读过《七侠五义》之类的东西。接触文学以后，我的一个朋友还是专门写武侠赚钱为生的，而且，还正儿八经到过北京念过鲁迅文学院。若干年前，一位朋友说要送我一套金庸全集。虽然我时断时续地看过两三部金庸小说改编的电视剧和电影，也许正是这两三部电影电视剧，让我多少知道了点金庸武侠小说的旨趣——与由"五四"开创的现代文明价值取向相去甚远的旨趣。于是，我不但谢绝了朋友的金庸全集，而且对某知名大学聘请金庸作教授一事，大不以为然。在上述所列 20 种书中，没有读的书还有《数字化生存》和《丑陋的中国人》。虽说两书所涉的一些内容，在其他书里间接知道。其实像我这样读书偏重文史哲的人，没有接触《数字化生存》情有可原，但没有读过曾一段时间里世人争说柏杨的名著，显然说不过去，但事实就是如此。与李敖的书难进入我的书橱一样，我对台湾的这类作家不感兴趣——除了狠骂谩骂之外，这类书还有什么呢？读针砭揭露中国人之人性阴冷、晦暗、惰性、奴气一类的书，在中国，我以为读鲁迅一人就足够了。如果硬要再补充读点类似的其他人的书，加上一位钱玄同，或再加上"五四"前后的周启明（当然不包括周附逆后的行为和文字）就可以了。并非我不喜欢台湾的作家，像余光中的诗和散文、白先勇的小说和戏剧就是我喜欢的。由大陆去台并在台享有盛誉的梁实秋，散文和关于莎士比亚的文论，都是我喜欢的。不过有些遗憾的是，没有读过梁先生的莎士比亚译文，据说是比朱生豪译文还漂亮的译文。

李泽厚的《美的历程》，不但对中国的当代哲学史、美学史有着极为重要的意义，而且对我个人也有着很重要的意义。1988年，我获"四川省文学奖"的文学评论《论民俗小说的美学特征》，显然受益于两部著作。一部是商务印书馆1985年出版的《美学史》（〔英〕鲍桑著），一部由文物出版社1981年出版的《美的历程》。但是，当我后来陆续读李泽厚先生的其他著作如《中国近代思想史论》和《中国现代思想史论》时，我觉得《美的历程》其实应算作一部普及读物。当然，这种普及读物，对于刚刚从"文化大革命""高大全"和"三突出"的文艺思想走出来的中国思想界和美学界来说，无疑是一声惊雷！特别是书中精美的插图，更让一个刚刚接触美学的人非常激动！现在想起来，这种激动依然在心中。《精神分析引论》是弗洛伊德著最著名的著作，但我却没有好好读它。认真读的则是弗氏的另一重要著作《梦的解析》。我书架上的《梦的解析》是作家出版社1986年出版的，在版权页上还用黑体括号括着四个字"内部发行"。这第一次印刷就印了30000册的"内部发行"的书，是我幺弟在农校读书时在宜宾市新华书店买给我的——从邮局邮回长宁的。与此相关的书，上海译文出版社1987年出版的《爱欲与文明》、改革出版社1997年出版的《荣格文集》，以及与此相关的西方的美术作品如达利的作品等，不是我翻过就忘了的书。当然，除达利的画之外，这些所谓精神分析的书，都没有《梦的解析》对我的冲击，特别是书中有关梦与性的关系的理论，至今仍具冲击力。

我曾先后买过两种不同版本的《时间简史》。由于翻遍书架都找不着先前买的《时间简史》，所以迫于无奈就再买了一本。结果在去年的搬家中，先前买的《时间简史》不知从哪儿缝缝里钻了出来。这是一本由湖南科学技术出版社1994年第二次印刷的，是我从杭州邮购的。第一次看到"宇宙的起源和命运"这一标题时，我是惊骇的。"起源"的探讨是科学家们的责任，但对有限无边的宇宙"命运"的探讨，不仅仅是勇气、胆识、挑战，在我看来更重要的是对人类智力的承认和应用。这就是这一章里所要给人类述说和阐释的"弱人择原理"和"强人择原理"，是我第一次从讲宇宙时（即时间史）里知道了人与宇宙的作用。就正如它的作者一样身患重病却因自己的努力和智力，成为了二十世纪继爱因斯坦之后最伟大的（天体）物理学家！于是我便想，人的智力及其应用是不是与宇宙史（即时间史）一样有限无边呢？应当是，应该是。这本不到14万中文字的译著，让并没有多少（像西文文艺复兴之后）科学传统的中国人震颤！更让我看到自然科学对于人类的进步所承担的义务和所做的贡献。

在我读书的经历里，文、史、哲，特别是文、史方面的书读得多一点，相比于自然科学的书，差不多就是99：1的关系，但是我却一直认为，现在泛指的所谓"社会科学"之类的书，没有一册可以承担起"科学"一词的奖励。因为我不相信，这类书具有如"1+1=2"或"三内角和等于180度（欧氏几何）"的科学性质。在我看来，所有所谓"社会科学"之类的书，都是仁者见仁智者见智的见识，都不具有无可辩驳的性质。

那种把"社会科学"与"自然科学"并驾齐驱甚尔认为"社会科学"可以领导"自然科学"的论调，我是反感的。包括在中国具有极大影响的社会学（未来学？）的巨著《第三次浪潮》和当代经济学的教父级的巨著《经济学》，在我看来也应如是观。我书架上的《第三次浪潮》是三联书店1983年版1984年第一次印刷的并印有"内部发行"字样的版本。萨缪尔森的《经济学》听说过许久了，但我从书店买它回来的日子却很短，大约是2009年的某一天。版本是人民邮电出版社2008年的第18版。当时在书店里见到这本书时，还犹豫了许久，一是太贵，二是我又不太喜欢非文、非史、非哲的书。不过，犹豫一阵后，还是买下了它。虽说自己还算是一位在职场奋斗但从来没有忘怀书籍的人，但有时买书并不在于读特别是并不在于认真读，而是与别人交流时有了某一方面的谈资。譬如萨缪尔森的《经济学》，倘若有人问起我有没有这书，我可以毫不迟疑地告诉"我有"，但对于书中的理论，包括书中大量的图表是不是就懂，只有天知道我知道了。当然，有的书却是我常用常翻的，并不在我的业余"专业"里的《第三次浪潮》就属于这种类型的书。因为，这种书中国人是写不出来的。中国人有太多的禁区和禁锢，至少是不敢也不善于挑战所谓的"主流"思想，也极难提出具有前瞻性的观念。而像《第三次浪潮》包括再早的《寂静的春天》等类似的书，中国人是写不出来的。如果说能写出来，那也是东施效颦。譬如有一阵子"火"得不得了的书《中国人可以说不》（1996），就是一本仿著名日本左翼（中国人称其为"极右翼"）人士现任东京都知事的石原慎太郎与人合著的《日本人可以说不》（1989）系列（《日本人还是可以说不》《日本人坚决说不》等）而生产出来的。在我看来，《中国人可以说不》几乎可以算得上是一部伪书。因为它没有也不可能提供这样的警示："大多数人都知道和感觉到，我们生活在一个多么危险的世界中。我们知道社会不稳定和政治动荡，能够释放出猛烈的爆炸力。"——这是《第三次浪潮》最后一章时的一段话。苏东巨变后的二十世纪最后十年和二十一世纪刚到来时，西方的一些著名学者认为"历史"已经"终结"（福山《历史的终结与最后的人》）。但是事实上却印证了比"历史终结"论早二十多年前的《第三次浪潮》（英文原版于 1980 年出版）的预测与判断。事实上，福山认为"历史的终结"论是源于十九世纪。而像《中国人可以说不》以及《中国不高兴》（2009）这类仿写又极具极端民族主义的书，除了谈不上有什么真知灼见，更无法与《第三次浪潮》比肩。因此，这类书我虽然也会买，但一定是在地摊上买的盗版，因为它便宜。

几年前，当我接触到这张开出的对改革开放以来的 20 部最具影响的书单时，怎么会有那么多文学类的书。算上前面已经说过的《金庸作品集》，加上《傅雷家书》《百年孤独》《围城》《哥德巴赫猜想》《平凡的世界》《王朔文集》《张爱玲文集》，共有 8 部。也就是说文学类的书占了这个书单的差不多一半。这是一件特别让人犯疑也让人特别奇怪的事。是从喜欢文学和语言学开始了我的写字票友生涯的。但当看到这张书单里竟有这么多的文学书，还是让我吃惊不小。中国人真的特别喜欢文学吗？而今天只有常逛书店的人就知道，最多的书是一些似是而非的"成功学"（尤其是商业发财方面的）、一文不值的"养生学"、不懂装懂的"国学"等，当然还有大赚特赚学生娃娃和考公务员之类的这样书那般书。文学类的书当然也有，但在只选20部里就有8部是文学类的书的日子，恐怕早就"明日黄花"了。不过，在这8部文学类书里，我认真读过的是《傅雷家书》《百年孤独》《围城》和《哥德巴赫猜想》。《傅雷家书》让我读到了在一种迫于无奈情势下的作为父亲的凄凉与才情;《百年孤独》让我感觉小说可以有别一种写法，或者说在我读过的中国小说里从来没有看到过的写法。不仅如此，我陆续买下了上海译文出版社出版的"二十世纪外国文学丛书"里的十多种书。至于说没有买齐，那不是我的责任，而是我所在的长宁小县城的新华书店里没有。就是这些书，成了我相当长一段时光里的重要读本。钱锺书的书，《围城》并不是我最喜欢的，大约是我不太喜欢那种太戏谑的文本的缘故吧。倒是《谈艺录》《旧文四篇》以及像天书似的《管锥编》合我的胃口。基于此，自我接触张爱玲后，我一直不懂，中国的知识界，为什么有那般的热情来介绍、来评价、来称颂张氏小说，譬如知识界喜欢的《万象》杂志，好像就是专门为张氏小说及张氏掌故办的。张氏小说，虽然对中国二十八年（1949—1977）习惯的小说，有别一种趣味，但在我看来，张氏小说无论如何都不应达到近十年来的热捧地位。难道张氏是"孤岛作家"的杰出代表？难道张氏小说诉说的男女纠结就是类型小说的写作范本？难道才女张氏与才子汉奸的情爱纠结就是最美的情爱纠结？难道张氏的类自传小说可以与曹雪芹的类自传《红楼梦》相提并论？虽然我曾认真读过张氏小说，也写过张氏小说的学习心得（见《文学自由谈》2010年4

期《经典中的爱情》）。

　　《学习的革命》与《中国科学技术史》是我完全没有接触过的两部书（我书架上也没有这两部书）。前者，一看书名就知道是一部哗众取宠的书。教人如何如何读书、如何如何读书后成功的书，一定是哗众取宠的书。对于这类书，我一直都是没有兴趣的。当然没有读过的书，自然不可妄议。不过，恕我大胆说一句，但凡这类书与"养生"类的书，恐怕大都属于"扯滥污"的书（不过，这类书最易骗钱）。而后者没有读的原因，是因为中国近500年间，没有一件科技是出于原创。也就是说自英国工业革命以来的世界范围的现代化进程中，中国从来没有给世界提供过一件值得称道的科技发明和科技产品。至于还喋喋不休大讲特讲中国有"四大发明"的言论，更让我不会去读这类让中国人所谓"自豪"的书。幸好的是，两年前买到的精致插图本《天工开物》（十七世纪初刊印，据称是世界上第一部农业手工业技术的专著），着实让我兴奋了一阵子。但《天工开物》大都与农耕（这符合中国的实际与实践）相关。譬如"辘轳""踏车""桔槔""水车""牛车""筒车""高转筒车""拔车"等农机具，譬如"堰""陂"（"陂"即"池塘"和"水库"）等水利工程。尽管也有冶炼方面的介绍。不过，你看蒸汽机、电、电报、电话、火车、轮船、汽车、飞机、广播、电视、移动电话、计算机、互联网，等等，这些与当下人类息息相关的物件即科技发明和科技产品，有哪一件是中国人发明的呢？有人可能说，没有历史就没有今天；但我也想说，只颂历史就不可能有今天，更不可能有明天。这番话，大约不应定为"民族虚无主义"的罪名吧。就算是，那我也只好认了。原因太简单，倘若一生只能读到中国的古董，肯定不会有这样的想法。幸好的是，毕竟在我可以用自家挣到钱买书的时候，这个社会已经不是铁桶一般的社会了。

什么书可以读，什么书让我心动？这不是某一律令所规，也不是某一道德天条所定。读什么书，什么书可让人喜欢，完全出自某一个人的兴趣（此时此地、彼时彼地）和爱好。仅此而已，仅此而已。

图书在版编目（ＣＩＰ）数据

刘火说诗画经史：风月原本两无功 / 刘火著. — 沈阳 :万卷出版公司, 2017.7
ISBN 978-7-5470-4539-8

Ⅰ.①刘… Ⅱ.①刘… Ⅲ.①随笔—作品集—中国—当代 Ⅳ.①I267.1

中国版本图书馆CIP数据核字(2017)第095203号

出 品 人：刘一秀

出版发行：北方联合出版传媒（集团）股份有限公司
　　　　　万卷出版公司
　　　　　（地址：沈阳市和平区十一纬路25号　邮编：110003）
印 刷 者：北京鹏润伟业印刷有限公司
经 销 者：全国新华书店

幅面尺寸：146mm×210mm　　　　　装　　帧：精　装
印　　张：10　　　　　　　　　　　字　　数：220千字
出版时间：2017年7月第1版　　　　　印刷时间：2017年7月第1次印刷
责任编辑：杨春光　　　　　　　　　责任校对：杨春晓
装帧设计：马婧莎
ISBN 978-7-5470-4539-8
定　　价：42.80元

联系电话：024-23284090　　　　　邮购热线：024-23284050
传　　真：024-23284521　　　　　Ｅ－ｍａｉｌ：book_light@sina.com
腾讯微博：http://t.qq.com/wjcbgs

常年法律顾问：李　福　版权所有　侵权必究　举报电话：024-23284090
如有印装质量问题，请与印刷厂联系。联系电话：010-80270005